acabus

Peter Splitt

Eifel-Wahn

Eifel-Krimi

acabus

Splitt, Peter: Eifel-Wahn. Eifel-Krimi, Hamburg, acabus Verlag 2017

Originalausgabe
ISBN: 978-3-86282-445-8

Dieses Buch ist auch als eBook erhältlich und kann über den Handel oder den Verlag bezogen werden.
PDF-eBook: ISBN 978-3-86282-477-9
ePub-eBook: ISBN 978-3-86282-478-6

Lektorat: Fabrice Röseler, acabus Verlag
Satz: Laura Künstler, acabus Verlag
Cover: © Annelie Lamers, acabus Verlag
Covermotiv: 119433792 - Bloody hand print isolated on white background. Horror scary blood dirty handprint and fingerprint vector illustration © vectortatu - Fotolia.com; 45764268 - Background in American Indian style © sateda - Fotolia.com; www.pixabay.de

Bibliografische Information der Deutschen Nationalbibliothek:
Die Deutsche Nationalbibliothek verzeichnet diese Publikation in der Deutschen Nationalbibliografie; detaillierte bibliografische Daten sind im Internet über http://dnb.d-nb.de abrufbar.

Der acabus Verlag ist ein Imprint der Diplomica Verlag GmbH, Hermannstal 119k, 22119 Hamburg.

---

http://www.acabus-verlag.de
Printed in Europe

PROLOG

Remscheid – Küppelstein
Montag, 8. Oktober 2012
14:30 Uhr

Dr. Ferdinand Böker dachte an diesem herrlichen frühen Herbsttag nicht an den Tod. Durch das offene Fenster blickte er hinauf in einen Himmel, der für die hiesigen Breitengrade das eher seltene tiefe Blau des Südens trug. Für einen Moment schloss er die Augen, genoss die wohlige Wärme und überlegte, später noch einen Spaziergang zu machen. Doch zunächst wartete noch eine Menge Arbeit auf ihn. Er wollte die neuen Objekte, die am Vormittag aus Südamerika eingetroffen waren, fotografieren und katalogisieren. So bemerkte er das Auto nicht, welches langsam an seinem Anwesen vorbeifuhr und in sicherer Entfernung anhielt.

Der Fahrer schaute kurz in den Rückspiegel, schnappte sich seinen Rucksack von der Rückbank und stieg langsam aus. Alles deutete darauf hin, dass der Fremde nur bewundernd das historische Gebäude betrachten wollte, so wie es fast täglich unzählige Male geschah. Viele Wanderer machten mittlerweile vor nichts mehr halt.

Die stattliche, bergische Fabrikantenvilla lag etwas abseits auf einer Anhöhe, umgeben von Wiesen und Feldern in einer wunderschönen Landschaft und war zu Beginn des 19. Jahrhundert erbaut worden. Im Foyer der Villa standen Vitrinen, die mit ethnischen Objekten vergangener Kulturen aus Südamerika gefüllt waren. Dr. Ferdinand Böker war gerade im Begriff, einen der Schaukästen zu öffnen, als er ein Geräusch vernahm. Die schwere Haustür fiel hinter ihm ins Schloss. Er fuhr herum und erblickte eine schwarze Silhouette, die aus dem Schatten trat. Fast noch im gleichen Atemzug erkannte er das breite Messer mit sichelförmiger Klinge und senkrechtem Mittelgriff. Sofort wusste er, was es war: Ein Tumi, oder besser gesagt ein breites Ritualmesser der altperuanischen Völker.

Dr. Ferdinand Böker stieß einen Schrei aus, der jedoch verstummte, da ihm ein Lappen in den Mund gestopft wurde. Der Geschmack von Öl und Fett ließ ihn würgen. Gleichzeitig schleuderte ihn der Unbekannte gegen die Wand. Fremde Hände in Latexhandschuhen drückten ihn auf den Boden. Eine unbekannte Stimme kroch ihm über die Haut. Es war ein boshaftes Flüstern, fast schon ein Grunzen, das ihm ausmalte, was der Maskierte mit ihm anstellen würde, wenn er sich wehrte. Er versuchte es trotzdem, aber sein Gegner war stärker. Eine behandschuhte Faust traf ihn mitten ins Gesicht.

Für einen Moment wurde ihm schwarz vor Augen und er schluckte Blut. Dann spürte er die kalte Klinge an seiner Kehle. Wieder konnte er nicht einmal mehr schreien, als das Opfermesser in ihn eindrang. Mit ein paar kräftigen Schnitten wurde der Kopf vom Rest des Körpers getrennt, und der blutige Rumpf glitt zu Boden.

Der Mann wusste genau, wonach er suchte. Gezielt griff er in die geöffneten Vitrinen und nahm sich, was er wollte. Vorsichtig packte er die Gegenstände in seinen Rucksack. Dann blickte er noch einmal auf den Toten. Die Augen des abgetrennten Kopfes starrten ihn leblos an. Er atmete tief ein, um den Geruch des Blutes in sich aufzunehmen. Dann führte er sein Werk zügig zu Ende, indem er den Kopf in östliche Richtung drehte. Vorsichtig … ganz vorsichtig …

Später würden ihm die Beamten der Remscheider Polizeiinspektion den Namen Ritualmörder geben, die Presse würde sofort darauf anspringen, und ihm würde der Name gefallen …

Remscheid – Küppelstein
18:30 Uhr

Polizeihauptmeister Günter Mäurer von der Polizeiinspektion Remscheid sah sich in der Eingangshalle der Villa um und verspürte ein flaues Gefühl in der Magengegend, so wie jedes Mal, wenn er einen Mord zu untersuchen hatte. Für die Familie Böker war hier der schlimmste Albtraum, den sich Angehörige und Freunde überhaupt ausmalen konnten, zu einer schrecklichen Wirklichkeit geworden.

Um Mäurer herum herrschte reges Treiben. Dabei handelte es sich um die gleiche Geräuschkulisse wie sonst an jedem anderen Tatort: Das Klicken einer Kamera, gedämpftes Tuscheln, das Klingeln eines Handys und das Quietschen eines Aufnahmegerätes. Die Geräusche waren ihm vertraut, der Umgang mit ihnen reine Routine, seit er vor vielen Jahren bei der Polizei angefangen hatte. Nur, dass dieses Mal das Opfer prominent war, und der Fall von Presse und Öffentlichkeit besonders verfolgt werden würde. Und Hauptmeister Mäurer wollte sich einen Überblick verschaffen, noch ehe die „hohen Tiere" aus Wuppertal eintrafen. *Eine erste Bestandsaufnahme vornehmen,* nannte er sein Vorgehen. Das Polizeipräsidium in Wuppertal war als Kriminalhauptstelle zuständig für das bergische Städtedreieck: Wuppertal, Remscheid und Solingen. Daher standen die kleineren Polizeiinspektionen der Städte Remscheid und Solingen in stetigem Konkurrenzkampf mit dem großen Rivalen aus Wuppertal. Besonders die wichtigen und politisch relevanten Fälle wurden ihnen meistens aus den Händen genommen.

Nachdenklich ließ Mäurer seinen Blick umherschweifen. Im Eingangsbereich der Villa befanden sich mehrere Vitrinen mit seltsam anmutenden Objekten. Gerade war sein Partner Peter Kleinschmidt eingetroffen, der von allen nur *Pitter* genannt wurde. Kleinschmidt winkte ihm zu und gesellte sich zu den Kollegen von der Spurensicherung, die schon fleißig bei der Arbeit waren. Sie stellten am Tatort Fingerabdrücke und andere Spuren sicher, nahmen Blutproben und sammelten die Leichenteile ein. Daneben wurde fotografiert und vermessen. Später würden sie auch bei der Autopsie zugegen sein und abermals die Leiche fotografieren. Die Untersuchungsergebnisse würden zuerst auf seinem Schreibtisch landen, doch wenn er nicht schnell genug eine erfolgreiche Ermittlungsarbeit vorweisen konnte, würden sich die Kollegen aus Wuppertal einschalten und ihm den Fall aus den Händen nehmen. Das mochte er von allem am wenigsten. Also galt es, eine Mordkommission zu bilden und zu ermitteln, was das Zeug hielt. Mäurer wusste auch, dass sein Vorgesetzter kurz vor der Pensionierung stand und nun alles, was zwei Beine hatte, zum Tatort schicken würde. Das war durchaus verständlich, wollte er doch der Öffentlichkeit die Lösung eines letzten großen Falles präsentieren, ehe er sich vom Acker machte. Dazu kam noch die Tatsache, dass ein Mord, begangen auf solch grauenhafte Art und Weise, nun einmal keine Nebensache für eine ansonsten friedliche Kleinstadt war, in der vorwiegend Arbeiterfamilien lebten und eine Mordstatistik so gut wie überhaupt nicht existierte.

Peter Kleinschmidt alias Pitter kam zu ihm herüber.

„Bei dem Toten handelt es sich um Dr. Ferdinand Böker, sagt dir der Name etwas?"

Günter Mäurer nickte nachdenklich.

„Ich habe über ihn in der Zeitung gelesen. Er ist Kunstsammler und eine weit über das Bergische Land hinaus bekannte Persönlichkeit. Dieser verdammte Mord wird ganz schön für Aufsehen sorgen. Eine scheußliche Geschichte! Abgeschlachtet wie ein Tier hat man ihn. Seine Tochter, die ihn gefunden hat, steht unter einem schweren Schock."

Er zog Pitter in eine ruhigere Ecke, um den Kollegen von der Spurensicherung nicht im Wege zu stehen. Dann sprach er weiter.

„Die Arme ist kaum ansprechbar. Der Arzt hat ihr schon etwas zur Beruhigung gegeben."

„Vielleicht sollten wir die Polizeipsychologin ...?"

„Daran habe ich auch schon gedacht. Das können wir in jedem Fall noch nachholen. Wenigstens ist sie im Moment nicht alleine. Ihr Freund ist bei ihr. Auch wenn ich nicht so recht weiß, was ich von ihm halten soll."

„Das tut doch gar nichts zur Sache. Hauptsache, jemand ist bei ihr. Den eigenen Vater ermordet und geköpft aufzufinden. Stell dir das bloß einmal vor. Glaubst du an einen Raubmord?" Pitter besah sich die große Menge an Blut, die das Opfer verloren hatte, als es so grausam geköpft worden war.

„Kann ich mir schlecht vorstellen, so, wie man Dr. Böker zugerichtet hat."

„Was dann?"

Jetzt schaute Günter Mäurer direkt auf die blutige Masse, die gerade von den Kollegen der Spusi von allen Seiten fotografiert wurde. Seine Miene verdunkelte sich.

„Auf jeden Fall keine Gelegenheitstat. Wir sollten zuerst sein engeres Umfeld unter die Lupe nehmen. Vielleicht stoßen wir dort auf etwas …?"

„Das wäre aber ein bisschen zu schön, um wahr zu sein. Ich meine, wenn wir den Kerl bald dingfest machen könnten, weil er zum Bekanntenkreis der Familie Böker gehört."

Mäurer nickte in Gedanken versunken und spürte, wie Pitter ihn am Arm berührte. Gleichzeitig beugte er sich vor und fragte: „Wie geht es eigentlich deiner Heidrun?"

Sofort war er da, der Kloß im Hals, als Mäurer an seine Frau erinnert wurde. Vor einiger Zeit hatten die Ärzte bei Heidrun die Parkinson-Krankheit diagnostiziert. Seitdem hatte sie sich zwar aufgerafft und noch weitere Ärzte konsultiert, allerdings nur mit sehr bescheidenem Erfolg. Und nun machten sich die ersten Anzeichen von Resignation bei ihr bemerkbar. Dazu verschlechterte sich ihr Zustand stetig.

„Also, was ist mit dir selbst?", fragte Pitter weiter. „Wie lange hältst du noch so tapfer durch?"

„Keine Ahnung", brachte Günter Mäurer heraus, doch sein kurzes Stocken verriet, wie es wirklich in ihm aussah. „Ich tue eben, was ich kann!"

Zum Glück hakte Pitter nicht weiter nach, sondern drückte stattdessen noch einmal mitfühlend den Arm seines langjährigen Partners. Mäurer verdrängte die Gedanken an seine kranke Ehefrau zunächst genauso wie alle Vermutungen, die sich ihm beim Anblick des toten Böker aufdrängen wollten. Trotzdem hatte ihn der erste, direkte Blick auf das Opfer wie ein brutaler Schlag getroffen. Dr. Ferdinand Böker war mit einem gekonnten Hieb getötet und danach geköpft worden. Alles deutete darauf hin, dass sich der Mörder im Handhaben der Tatwaffe bestens ausgekannt haben musste.

Mäurer warf seinem Partner einen kurzen Blick zu. „Hat man die Tatwaffe bereits gefunden?“

Der legte seine Stirn in Falten. „Bisher noch nicht, Günter. Muss aber ein außergewöhnlich scharfes Messer oder so etwas Ähnliches gewesen sein …“

„Das sehe ich genauso. Was wissen wir über die Tochter des Toten?“

„Leider nichts, was uns wirklich weiterhilft. Sie hat die Leiche nicht angerührt. Kam aus der Eifel, um ihren Vater zu besuchen, betrat das Haus, sah die Bescherung und begann zu schreien. Seither hat sie sich noch nicht wieder gefangen. Die Haushälterin, die zur Tatzeit ebenfalls außer Haus war, hat die völlig hysterische Sophie Böker vorgefunden und dann sofort die Polizei und den Freund der Dame verständigt.“

„Und die Haushälterin? Ist die bereits überprüft worden?“

Pitter nickte bestätigend. „Das haben wir sofort erledigt. So unvorstellbar sich es auch anhört, aber bei den meisten Morden findet man die Täter in der eigenen Familie wieder. Aber ich glaube nicht, dass es eine Frau war. Ich meine, es gehört verdammt viel Kraft dazu, einem erwachsenen Menschen den Kopf vom Rumpf abzuschneiden.“

„Du glaubst also auch an die alte Weisheit, die besagt, dass Frauen eher mit Gift morden?“

„Oder morden lassen. Weiß man's?“

Langsam beschlich die beiden eine böse Vorahnung. Das hier war das Werk eines unbekannten Verrückten, der möglicherweise schon einmal getötet hatte und der mit großer Wahrscheinlichkeit wieder töten würde …

„Wir sollten den Computer dazu befragen. Wir haben ein Ritualmesser und ein geköpftes Opfer. Falls es Parallelen zu anderen Fällen gibt, spuckt er vielleicht etwas aus."

„Mm ... keine schlechte Idee. Da können wir gleich im ganzen Bundesgebiet nachschauen. Vielleicht hat das Schwein schon vorher irgendwo anders zugeschlagen. Was sagt die Spusi zum Tathergang?"

„Die Untersuchungen sind noch voll im Gange, Günter. Es sieht aber nicht so aus, als sei der Kerl durch das Fenster ins Haus eingedrungen. Das Glas ist heil und am Rahmen sind bisher keine fremden Spuren gefunden worden. Aber die Spusi will sich noch einmal die komplette Fensterreihe vornehmen."

„Sicher ist sicher! Gibt es irgendwelche Fußabdrücke vor dem Haus?" Mäurer stellte seine Fragen jetzt automatisch.

„Nein, nichts. Es hat allerdings lange Zeit nicht geregnet. Da draußen ist alles knochentrocken. Nur ein Schutzgitter ist fein säuberlich durchgeschnitten worden."

Kommissar Mäurer legte eine Hand in seinen Nacken.

„Was hat das bloß alles zu bedeuten? Sag es mir bitte, Pitter."

Sein Partner zuckte mit den Schultern.

„Scheiße, ich weiß es doch auch nicht. Nur, dass der Typ ein verrücktes, krankes Schwein ist, dem man bei lebendigem Leib die Haut abziehen sollte ..."

Günter Mäurer sah seinen Kollegen an. Dann sagte er mit zusammengebissenen Zähnen: „Und genau das werden wir auch tun. Wenn wir ihn doch bloß schon hätten ..."

1. KAPITEL

Remscheid – Küppelstein
Montag, 06. Mai 2013
07:55 Uhr

Die Morgendämmerung war schon längst hereingebrochen. Jenes seltsame, beinahe mystische Vorspiel des Tages, wenn es für kurze Zeit irgendwie hell und dunkel zugleich ist. In wenigen Augenblicken würde die aufgehende Sonne den noch dunklen Himmel durchbrechen und in eine glühende Feuerbrunst verwandeln. Dann würden die Schatten der Nacht endgültig verschwinden, und das Gezwitscher der Vögel die Umgebung erfüllen.

Roger Peters liebte diesen Moment wie keinen anderen und beobachtete das sich langsam verändernde Licht am Horizont, noch ehe es zu einem rötlich-gelben Streifen heranwuchs. Und heute war ein ganz besonderer Tag. Nach vielen, langen Monaten in der Eifel war er erstmals wieder in seine Heimatstadt Remscheid zurückgekehrt und stand nun am Fuße einer breiten Steintreppe, die zum ersten Stockwerk einer großen Villa hinaufführte. Beeindruckt ließ er seinen Blick an den massiven Säulen, den glitzernden Steinskulpturen und der blitzblank geputzten Fensterfront entlanggleiten. Im Ganzen gab es zwei Stockwerke. Hier und da drang gedämpftes Licht durch die geschlossenen Vorhänge nach draußen. Aus einem der Schornsteine des Walmdachs stieg Rauch auf. Das schieferbedeckte Gebäude strahlte eine wohlhabende Würde aus. *„Alter Adel und der damit verbundene Stolz"*, dachte Roger Peters, während er seinen Blick noch einmal über die altehrwürdige

Fassade schweifen ließ. Dann ließ er den Messingklopfer gegen das schwere Holzportal fallen. Das Echo des dumpfen Schlages hallte gespenstisch durch die frühe Morgenstille. Gegen ein seltsames Gefühl ankämpfend, blickte er noch einmal zum Himmel hinauf, um sich des einmaligen Farbenspiels zu vergewissern. Auf einmal öffnete sich hinter ihm ein Türflügel und eine Dame in weißer Dienstbotenmontur stand vor ihm. Völlig unberührt nahm sie ihn in Augenschein. Sie war etwa Ende dreißig, schlank, blond und hochgewachsen.

„Ist doch eigentlich wie in einem Film", schoss es ihm durch den Kopf und er musste über sich selber lachen.

„Guten Morgen, mein Herr", begrüßte ihn die schlanke Dame höflich, aber bestimmt und wich wie ein Türsteher nicht von der Stelle. „Wen darf ich melden?"

„Ich wünsche Ihnen ebenfalls einen schönen guten Morgen. Mein Name ist Roger Peters. Ich glaube, Frau Böker erwartet mich bereits ..."

„Aha, Sie müssen der Reiseschriftsteller sein", stellte sie offenbar unbeeindruckt fest, musterte ihn weiterhin misstrauisch, machte jedoch keine Anstalten, den Weg freizugeben.

„Soviel ich weiß, werden Sie erst in den frühen Nachmittagsstunden erwartet?"

„Das mag wohl richtig sein, aber ich bin halt schon früher gekommen ..." Dabei lächelte er verschmitzt, schob die Dame sanft beiseite und betrat das geräumige Foyer.

„Wenn Sie so freundlich wären und Frau Böker darüber informieren würden, dass ich bereits eingetroffen bin ..." Er machte Anstalten sie wegzuschicken, doch die Haushälterin reagierte nicht sofort, sondern schloss zuerst in aller Ruhe die Tür von innen ab, beobachtete den seltsamen Besucher mit strenger Miene, deutete dann auf einen der zierlichen Plüsch-Sessel und meinte: „Wenn Sie bitte hier warten wollen. Ich werde sehen, ob Sophie Sie jetzt schon empfangen möchte."

„Danke, sehr freundlich", erwiderte Roger geistesabwesend. Er hatte vor der gegenüberliegenden Wand eine Vitrine mit alten Keramiken entdeckt. Die Hausdame huschte lautlos davon und Roger studierte das erste Tongefäß und wandte sich dann dem nächsten zu. *„Ein zoomorphisches Bügelgefäß in Gestalt eines Tieres, durchaus bemerkenswert"*, dachte er und schlenderte durch das Foyer wie durch eine Galerie. Überall standen Vitrinen herum, die ethnologische Objekte enthielten. Er machte Halt vor etwas, das wie ein beheiztes Aquarium aussah und bei näherem Betrachten auch gar nichts anderes war. Nur dass dieses Aquarium eine Sammlung von äußerst wertvollen Grabtüchern enthielt, die in der Tat beheizt und vor Luftfeuchtigkeit geschützt werden mussten.

„Das Haus hier scheint mir ein wahres Museum zu sein", dachte er noch, während er die kostbaren Paracas-Tücher näher betrachtete. Seiner Ansicht nach sollten solche Kunstschätze der Öffentlichkeit zugängig gemacht werden, damit möglichst viele Menschen sie ansehen und sich an den Hinterlassenschaften vergangener Hochkulturen erfreuen konnten.

„Ob hier überhaupt jemand wohnt?", fragte er sich unwillkürlich und berührte mit seinen Fingern vorsichtig die geschliffene Oberfläche des Glaskastens.

Der Klang gedämpfter Stimmen riss ihn aus seinen Beobachtungen. Er drehte sich um und lauschte unvermittelt dem Geflüster.

„Und du denkst, er ist wirklich ein Experte auf dem Gebiet präkolumbischer Kulturen?", fragte eine leise Männerstimme.

„Aber sicher doch, mein Schatz. Oder glaubst du, ich würde ihn sonst an all diese schönen Dinge heranlassen, die du hier siehst?", antwortete eine Frauenstimme.

Kein Kommentar.

„Mitnichten", sagte dieselbe weibliche Stimme. „Und außerdem gefällt mir seine Art zu leben. Ich denke, von seinen Erlebnissen in Südamerika können wir beide eine Menge lernen."

„Na ja, aber er ist doch nur so etwas wie ein Hobbyarchäologe mit gewissen Instinkten, nicht wahr? Ich meine, so richtig studiert hat er ja wohl nicht, oder?"

„Sagen wir, er besitzt gewisse Erfahrung und am besten, wir lassen ihn erst einmal anfangen. Ein Experte für ethnische Kunst ist er allemal."

„Na prima, dann hast du ja genau den Richtigen gefunden. Vielleicht findest du durch ihn auch endgültig wieder in die Spur zurück. Die grausame Geschichte mit deinem Vater muss einfach raus aus deinem Kopf!"

Roger hörte ein weibliches Seufzen, etwas klirrte, Flüssigkeit wurde in ein Glas geschüttet. Anscheinend genehmigte sich die Hausherrin einen Drink. Etwas wurde abgestellt. Das Gespräch ging weiter.

„Ich bin mir gar nicht sicher, ob ich ihn überhaupt als unterhaltsam empfinden werde ...", sagte die weibliche Stimme mit einem zweifelnden Unterton.

„Sicher hat er fettiges Haar, streng nach hinten gekämmt und eine lange spitze Nase, auf der eine altmodische Hornbrille mit dicken Gläsern sitzt. Dazu trägt er wahrscheinlich einen dieser fürchterlich ausgebeulten Cordanzüge und solide Schnürschuhe mit abgelaufener Gummisohle. So sehen doch die meisten Gelehrten heutzutage aus! Dazu bin ich mir ziemlich sicher, dass er schon weit über fünfzig ist …"

„Zweiundvierzig!"

Mit einem ploppenden Geräusch fuhren die beiden Gesprächspartner in einer simultanen Bewegung zusammen und erstarrten.

„Einen wunderschönen guten Morgen, Frau Böker", sagte Roger Peters fröhlich. Er trat aus dem Flur, ging einen Schritt auf die beiden zu und streckte der Dame des Hauses seine Hand entgegen. Sophie schüttelte sie mit ihrer rechten, sagte aber zunächst kein Wort. Stattdessen stellte sie mit der linken Hand ihr Glas ab. Eine gewisse Unruhe hatte sie erfasst, die sie sich gar nicht erklären konnte.

„Also, ja dann … ich …", stammelte sie dann doch und warf dem unerwarteten Besucher einen verlegenen Blick zu, besann sich jedoch schnell eines Besseren und schenkte ihm prompt ein strahlendes Lächeln.

„Jetzt weiß ich wirklich nicht, ob ich mich entschuldigen oder schämen soll!", sagte sie verlegen.

„Ach was, machen Sie sich bloß keinen Kopf", antwortete Roger scherzend und wandte sich an ihren männlichen Begleiter.

„Und Sie müssen Felix Wagner sein, nicht wahr? Wir haben in den vergangenen Wochen mehrfach miteinander telefoniert. Freut mich sehr, Sie nun auch persönlich kennenzulernen."

Sophie hatte sich anscheinend gefangen. Jedenfalls antwortete sie an seiner Stelle: „Die Freude ist ganz auf unserer

Seite, Herr Peters, auch wenn Sie eigentlich ein wenig zu früh dran sind. Aber nehmen Sie doch Platz. Dürfen wir Ihnen etwas anbieten?"

„Danke, gern. Ich würde mich durchaus mit einer Tasse Kaffee zufrieden geben", antwortete Roger, setzte sich in einen der bequemen Plüschsessel und grinste verschmitzt. Sophie gab Felix ein Zeichen und ließ sich ihrerseits in einen anderen Sessel fallen, zündete sich eine Zigarette an und fixierte ihren frühen Besucher aus tiefgrünen Augen. Die Pupillen waren allerdings beileibe nicht das einzig Grüne an ihr. In diesem Augenblick konnte sich Roger tatsächlich niemanden mehr grünfarben vorstellen als Sophie Böker, die ihm jetzt direkt gegenüber saß. Sie hatte ihre lindgrüne Strickjacke abgestreift, trug aber darunter eine passende Bluse im gleichen Farbton, sowie eine enge, blaugrüne Dreiviertelhose. Dem Ganzen hatte sie noch ein paar weitere, farblich übereinstimmende Details hinzugefügt: Pumps mit hohen Keilabsätzen und Knöchelschnallen in dunkel-grün, Ohrringe mit grünen und türkisfarbenen Glaseinsätzen, die an Scherben einer gebrochenen Flasche erinnerten, sowie einen dick aufgetragenen, metallic-grünen Lidschatten.

„Was für eine Kombination", dachte Roger, während sein Blick im Erdgeschoss des Hauses umherschweifte. Hinter der Eingangshalle mit den Vitrinen befand sich ein großer, rechteckiger Raum mit eleganter Holzvertäfelung, einer Hausbar und einem aufwendig verarbeiteten Kamin aus geschmiedetem Eisen und rustikalen Backsteinziegeln an der Wandseite. Darüber hing ein großer, antiker Spiegel mit der Aufschrift einer schottischen Whiskeybrauerei. Zum Schluss ließen dicke Perserteppiche auf einem blank gebohnerten Holzpar-

kett diesen Raum irgendwie an den Salon eines alten, englischen Pubs erinnern. *„Zu muffig"*, beurteilte Roger Peters spontan die steife Eleganz, die aber wiederum ausgezeichnet zu den antiken Ausgrabungsgegenständen in der Eingangshalle passte.

„Herr Peters, bitte bedienen Sie sich."

Sophie lenkte seine Aufmerksamkeit wieder ganz auf sich, indem sie auf die blitzblank geputzte Dröppelminna zeigte, wie man die Kranenkanne im Bergischen nannte, welche die Hausangestellte in der Zwischenzeit gebracht hatte. Ihre Blicke, in denen sich unverhohlene Neugier spiegelte, trafen sich, ruhten für einen Augenblick aufeinander, ehe sich Roger fast schon aus purer Verlegenheit auf den verzierten Silberlöffel in seiner Kaffeetasse konzentrierte. Ohne zu überlegen, hatte er schon die dritte Ladung Zucker hineingegeben.

Nachdem die Hausangestellte das Foyer verlassen hatte, nahm die Unterhaltung zwischen Sophie und Roger erst so richtig Fahrt auf.

„Vielleicht sollten wir vorab kurz das Geschäftliche besprechen?", meinte sie.

„Selbstverständlich", stimmte er zu, trank zunächst seinen Kaffee aus und stellte die Tasse dann auf das zierliche Tischchen neben sich.

„Bevorzugen Sie eine starre Arbeitsregelung, also eine festgelegte Stundenzahl pro Tag, oder möchten Sie das Ganze lieber individuell gestalten?"

„Individuell?", wiederholte Sophie verblüfft und warf ihrem Freund, der in der Zwischenzeit zurückgekommen war und sich jetzt ebenfalls an der Dröppelminna bediente, einen fragenden Blick zu.

„Sie wissen doch sicher, was ich meine?", fügte Roger hinzu. „Ohne ein festes Schema sozusagen. Ich für mich selbst arbeite auch schon mal gern bei Nacht."

„Ah, jetzt verstehe ich." Sophie nickte amüsiert. Dieser Roger Peters entsprach eindeutig nicht ihrer bisherigen Vorstellung von einem Gelehrten.

„Ich würde vorschlagen, wir nehmen es so, wie es kommt. Verschaffen Sie sich erst einmal einen allgemeinen Überblick, und dann sage ich Ihnen schon, worauf Sie sich als Erstes konzentrieren sollen."

Roger musterte die „grüne" Sophie für einen Augenblick, während sich ihr Freund ein zweites Mal aus der Dröppelminna bediente.

„Nicht unattraktiv für ihr Alter", stellte Roger fest. In jüngeren Jahren musste sie sogar eine wirkliche Schönheit gewesen sein. Ihr dunkles Haar hatte sie zu einem strengen Zopf zusammengebunden. Ein exquisites Gesicht, fein geschnitten, mit hohen Wangenknochen. Man konnte fast annehmen, sie hätte mexikanisches Blut in sich. Sinnlich geschwungene Lippen, was ihm auf Anhieb gefiel. Ihre Kleidung war offensichtlich teuer und zu auffällig.

„Sei's drum", dachte er.

„Herr Wagner hat mir am Telefon erzählt, dass Sie etwas Hilfe gebrauchen könnten, Frau Böker?"

„Hilfe?" Sophie rollte mit den Augen und räusperte sich. Dann schenkte sie ihm ein weiteres Lächeln.

„Na ja, so könnte man das wohl auch nennen. Die Vitrinen, die Bibliothek und der ganze Dachboden sind vollgepackt mit Kisten und Kartons. Ich werde das Haus verkaufen, deshalb muss alles in meinen Laden und soll nach Möglichkeit noch vorher erfasst und aufgelistet werden."

„Na wenn das so ist … Wäre da nicht ein Möbelpacker der geeignetere Mann für Sie?"

„Die meisten Möbel bleiben hier und werden zusammen mit dem Haus verkauft. Nur ein paar Erinnerungsstücke, an denen mein Herz hängt, nehme ich mit."

„Ich verstehe. Darf ich fragen, wie Sie ausgerechnet auf mich gekommen sind?"

„Sagen wir mal so, weil Ihnen in der Eifel ein gewisser Ruf vorauseilt. Unter anderem sollen Sie sich mit ethnischen Kunstgegenständen bestens auskennen. Ich habe ein paar Ihrer Berichte gelesen. Wirklich gute Arbeit, das muss man Ihnen lassen."

„Die Archäologie ist halt zu einem Steckenpferd von mir geworden, besonders nach den vielen Jahren, die ich in Südamerika verbracht habe. Wenn es also um präkolumbische Objekte geht, dann bin ich mir sicher, dass wir gut zusammenarbeiten werden. Ehrlich gesagt, ich kann es kaum erwarten anzufangen. Die Sammlung Ihres Vaters gilt schließlich als eine der umfangreichsten auf der ganzen Welt. Oh, Pardon!" Roger bemerkte seinen Fehler sofort. Er hätte sie nicht auf ihren Vater ansprechen dürfen. Schnell wechselte er das Thema und wandte sich an Herrn Wagner, der bisher überhaupt noch nicht zu Wort gekommen war.

„Also, ich nehme an, ich muss mich vor allem bei Ihnen dafür bedanken, dass Sie mich für diese Tätigkeit vorgeschlagen haben, nicht wahr?"

„Nun, Sie, äh … ich habe mich natürlich über Sie erkundigt, nachdem Sophie und ich übereingekommen sind, in diesem Fall keinen offiziellen Weg zu gehen. Dafür ist die Sammlung ihres Vaters einfach zu bekannt, verstehen Sie?"

Bei dem Versuch, jenen Roger Peters, mit dem er öfters telefoniert und dessen Leumund er vorab sorgfältig überprüft hatte, mit diesem lockeren Gesellen in Verbindung zu bringen, der jetzt so entspannt vor ihm saß, geriet er unwillkürlich ins Stottern.

„Sie sagten, Sie haben viele Jahre in Lateinamerika verbracht?"

„Das ist richtig. Hauptsächlich in Kolumbien, Ecuador und Peru. Dabei hatte ich das Glück, namenhafte Archäologen auf ihre Grabungs-Expeditionen begleiten zu dürfen. Aber das ist Ihnen ja bereits alles bekannt."

„Sicher, das ist es. Außerdem habe ich die Reiseberichte und Ihren ersten Roman gelesen. Gar nicht übel."

„Vielen Dank für die Blumen, Herr Wagner", erwiderte Roger.

„Kein Glück gehabt mit einem großen Verlag?", wollte Felix plötzlich wissen. Für den Bruchteil einer Sekunde und für seinen Gesprächspartner kaum wahrnehmbar, verengten sich Rogers Augen.

„Leider noch nicht", entgegnete er wahrheitsgemäß. Er wollte noch etwas hinzufügen, aber Sophie kam ihm zuvor.

„Bitte nehmen Sie es mir nicht übel, dass ich Sie allein lassen muss. Ausgerechnet jetzt, wo Sie doch gerade erst angekommen sind, aber ich muss auf einen Sprung in mein Geschäft. Ich habe einen Kunden, mit dem ich mich heute Vormittag treffen wollte, denn Sie, mein lieber Herr Peters, habe ich eigentlich erst am späten Nachmittag erwartet."

Sie warf einen gehetzten Blick auf ihre Armbanduhr. „Großer Gott, ich bin bereits überfällig."

„Machen Sie sich um mich bloß keine Sorgen", sagte Roger mit verständnisvoller Miene und entschied für sich selbst: *„Soll sie doch ruhig in ihren Laden gehen, dann kann ich mich hier einstweilen weiter umsehen."*

„Fein. Bis es dunkel wird, bin ich wieder zurück", erwiderte Sophie, nahm ihre grüne Strickjacke von der Sessellehne und stöckelte auf die schwere Holztür zu, nur um abrupt vor ihr stehen zu bleiben, sich umzudrehen und etwas von ihren Autoschlüsseln zu faseln. *„Die Frau ist wirklich eine Show."*

„Wo bin ich nur mit meinen Gedanken?", sagte sie, ließ einen Seufzer hören, als sie den Schlüsselbund auf einem der kleinen Beistelltischchen entdeckte, schüttelte amüsiert den Kopf, sodass ihr langer Zopf gegen ihre leicht gebräunte Wange schlug und meinte: „Wenn ich in Eile bin, dann geht erst recht alles schief. Am besten, Sie meiden das Dachgeschoss für heute. Das Chaos dort oben könnte Sie so sehr verschrecken, dass Sie mir auf der Stelle davonlaufen, noch bevor Sie so richtig angefangen haben. Also dann, bis später …"

Als die Tür mit einem lauten Knall ins Schloss fiel, schnalzte Felix mit der Zunge. „Man soll gar nicht meinen, was sie für eine Energie besitzt. Aber sehen Sie sich hier im Haus erst einmal in aller Ruhe um, Herr Peters. Ich habe ebenfalls zu tun und lasse Sie jetzt für einen Moment allein. Später bin ich dann wieder bei Ihnen. Sollten Sie in der Zwischenzeit etwas benötigen, so klingeln Sie einfach nach Marlies, unserer Hausangestellten. Sie ist im Übrigen so etwas wie die gute Seele des Hauses."

„Geht klar, Herr Wagner, dann bis später. Ihre gute Seele habe ich bereits kennengelernt."

Fünfzehn Minuten später inspizierte Roger die verschiedenen Räumlichkeiten und registrierte fast automatisch die

Lage und Form der einzelnen Zimmer. Gleichzeitig nahm der Schriftsteller in ihnen die besondere Atmosphäre wahr. Umgeben von Gerüchen nach Altertum und Staub betrachtete er die größte private Sammlung ethnischer Kulturobjekte, die er je gesehen hatte. Eine beleuchtete Vitrine nach der anderen nahm er in Augenschein und während er sich die Ausstellungsstücke genauer anschaute, musste er immer wieder gegen eine leise Verbitterung ankämpfen, die unwillkürlich in ihm aufstieg. Die gezeigten Objekte zeigten eine Qualität, die ihm in seinen Jahren als Ausgräber niemals untergekommen war. Gewiss, es waren lohnende und an Herausforderungen keineswegs arme Jahre gewesen. Er hatte in der Welt herumreisen und sich mit ganz unterschiedlichen, faszinierenden Kulturen beschäftigen können. Einige der von ihm ausgegrabenen Fundstücke waren jetzt in Museen rund um den Globus zu sehen, doch keines davon war mit den hier gezeigten Objekten auch nur im Geringsten vergleichbar.

„Und wenn ich vielleicht nur ein bisschen mehr Ausdauer gehabt hätte …?“, fragte er sich, verscheuchte jedoch rasch diesen Gedanken. Mit dieser Art von Leben war es nun endgültig vorbei. Zumindest für die nähere Zukunft. Man sollte ja nie etwas wirklich ausschließen. Er würde sich damit begnügen müssen, diese großartigen Zeugnisse der Vergangenheit mit dem unbeteiligten Blick eines dankbaren Besuchers zu bewundern.

Im Flur stand eine wunderschöne alte Standuhr. Die war ihm beim ersten flüchtigen Durchsehen überhaupt nicht aufgefallen. Roger blickte auf seine Armbanduhr, danach auf das Uhrwerk der Standuhr. Die Zeiten stimmten genauestens überein.

Auf seinem Erkundungsrundgang durch das untere Stockwerk stieß er in einem Hinterzimmer auf ein altes Steinway-Klavier. Sofort blieb er stehen und streichelte über das glänzende Mahagoni-Holz des Flügels. Verglichen mit dieser Kostbarkeit hier besaß der alte Kasten, der bei ihm zu Hause stand, nur noch Schrottwert. Achselzuckend wandte er sich ab, um sich den nächsten Raum anzuschauen. Das Arbeitszimmer.

Angelockt von einem Duftgemisch aus vermodertem Papier und abgestandenem Leder betrachtete er die Anhäufung von vergilbten Papieren, Dokumenten und verstaubten Aktenordnern. Mit Sicherheit war alles bereits durchgesehen und dann völlig ohne Konzept einfach irgendwo abgelegt worden. Er setzte sich auf einen verstaubten Bürostuhl und versuchte sich an einer raschen Bestandsaufnahme. „Konzeptlos" war hier wirklich noch untertrieben. „Ein völliges Durcheinander" wäre der richtigere Ausdruck gewesen. Was zum Teufel hatte er sich vorgestellt?

„Da kommt eine Menge Arbeit auf mich zu", dachte er und vielleicht hätte es ihm sogar Spaß gemacht, wenn er Buchhalter und dies der einzige Grund für seine Anwesenheit gewesen wäre. Er ließ den Blick über die lange Regalwand gleiten, ehe er geistesabwesend irgendeinen Ordner herausnahm.

„Im Moment kann ich hier nicht viel tun", überlegte er, ehe er sich mit dem Dokument in der Hand in einen dunkelgrünen Ledersessel fallen ließ, der hinter einem schweren Eichentisch stand.

2. KAPITEL

Bad Münstereifel
Montag, 06. Mai 2013
10:12 Uhr

Sophie Böker fuhr mit ihrem metallic-grünen Mini Cooper auf die Parkfläche neben ihrem Laden in Bad Münstereifel und wunderte sich, dass dort noch alles frei war. Sie hatte sich verspätet, und so war ihr Kunde höchst wahrscheinlich schon wieder heimgefahren. Mit einem halbherzigen *„Verdammt"* auf den Lippen schloss sie die Ladentür auf und sauste in die hinteren Räumlichkeiten, um die Kaffeemaschine anzustellen. Danach eilte sie wieder nach draußen und öffnete die Rollläden vor den Schaufenstern. Zufrieden seufzend, kehrte sie kurz darauf in den Verkaufsraum zurück. Der war nicht mal übermäßig groß, denn so einen hätte Sophie auch gar nicht gewollt. Sie legte mehr Wert auf eine persönliche Note. Gemütlich, intim und geheimnisvoll musste er sein. Der Laden bedeutete für sie viel mehr als nur ein Ort, wo man Geschäfte tätigte. Sie sah in ihm so etwas wie ihre eigene Selbstverwirklichung.

Die Idee mit dem Antiquitätengeschäft war langsam herangewachsen, hatte sich aber dann schnell weiter entwickelt. Mit der vollen Unterstützung ihres Vaters selbstverständlich. So waren sämtliche Objekte, die ihm für seine Sammlung nicht gut genug erschienen, in ihrem Laden gelandet, und ab und zu hatte sie von ihm sogar eine wertvolle Rarität zugeschustert bekommen. So hatte sie in kürzester Zeit den Laden zum Florieren gebracht und sich in der Sammlerszene einen guten Namen erworben. Dass er ihr bereits seit Längerem ihr eigenes Geld einbrachte, erfüllte sie zusätzlich mit Stolz. Sicher, am Anfang war der Zuspruch eher bescheiden gewesen. Die meisten Besucher waren aufgrund der Popularität ihres Vaters gekommen, aber schließlich bedeutete auch jeder zufriedene Kunde die beste Reklame für ihr Geschäft. Außerdem lockte die gute Lage des Ladens, in der Altstadt von Bad Münstereifel, nicht nur aufgrund des City-Outlets an den Sommertagen ganze Touristenströme an, sondern bot ihr auch den nicht zu unterschätzenden Vorteil, diesen noch zusätzlich an vielen Sonntagnachmittagen öffnen zu können. Einzige Bedingung für diese Ausnahmeregelung war der Verkauf von Postkarten und kleineren Andenken, die sie in einem eigens dafür angefertigten Weichholzregal ausstellte. Dafür nahm sie die tägliche Anreise von knapp 50 Kilometern gerne in Kauf. Sophie wohnte in Hinterweiler, Landkreis Vulkaneifel.

Bei ihr musste man immer genügend Zeit mitbringen. Schnelle Geschäfte lagen ihr nicht. Sie mochte persönliche Kontakte und ausgiebige Gespräche bei einer guten Tasse Kaffee. Als der Laden immer besser lief, hatte sie Marita angestellt. Zuerst war ihre neue Aushilfe noch recht unerfahren gewesen, doch schon bald hatte sie sich als gute Rechnerin und fleißige Angestellte erwiesen. Sophie vertraute ihr völlig und jetzt, nach fünf Jahren Praxis, schien sie mit allen Wassern gewaschen zu sein. Bei dieser Ausführung musste sie unwillkürlich an Roger Peters denken, den sie am frühen Morgen persönlich kennengelernt hatte. Auf einmal spürte sie, wie sie traurig wurde. *„Komisch, dass mir dieser Reiseschriftsteller gerade jetzt in den Sinn kommt …"* Aber dann wusste sie, was es war. Er erinnerte sie an ihren

Vater, der vor sechs Monaten auf furchtbare Weise ums Leben gekommen war. Roger hatte sofort auf sie den Eindruck gemacht, als sei er eine Persönlichkeit, die sich überall behaupten konnte, genau wie ihr Vater. Er war allein durch Lateinamerika gereist und das bedeutete schon etwas. Und es waren seine Augen, die etwas ganz Spezielles an sich hatten und Geborgenheit und Sicherheit ausstrahlten. *„Ja, das war es, genauso wie eine gewisse Härte und Intelligenz. Merkwürdig"*, dachte sie und nagte sanft an ihrer Unterlippe. *„Er geht mir einfach nicht mehr aus dem Sinn …"*

Als die Türglocke läutete, erschrak sie sich zunächst, drehte sich um und schob ihre sonderbaren Gedanken zur Seite.

„Frau Böker? Bitte entschuldigen Sie meine Verspätung, ich bin noch aufgehalten worden."

„Aber das macht doch gar nichts, Heiner."

Sie überlegte kurz, ob sie ihm erzählen sollte, dass sie sich auch verspätet hatte, ließ es aber bleiben. „Kaffee gefällig? Ich habe gerade erst frischen aufgesetzt."

„Oh ja gerne, das ist sehr freundlich von Ihnen. Wissen Sie, ich bin heute Morgen einfach noch nicht zum Frühstücken gekommen." Er lächelte und entblößte dabei seine abgekauten Zahnkronen.

„Du hast gestern am Telefon ziemlich geheimnisvoll geklungen. Was ist es denn nun, was du mir unbedingt zeigen möchtest? Nimmst du eigentlich Zucker in deinen Kaffee?"

„Eigentlich sollte ich ja ablehnen, aber ich denke, ein Löffel geht schon." Sein Blick huschte rasch über Sophies Schuhe mit den hohen Absätzen, als diese ihre Beine elegant übereinander schlug.

„Schade, dass sie so ganz in einer anderen Liga spielt", dachte er, besann sich aber dann auf sein eigentliches Anliegen. Rasch schlug er die mitgebrachte Decke auseinander und zeigte Sophie, was er ihr anzubieten hatte. Die Wirkung war verblüffend und wirklich sehenswert. Ihre Gesichtszüge nahmen alle nur erdenklichen Formen und Farbtöne an, bis sie schließlich zusammenzuckte und erblasste. Die „grüne" Dame rang tatsächlich nach Atemluft, wusste sie doch sofort was es war, auch wenn sie dergleichen noch niemals zuvor in den eigenen Händen gehalten hatte: Ein frühes Gemälde von Diego Quispe Tito aus der Schule Cuzcos. So etwas fehlte selbst in der umfangreichen Sammlung ihres Vaters.

Sie zweifelte nicht an der Echtheit des Gemäldes. Bisher hatte ihr Heiner nur authentische Stücke geliefert. Respektvoll und fast schon zärtlich strich sie mit ihren Fingerspitzen über das zarte Leinen, fuhr mit äußerster Vorsicht an den barocken Konturen der Gesichter, Stoffe und Kleider jener Heiligenfiguren entlang, die der begabte Künstler bereits im frühen siebzehnten Jahrhundert in sogenannter Brokat-Technik mit feinstem Blattgold versehen hatte. Es dauerte eine Weile, bis sie sich von dem freudigen Schock erholt und ihre Stimme wiedergefunden hatte.

„W...woher hast du das?", stammelte sie. „Es ist unglaublich ..., unglaublich schön!"

„Ja, das ist es! Und was meinen Sie, wie viel ist das Gemälde wert?"

Daran hatte Sophie noch keinen Gedanken verschwendet. „Ich weiß nicht genau", stotterte sie vor sich hin. „Auf so etwas bin ich einfach nicht vorbereitet. Macht es dir etwas aus, wenn ich es gleich an mich nehme? Natürlich gegen

Quittung! Und etwas Bargeld habe ich auch noch in der Kasse, das kannst du gerne als Anzahlung haben."

Heiner ließ sich mit einer Antwort absichtlich viel Zeit und lächelte. *„Ein Lächeln ist niemals vergeudet"*, dachte er. Dann verlagerte er sein Gewicht auf den anderen Fuß und meinte: „Sie wissen ja, wie solch ein Geschäft normalerweise abläuft: Cash on Delivery, aber ich weiß, dass ich Ihnen vertrauen kann. Nur gehen Sie bitte nicht gleich damit hausieren. Ich muss an meine Kontakte denken und sie schützen, Sie wissen ja, wie das ist ..."

Wusste sie nicht wirklich, sagte aber: „Das ist doch selbstverständlich! Vielen Dank, Heiner, dass du so entgegenkommend bist. Nach so einem Gemälde suche ich schon eine halbe Ewigkeit, ich melde mich so bald wie möglich und dann unterbreite ich dir ein großzügiges Angebot!"

„Da bin ich mir sicher", entgegnete Heiner und verließ Sophies Antiquitätenladen. Er war mit sich und seiner Welt zufrieden.

Verlässt man die Autobahn A1 an der Ausfahrt Wermelskirchen und hält sich links, Richtung Solingen, so passiert man automatisch das imposante Bauwerk von Schloss Burg. Im weiteren Verlauf der steil abfallenden Burgtalstraße erreicht man eine Straßenkreuzung, die links hinauf in die Westhausenerstraße mündet, die sich wiederum schlängelnd in einer kurvenreichen Strecke ihren Weg nach Westhausen, Reinshagen und später nach Güldenwerth bahnt.

Sophie stürmte genauso durch die Haustür in das Foyer der Villa ihres Vaters, wie sie es am Vormittag verlassen hatte. „Marlies!", rief sie laut in den Flur. „Ist Felix noch im Hause?"

Ohne eine Antwort abzuwarten, sauste sie durch die Eingangshalle in den vordersten Salon. Dabei knickte sie fast um in ihren hohen Hacken, konnte sich aber gerade noch an dem Pfosten der Garderobe festhalten.

„Du solltest lieber langsamer gehen!", wurde sie von Marlies gerügt, als diese sah, wie sich Sophie an die Garderobe klammerte.

„Die beiden Herren sind noch im Arbeitszimmer deines Vaters", wollte sie noch schnell hinzufügen, aber ihre Erklärung kam zu spät. Sophie war bereits an ihr vorbei gezischt und wackelte jetzt auf das entsprechende Zimmer zu. Leise öffnete sie die Tür, nur gerade soweit, um den Kopf hindurch stecken zu können. Manche Dinge, entschied sie für sich, musste man tatsächlich langsam und vorsichtig angehen.

3. KAPITEL

Remscheid – Küppelstein
Montag, 06. Mai 2013
19:00 Uhr

Roger Peters saß an dem schweren Eichenschreibtisch, den ihr Vater so geliebt hatte, umgeben von riesigen Papierbergen und geöffneten Kartons. Vor ihm lag ein dicker Schreibblock und Sophie bemerkte, dass er bereits etliche Seiten beschrieben hatte. Sein Haar fiel ihm in die Stirn und er sah irgendwie sehr konzentriert oder aber frustriert aus. Felix stand vor dem gegenüberliegenden Regal und schien etwas abzuzählen.

„Na, ihr beiden, noch fleißig?"

Roger blickte zu ihr auf. Scheinbar gelassen über ihr plötzliches Eintreten, hielt sein Blick sie regelrecht fest. Sie fröstelte und fühlte ein seltsames Prickeln in sich aufsteigen. Felix schien überhaupt keine Notiz von ihr zu nehmen. Stattdessen griff er in seine Hosentasche und nahm eine Plastikverpackung hervor. Er drückte kurz darauf und etwas Rundes, Weißes fiel in seine Hand. Hastig steckte er es in den Mund, griff nach der kleinen Flasche Mineralwasser, die auf dem Fenstersims stand, nahm einen Schluck und schluckte die Pille hinunter.

„Ein schönes Chaos ha...", wollte ihr Roger gerade erklären, aber Sophie schnitt ihm einfach das Wort ab. Stattdessen rief sie aufgeregt: „Ich hab da etwas, das ihr euch unbedingt ansehen müsst!"

Dabei wirkte der Klang ihrer Stimme so dominant, dass keiner der beiden Herren einen Widerspruch wagte. Erst jetzt fiel ihr auf, dass jene Kostbarkeit, die sie von Heiner bekommen hatte, noch auf der kleinen Rückbank ihres Mini Coopers lag. Hastig stöckelte sie wieder zurück ins Foyer und raus aus dem Haus. Die beiden Männer blickten sich verwundert an. *„Was hat sie denn jetzt schon wieder vor?"*

Kurz darauf war sie zurück und legte eine alte Decke auf den Schreibtisch im Arbeitszimmer. Die verwaschene Decke passte wirklich wie die Faust aufs Auge zu ihrer Strickjacke. Beide hatten in etwa den gleichen grünen Farbton. Ihre Finger fuhren nervös über den großen Stein in der alten Jugendstilbrosche, welche sie immer trug, bevor sie die Decke auseinander schlug. Das Schmuckstück war ein Geschenk ihres Vaters.

Diesmal war es Roger, dem es beim Anblick des Gemäldes die Sprache verschlug. Auch er begriff sofort, was er da vor sich hatte.

„*Wahnsinn!*", kam es über seine Lippen. Voller Ehrfurcht strich er mit seinen Fingern über das raue Leinen, ganz so wie es Sophie bereits vor ihm getan hatte. Dann machte er sich sofort in seiner urtypischen Art daran, das Gemälde zu inspizieren.

„Das Bild stammt noch aus den Anfängen der Kolonialzeit", wusste er zu berichten. „Francisco Pizarro hatte gerade die ehemalige Inkahauptstadt Cuzco als neue spanische Stadt gegründet und mit der Errichtung des Bischofssitzes 1536 einen Bauboom von Gotteshäusern ausgelöst, die nach ihrer Fertigstellung allesamt prachtvoll dekoriert sein wollten. Dadurch entstand eine immense künstlerische Bewegung, die sich hauptsächlich mit Malerei beschäftigte. Als dann um 1650 ein großes Erdbeben die alte Inkahauptstadt Cuzco fast vollständig zerstörte, kamen endlich wieder die ursprünglichen Ureinwohner zur vollen Entfaltung. Mit der Cuzcoschule entstand die wichtigste Kunstschule Südamerikas. In den dort hergestellten Gemälden wurden die Heiligen der Christen mit Andinen-Göttern gemischt und zudem mit lokaler Flora und Fauna geschmückt. Einzigartig war die Anwendung der sogenannten Brokat-Technik, wobei einzelne Bildkonturen mit feinstem Blattgold veredelt wurden."

Jetzt atmete Roger langsam aus und ließ den Blick durch den Raum schweifen. Felix und Sophie hatten ihm mit offenen Mündern zugehört. Die Hausherrin lehnte sich mit der Hüfte an den Schreibtisch und deckte das kostbare Gemälde vorsichtig wieder zu.

„Es ist wunderschön, nicht wahr?", sagte sie stolz.

„Ja, das ist es, und nahezu in perfektem Zustand."

„Lieben Sie Herausforderungen, Herr Peters?"

Jetzt lächelte sie und wurde für ihn dadurch zu einer besonders reizvollen Frau.

„Verdammt, sie flirtet mit mir, obwohl ihr Freund dabei ist. Am besten, ich ignoriere sie einfach, bevor ich mich in Schwierigkeiten bringe!"

„Ich liebe alte Kulturen, Frau Böker", antwortete er daher bewusst vorsichtig.

„Sophie. Bitte sagen Sie Sophie zu mir. Ansonsten komme ich mir so alt vor. Also, ich kann dann mit Ihrer Zusammenarbeit rechnen?", fragte sie kokett und ließ sich gleichzeitig von der Tischkante gleiten.

„Es wird ihm wohl nichts anderes übrig bleiben", rief Felix jetzt dazwischen. Er hatte sich von der Überraschung erholt, starrte aber nach wie vor wie gebannt auf die alte, grüne Decke, die den wertvollen Inhalt in sich verbarg.

„Übrigens, was haltet Ihr von Riefkoken?", fragte er auf einmal. Sophie und Roger blickten sich unschlüssig in die Augen. „Was hat das jetzt zu bedeuten?"

Felix erklärte es ihnen.

„Ich habe, meine liebe Sophie, kurz nach deinem Aufbruch heute Morgen Marlies angewiesen, die notwendigen Zutaten einzukaufen. Seit dem frühen Nachmittag werkelt sie in der Küche herum und dürfte so langsam etwas Schmackhaftes zustande gebracht haben. Die kross gebratenen Kartoffelpuffer zuzubereiten nimmt immer eine Menge Zeit in Anspruch, also lasst uns mal nachschauen, ob sie schon fertig sind."

Sie waren fertig. Marlies wirbelte in der Küche herum und summte zu einer Melodie, die aus dem Radio auf dem Kühlschrank dröhnte.

„All by myself … yes I'm gonna be … All by myself."

„Oh, das ist ja mein Lieblingslied", meinte Sophie und lachte vor Freude. „Kommt, lasst uns mit anpacken und den Tisch im Esszimmer decken. Dort sitzt es sich gemütlicher."

Die Riefkoken waren ein Gedicht. Besonders, da sie mit Apfelkraut bestrichen und zusätzlich mit Kaviar und Lachs belegt waren. Von wegen „Arme-Leute-Essen". Roger gönnte sich gleich drei Portionen. Er dachte an die vielen gefrorenen Klumpen, die er regelmäßig aus dem Gefrierfach seines Kühlschrankes zog, um sie dann mittels Mikrowelle in eine Delikatesse zu verwandeln. Meistens nahm er seine Mahlzeiten auch noch im Stehen ein und benutzte dazu ein einfaches Besteck aus Plastik. Er wusste, dass er seine Essensgewohnheiten dringend ändern musste, genauso wie so manches andere in seinem Leben. Zum Schluss gab es einen Espresso. Sophie nippte an der kleinen Tasse, bevor sie sie abstellte.

„Was genau schreiben Sie eigentlich?", fragte sie nachdenklich.

„Du!"

„Wie bitte?"

„Es muss heißen: Was genau schreibst du eigentlich? Ich heiße Roger, und wir waren schon beim Du, hast du das bereits vergessen, Sophie?"

Sie lachte wie zuvor bei ihrem Lieblingslied und entlockte ihm damit ebenfalls ein Lachen.

„Unveröffentlichte Abenteuerromane."

„Oh, das muss aber frustrierend sein." Sie blickte ihn mitleidsvoll an.

„Bloß nicht schon wieder das Thema", dachte Roger und erinnerte sich daran, wie glücklich er sich gefühlt hatte, als man endlich seinen ersten Roman veröffentlicht hatte.

„Wenn man etwas unbedingt will und nicht aufgibt, dann schafft man es auch“, versuchte Sophie ihn zu trösten. Roger leerte seinen Espresso in einem Zug. Er konnte sich Sophie jetzt immer besser als Geschäftsfrau vorstellen. Sie konnte zuhören und wusste genau im richtigen Moment, was sie zu sagen hatte. Er durfte nur nicht zu offen mit ihr reden. Doch jetzt, nach dem Genuss der vorzüglichen Kartoffelpuffer, spürte er eine deutliche Müdigkeit in sich aufsteigen.

„Und wie sich Remscheid verändert hatte!“, dachte er. *„Da ist man ein paar Monate nicht in seiner alten Heimat, und schon steht der schäbige, alte Bahnhof nicht mehr an seinem Platz.“* Er war einfach abgerissen worden.

Sophie, die seinen Zustand bemerkte, bot ihm an, in der Villa zu übernachten.

„Du kannst das Gästezimmer nehmen“, sagte sie. „Es befindet sich oben, im zweiten Stock. Dort ist auch ein zweites Bad, wenn du duschen möchtest …“

Dem hatte Roger ganz und gar nichts hinzuzufügen. *„Der morgige Tag wird noch früh genug beginnen und mir eine Menge Arbeit bescheren“*, befand er, als er sich wenig später in die flauschige Bettwäsche einwickelte.

Kurz vor dem Einschlafen schaute er sich in dem Zimmer um. Das Bett war gemütlich, aber alt. Es gab eine antike Frisierkommode mit einem großen Spiegel, dazu einen passenden Schrank. Regale mit Büchern und altem Spielzeug, das noch aus Sophies Kindheit stammen musste. Puppen, Stofftiere, eine Miniaturküche …

Auf einem kleinen Tischchen stand ein alter Fernseher und an den Wänden hingen Poster von „Smokie“ und den „Bay City Rollers“. Letztere waren nicht gerade sein

Fall gewesen, aber sie passten irgendwie zu Sophie. Plötzlich kam ihm noch jener Zeitungsbericht in den Sinn, der selbst in der Eifel für Aufsehen gesorgt hatte: *Weltbekannter Sammler von ethnischem Kulturgut im eigenen Haus ermordet und geköpft aufgefunden.* Damit hatte schließlich alles angefangen, denn sechs Monate später hatte er den Anruf von Felix Wagner bekommen, der eine fachkundige Kraft zum Auswerten und Katalogisieren einer umfangreichen Privatsammlung suchte. Dass Felix Wagner der Freund der Tochter des ermordeten Sammlers Dr. Ferdinand Böker war, die ebenfalls in der Eifel wohnte und dort ein Antiquitätengeschäft betrieb, wusste Roger bereits, nachdem er das zweite Mal mit ihm telefoniert und dessen Einladung, in seine Heimatstadt Remscheid zu kommen, angenommen hatte. Und jetzt befand er sich mitten in der Höhle des Löwen.

Dienstag, 07. Mai 2013
00:25 Uhr

Das Telefon klingelte unaufhörlich und das penetrante Geräusch weckte ihn schließlich auf. Vorsichtig stieg Felix aus dem Bett und schlich auf Zehenspitzen hinaus auf den Flur. Das Telefon stand unten im Flur. Es klingelte noch immer. Hastig eilte er die Treppe hinunter und lief auf das kleine Beistelltischchen zu, worauf sich der Apparat befand. Er warf einen Blick auf die digitale Anzeige. Rufnummer unbekannt, sagte das Display. Er nahm den Hörer ab und vernahm den Piepton. Der unbekannte Anrufer hatte aufgelegt.

„Scheiße, und dafür bin ich extra aufgestanden und habe mich hier runter bemüht!“

Wütend ging er wieder nach oben. Als er ins Schlafzimmer kam, saß Sophie aufrecht im Bett und hatte sich das Kissen in ihren Rücken geschoben.

„Um diese Zeit?", fragte sie. „Wer war denn dran?"

„Niemand! Der Anrufer hat einfach aufgelegt, als ich den Hörer abgenommen habe. Wahrscheinlich irgend so ein Scherzkeks, der nachts nichts Besseres zu tun hat, als fremde Menschen um ihren wohlverdienten Schlaf zu bringen. Einsperren sollte man diese Scheißkerle!"

„Hm ...", murmelte Sophie mit schlaftrunkener Stimme. „In letzter Zeit häufen sich diese seltsamen Anrufe. Bei mir im Geschäft ruft auch dauernd jemand an und legt dann wieder auf. Ich habe schon überlegt, mir eine geheime Telefonnummer zuzulegen."

„Ach was, das ist doch sicher nicht notwendig. Geheime Nummern sind doch nur etwas für Spione. Leg dich wieder hin und schlafe, Liebling. Morgen wird wieder ein anstrengender Tag. Gott sei Dank haben wir jemanden bei uns, der uns hilft ..."

4. KAPITEL

Remscheid – Küppelstein
Dienstag, 07. Mai 2013
08:30 Uhr

Die Sonne spiegelte sich auf der Wasseroberfläche des Swimmingpools wider und verwandelte diese in ein munteres Lichtermeer. Roger beendete mit weit ausholenden Zügen seine erste Bahn. Im Wasser konnte er völlig abschalten und sich ganz seinen Bewegungen überlassen. Als Schriftsteller wurden seine Gedanken fast beiläufig von Charakteren und Schauplätzen in Anspruch genommen, sowie von Worten und Formulierungen natürlich. Daher hatte er sich in den Sommermonaten zuhause in der Eifel daran gewöhnt, so oft wie möglich den Tag mit Schwimmübungen zu beginnen, um erst einmal abzuschalten und Kraft für die neuen Aufgaben des Tages zu schöpfen. Dazu hatte er die Maare quasi vor der Haustür liegen.

Sophie hatte nichts dagegen gehabt, dass er den Pool im Hause ihres Vaters benutzte. Dabei waren ihm keinesfalls ihre neugierigen Blicke entgangen, als er sich den Morgenmantel abgestreift hatte und vor ihren Augen in das kühle Nass gesprungen war. Sophie Böker, diese Frau faszinierte ihn irgendwie und dabei war er sich gar nicht sicher, ob er das überhaupt wollte. Normalerweise pflegte er Berufliches und Privates streng zu trennen. Und dann war da ja auch noch Felix Wagner. Der wäre sicher nur wenig erfreut, wenn er mit seiner Freundin anbandeln würde.

Gleich nach dem erfrischenden Bad verschanzte er sich wieder im Arbeitszimmer des verstorbenen Dr. Böker. Es war der größte Raum im gesamten Erdgeschoss, vollgestopft mit Aufzeichnungen und Dokumenten. Roger gefiel das Arbeitszimmer viel besser als die anderen Räumlichkeiten, die er bisher gesehen hatte. Hier gab es wenigstens so etwas wie Anzeichen von Produktivität, während die anderen Zimmer mit Vitrinen, Glaskästen und Ausstellungsstücken gefüllt waren und eher einem Museum als einem behaglichen Zuhause glichen.

Der gute Felix schien heute etwas auf Sparflamme zu kochen. Er war mucksmäuschenstill, und seine Gesichtszüge wirkten angespannt. Etwas schien ihm über die Leber gelaufen zu sein, oder hatte er einfach nur schlecht geschlafen?

In Wirklichkeit war Sophies Freund mit Bauchschmerzen aufgewacht. Natürlich war es wieder das Magengeschwür. Und er wusste jetzt schon genau, wie der bevorstehende Tag verlaufen würde. Gefrühstückt hatte er nur seine Tabletten, also würde er gegen Mittag hungrig und das Geschwür noch boshafter sein. Irgendwann dann gegen Nachmittag würde er die Schmerzen nicht mehr aushalten können und sich unter einem Vorwand zurückziehen müssen. Er würde sich mit weiteren Tabletten zuschütten, ein Nickerchen machen und dann mit Kopfschmerzen aufwachen. Später würde er eine Kleinigkeit zu Abend essen, wieder Tabletten nehmen und zu Bett gehen.

Er war sich in diesem Augenblick durchaus bewusst, dass Roger ihn beobachtete, sah aber keine Möglichkeit, ihn loszuwerden. Er wusste, dass er jetzt etwas sagen musste und bequemte sich dazu, ein Räuspern zuzulassen. Anschließend fragte er fast schon aus Verlegenheit: „Wie sieht es aus, Herr Peters? Konnten Sie sich bereits einen ersten Überblick verschaffen?"

Roger war zunächst überrascht angesichts der unverhofften Äußerung seines Gegenübers, ließ sich allerdings nichts anmerken, sondern lehnte sich genüsslich in den Ledersessel zurück und setzte einen nachdenklichen Blick auf. Dazu musterte er Sophies Freund in aller Ruhe von Kopf bis Fuß, was darauf abzielte, ihn aus dem Konzept zu bringen. Felix war nicht gerade das, was die meisten Frauen als anziehend bezeichnen würden, aber wahrscheinlich war er eine treue

Seele. Trotzdem empfand Roger ihn und Sophie als Paar extrem unterschiedlich, aber Gegensätze zogen sich ja bekanntlich an.

„Über das meiste, was ich bisher gesehen habe, kann ich noch nicht viel Auskunft geben. Ich müsste erstmal in einschlägiger Fachliteratur wälzen, oder das Internet befragen. Und dafür hätte ich nicht extra aus der Eifel anreisen müssen. Ich würde wirklich gerne wissen, welche Hilfestellung Ihre Freundin konkret von mir erwartet?"

„Äh … ja, also ich denke, es geht um Hintergrundinformationen zu den meisten Stücken aus der Sammlung ihres Vaters. Sie stammen überwiegend aus der Zeit vor Christoph Kolumbus, und damit kennen Sie sich doch am besten aus. Natürlich gibt es darüber eine Menge in Büchern zu lesen,oder auch im Internet. Aber Sophie möchte gerne mehr wissen. Ich meine, Ihre Theorien zum Beispiel, warum sich die eine oder andere Kultur in eine bestimmte Richtung entwickelt hat und dann letztendlich untergegangen ist. Dazu über ihre Religion, Mystik, Gepflogenheiten und Bedeutung der Astrologie. Einfach alles, was Sie sonst noch zu dem Thema beisteuern können. Und letztendlich möchte Sophie wohl, dass Sie die komplette Sammlung katalogisieren und unbekannte Objekte nach Kultur und Alter bestimmen. Danach sollen sie in ihr Geschäft nach Bad Münstereifel gebracht werden."

„Und was geschieht mit dem antiken Inventar?"

„Die Möbel werden mit dem Haus verkauft. Zumindest ein großer Teil davon, den Sophie nicht mit in die Eifel nehmen will."

„Danke, jetzt sehe ich ein wenig klarer", entgegnete Roger plötzlich ganz bewusst freundlich. „Ist eigentlich schade um die schöne Villa."

„Das finde ich auch, aber Sophie wohnt in Hinterweiler und ich in Köln. Was sollen wir dann damit? In der nächsten Woche kommt eine Maklerin vorbei, um sich das Haus anzusehen. Sie glaubt, es dürfte kaum Schwierigkeiten bereiten, ein solches Objekt an den Mann zu bringen. Obwohl, ich zweifle da ein wenig. Bei diesem schaurigen Hintergrund ..."

„Sie meinen den Mord an Dr. Böker, nicht wahr? Wirklich eine scheußliche Geschichte! Ich werde mich auf jeden Fall bemühen, meine Arbeit so schnell wie möglich zu Sophies Zufriedenheit zu erledigen. Ich denke, das ist das Mindeste, was ich für sie tun kann."

Kurze Zeit später stand er am Fenster und starrte hinaus auf den Swimmingpool, wo Sophie jetzt ihre Runden drehte. Sie trug einen knappen zweiteiligen Badeanzug und sah darin ausgesprochen sexy aus. Nun stieg sie aus dem Wasser, schüttelte sich die lange Mähne und stolzierte auf die Duschkabine zu. Auf einmal entdeckte sie seine Silhouette in der Fensterscheibe, drehte ihren Kopf leicht nach vorne, lächelte und hob winkend ihre Hand zu einem Gruß.

„Früher oder später werde ich mir die Finger verbrennen", dachte er und wusste nicht, ob er sich darauf freuen sollte oder nicht.

5. KAPITEL

Köln – Vingst
Dienstag, 07. Mai 2013
09:50 Uhr

Heinz Gromberg stand in einer Telefonzelle an der Ostheimerstraße im Kölner Stadtteil Vingst und hatte sich den Hörer unter das Ohr geklemmt. In einer Hand hielt er das Ende einer Kette, die zu einem Hundehalsband gehörte. Die kleine Luna wartete brav vor der Telefonzelle auf ihr Herrchen. Am anderen Ende der Leitung wurde abgehoben und Heinz drückte eine Telefonkarte in den dafür vorgesehenen Schlitz.

Eine Stimme sagte: „Hallo …"

„Ich bin's. Ich habe noch niemanden erreichen können, aber das Gemälde befindet sich bereits im Haus ihres Alten. Gedulden wir uns noch einen Moment, aber dann ist sie fällig. Bereitet alles vor!"

Damit hängte er auf, ohne seinen Namen zu nennen, oder auf eine Antwort zu warten. Er hatte sich angewöhnt, die Befehle auszuführen, die man ihm erteilte. Er schlenderte über den schmalen Bürgersteig und zog den Hund hinter sich her. Es war eine junge Terrier-Hündin und er musste kräftig an der Leine ziehen, damit das Tier mit ihm Schritt hielt. Die kleine Gartentür zu der unteren Apartmentwohnung befand sich in der hintersten Reihe einer mehr oder weniger heruntergekommenen Wohnsiedlung. Die Haustüren waren stets verschlossen, denn die Bewohner der Betonsiedlung hatten Angst vor Einbrechern, und das trotz zahlreicher Hunde, die als lebendige Bewegungsmelder fungierten und mit einem lauten Bellen auf alles reagierten, was nicht in die Umgebung gehörte.

Heinz betrat seine Wohnung. Drinnen roch es nach Gebackenem. Er löste Lunas Halsband und gab dem Tier einen kleinen Stupser, woraufhin sich Luna schmollend auf die blaue Eckcouch zurückzog.

Die Kaffeemaschine war angestellt, aber seine Frau war nirgends zu sehen. Ein Wasserhahn tropfte und das monotone Geräusch brachte ihn recht bald in Rage. Sicher war es die Dichtung.

In einem Abstellraum bewahrte er jede Menge Werkzeug auf. Das wiederum hatte er penibelst geordnet, so wie es ihm einst sein Vater beigebracht hatte. Heinz machte es Spaß, die Gewohnheiten seines Vaters zu übernehmen. Die Kombizange, die er benötigte, um den tropfenden Wasserhahn abzustellen, hatte er mit einem gezielten Griff aus seinem Sortiment gefischt. Er steckte sie in die Seitentasche seines Overalls und ging zurück in die Küche. Seine Frau war in der Zwischenzeit zurückgekommen.

Brigitte Gromberg war klein und hatte ein wenig Übergewicht. Dafür besaß sie aber doppelt so viel Energie wie die Durchschnittsfrau ihres Alters. Sie hatte schon früh in ihrem Leben gelernt, mit Zeit und Geld ökonomisch umzugehen. Ihre Mutter war Sekretärin in einer Anwaltskanzlei gewesen, bevor sie einen Postboten heiratete, der starb, als Brigitte neun Jahre alt war. Die karge Pension, mit der ihr Mann sie zurückgelassen hatte, besserte die Mutter mit Näharbeiten auf. Auch die meisten von Brigittes Kleidern hatte sie selbst entworfen und geschneidert. Oft genug war Brigitte als junges Mädchen vom Summen der altmodischen Nähmaschine in den Schlaf gelullt worden.

Doch kurz nach ihrem zwölften Geburtstag war ihre Mutter an Krebs gestorben, und seit dieser Zeit hatte Brigitte immer ein wenig davor zurückgeschreckt, jemandem ganz zu gehören, aus Angst, sie könnte auch diesen Menschen wieder verlieren. Aber dann hatte sie Heinz kennengelernt und alles war ganz anders gekommen.

„Hast du schon von dem Kuchen probiert?", fragte sie ihn. „Diesmal habe ich echten Eierlikör hinzugegeben."

„Na prima", dachte Heinz und legte die Kombizange auf die Seite. Der tropfende Wasserhahn konnte warten.

Und Brigitte fragte weiter: „Sag mal, wo bist du eigentlich vorhin gewesen?"

„Ach, ich habe nur mit Luna eine Runde gedreht und musste noch jemanden anrufen."

„So, musstest du? Und wir haben hier in der Wohnung kein Telefon oder wie? Ich glaube, ich werde dich wohl niemals verstehen."

„Du weißt doch, wie das ist, Liebes. Die Polizei könnte unseren Anschluss überwachen und ..."

„So ein Quatsch! Die traut sich doch bald gar nicht mehr her. Bist du so gut und schenkst schon mal den Kaffee ein?"

Heinz ging mit der Kaffeekanne ins Wohnzimmer. Auf dem rechteckigen Glastisch befanden sich bereits Teller, Tassen und Kuchengabeln für zwei Personen. Er stellte die Kaffeekanne auf eines der gehäkelten Deckchen und ließ sich in den dunkelblauen Sessel fallen. Wieder dachte er an seinen Vater und wie dieser früher immer für gute Tischmanieren gesorgt hatte. *„Eigentlich ist er schon in Ordnung gewesen, mein alter Herr, bis auf die Tatsache vielleicht, dass er Mutter niemals treu war, aber das steht ...."* Weiter kam er nicht, denn Brigitte war in der Zwischenzeit ins Zimmer gekommen und hatte ihren Mann aus seinen Gedanken gerissen.

„Was ist bloß los mit dir, Schatz? Träumst du? Jetzt muss ich auch noch selber den Kaffee eingießen.“

Heinz antwortete mit einem Gähnen.

„Ist ja schon gut, ich mach das schon.“ Nach dem morgendlichen Spaziergang hatte er Kaffeedurst bekommen.

„Ich kann mir beim besten Willen nicht vorstellen, dass du mit deiner Vermutung richtig liegst. Ich meine wegen des Telefons. Früher hattest du nie Angst, den Hausapparat zu benutzen.“

Sie goss sich eine zweite Tasse Kaffee ein, legte ihre Rezepte beiseite, nahm die neuste Ausgabe der Bergischen Morgenpost zur Hand und lehnte sich in die Kissen zurück. Luna schmiegte sich an ihren Oberschenkel.

„Soll ich noch mehr Kaffee aufschütten?“, fragte sie später, nachdem die beiden eine Zeitlang zusammen gehockt hatten. Heinz blickte auf seine Armbanduhr. „Nein danke, ich habe noch etwas zu erledigen, aber dein Kuchen war wirklich spitze.“

Brigitte kniff die Augen zusammen. „Du hast doch wohl nicht etwa wieder ein krummes Ding vor?“

Diese Frage ärgerte ihn. „Das geht dich gar nichts an“, konterte er erbost.

„Na ja, du musst ja wissen, was du tust. Nur heule mir bitte hinterher nichts vor!“

Für einen Augenblick schaute Heinz ihr fest in die Augen. Auch wenn sie meistens nachgab, so war sie doch eine verdammt starke Frau. Und dafür liebte er sie und weil sie immer für ihn da war. Denn außer ihr war sonst niemand für ihn da.

„Also, was ist nun?“, fragte sie und riss ihn abermals aus seinen Gedanken. „Gehst du jetzt nach draußen oder nicht?“

„Äh, ja … natürlich!“ Verlegen drückte er ihr einen Kuss auf die Wange. Danach bekam noch Luna ihre Streicheleinheiten, und er verließ die Wohnung.

Seine verbeulte, graue Limousine hatte er auf der begrenzten Parkfläche ganz in der Nähe abgestellt. Er genoss das Gefühl, in den geräumigen Wagen einzusteigen, auch wenn es in seinem Inneren bei diesen sommerlichen Temperaturen viel zu heiß war. Rasch drückte er auf den Knopf und ließ die Seitenscheibe herunter. So, jetzt war es besser. Er betätigte den Anlasser und ließ den Wagen langsam aus der schmalen Einfahrt rollen.

Seine beruflichen Aktivitäten hatten sich ganz schön ausgeweitet. Selbstverständlich pflegte er nach wie vor die Gärten, Rasen und Hecken gut betuchter Pensionäre in den besseren Vierteln, nur gab er dann und wann gewissen Leuten einen lukrativen Tipp, nämlich wo gerade etwas Wertvolles zu holen, beziehungsweise die Eigentümer nicht zu Hause waren. Dafür hatten sich seine Auftraggeber stets großzügig gezeigt und ihn entsprechend entlohnt. Und immer wieder schmiedete er neue Pläne. Einige seiner Projekte waren legal, andere weniger. Er vermutete, dass die Polizei Bescheid wusste, aber man hatte ihm bisher niemals etwas nachweisen können. Er war auch nicht knauserig, wenn es galt, hier und da einen Drink zu spendieren oder sogar eine kleine finanzielle Unterstützung bereitzustellen. Aber deshalb traute er den Bullen noch lange nicht. Und sicher war nun einmal sicher. Bisher war er meistens nur als Vermittler aufgetreten und hatte praktische Insider-Informationen an den Mann gebracht. Doch die Sache, an der man ihn nun beteiligen wollte, war um etliche Nummern größer. Er fuhr die Ostheimerstraße entlang und bog in die Heßhofstraße ab. Dort parkte er seinen Wagen auf dem Parkplatz des Bürgerzentrums von Vingst und stieg aus. Von hier aus hatte er einen Blick bis auf den grünen Gürtel der Stadt, wo die Häuser und Vorgärten entsprechend größer waren als dort, wo er lebte. Aber er war guter Dinge, dass sich das schon recht bald zu seinen Gunsten verändern würde.

6. KAPITEL

Köln – Vingst
Dienstag, 07. Mai 2013
11:10 Uhr

Die Tür, an die er klopfte, gehörte zu einer schummrigen Kneipe im hinteren Teil des Bürgerzentrums. Sie wurde sofort geöffnet, und Heinz betrat den dahinterliegenden Raum. Er schüttelte Michael die Hand und folgte ihm die Treppe hinauf. Michael hatte seit seiner Geburt einen Sprachfehler. „W…willst du eine T…Tasse K…Kaffee, Heinz?“, fragte er stotternd.

„Danke, das ist großzügig von dir, aber ich habe schon mit Brigitte Kaffee getrunken. Sind die anderen schon da?“

Er schaute sich in der kleinen Bar um. Alles war blitzblank geputzt, eher untypisch für eine original kölsche Kneipe, wo sonst Unmengen an Unrat auf dem Fußboden landeten. Aber für Michael bedeutete dieser Ort alles. Er war sein ganz privates Reich.

„Du hast doch Telefon, oder?", fragte Heinz.

„K...klar, h...hinten im Büro. Geh nur hinein, da stört dich keiner."

Das Büro war ebenfalls klein und sauber. Heinz setzte sich an den kleinen Schreibtisch und wählte ...

„Hallo", ertönte eine Stimme am anderen Ende des Hörers.

„Ich bin's nochmal. Könnt ihr mich abholen?"

Es folgte eine kurze Pause.

„Ja, bei Michael. In Ordnung, in zehn Minuten."

Er legte auf und goss sich einen Klaren ein. Immer, wenn er nervös war, musste er etwas trinken ...

Franky Schmitz war im Immobilien-Geschäft tätig. Und für diejenigen, die es gerne genauer wissen möchten, das stimmte sogar zum Teil. Seine Familie besaß etliche Villen und Grundstücke in Köln, der Eifel, sowie im Bergischen Land. Aber, so wie es nun einmal war, mischte Franky auch in diversen schillernden Geschäftszweigen kräftig mit. So unterhielt er unter anderem Bordelle und Spielcasinos in der Innenstadt und den Randzonen von Köln.

Darüber hinaus verfügte er über einschlägige Beziehungen, die ihn ständig mit Nachschub eines speziellen, weißen Pulvers aus Südamerika versorgten. Er war so etwas wie der Al Capone von Köln und lebte standesgemäß.

Franky liebte ausschweifende Partys, schnelle Autos, Kunst und schöne Frauen. Nur blutjung mussten sie sein. Natürlich war er verheiratet. Anna war eine gute Seele, die schon bald nach der Hochzeit ihr eigenes Leben für ihn aufgegeben hatte. Seitdem siechte sie im Niemandsland vor sich hin, versuchte allerdings krampfhaft, den Schein zu wahren und sich nichts anmerken zu lassen.

Aber Franky hatte im Moment große Sorgen. In letzter Zeit lief es nicht mehr so gut für ihn. Das, was so gut angefangen hatte, war allmählich ins Stocken geraten. Natürlich ging es um die Lieferungen des besagten, weißen Pulvers. Spezialeinheiten der Drogenfahndung hatten in kürzester Zeit einen Nachschubweg nach dem anderen geschlossen und die gesamte Ware beschlagnahmt. Das bedeutete, seine Kunden saßen quasi auf dem Trockenen. Nun war Franky Schmitz allerdings nicht auf den Kopf gefallen, hatte schon bald die richtigen Schlüsse gezogen und einen Plan B ausgearbeitet. Die Sendungen aus Südamerika sollten, wenn möglich, auf viele kleine Transporteure verteilt werden. Da die Gewinnspanne in diesem Geschäft entsprechend hoch war, konnte er in diesem Fall sogar kleinere Niederlagen in Kauf nehmen, denn hin und wieder flog einer dieser Trottel auf, die sich für 5000 Dollar Erfolgsprämie der Gefahr aussetzten, eine sichere Zukunft in irgendeinem Staatsgefängnis in Südamerika zu verbringen.

Und da war ihm irgendwann die glorreiche Idee gekommen, seine Aktivitäten auf kleinere Geschäftsleute auszuweiten. Natürlich musste man hier und da etwas nachhelfen, aber danach waren die besagten Geschäftsleute gerne bereit, ihm einen kleinen Dienst zu erweisen und ihren Importsendungen aus Südamerika eine gewisse Ware beizufügen. Klappte die Sache, so ließ sich Franky auch gar nicht lumpen und spendierte ein gutes Trinkgeld, oder es gab eine Gratisvorstellung in einem seiner Etablissements. So war er auch auf einen ganz bestimmten Antikladen in

Bad Münstereifel aufmerksam geworden. Sophies Verbindungen und vor allem der gute Name ihres Vaters waren einfach zu ideal für sein Vorhaben, doch die Gute war solide wie ein Fels, und er hatte selbst nach ausgedehnten Observationen keine Schwachstelle bei ihr finden können. Bis auf … na ja, daran wurde zumindest bereits eifrig gearbeitet.

Die eigentliche Drecksarbeit erledigten inzwischen kleinere Ganoven für ihn, die er aus der seidenen Unterwelt kannte. Einer von ihnen war Heinz Gromberg, den Franky nicht wirklich mochte. Er und die ganzen Schmeißfliegen seiner Zunft brachten das ganze Geschäft in Verruf, auch wenn sie ihm manchmal von Nutzen waren. So wie im Augenblick, auch wenn er noch nicht zufrieden war. *„Warum zum Teufel dauerte diesmal die Übergabe so lange?"* Es war an der Zeit, sich der Dinge persönlich anzunehmen …

7. KAPITEL

Köln – Vingst
Dienstag, 07. Mai 2013
11:25 Uhr

Heinz ging hinunter in die Bar, legte Michael die Hand auf die Schulter und verschwand danach durch eine Hintertür, die eigentlich als Notausgang gedacht war, auf den Hof. Dort angekommen, umrundete er das Wrack eines alten Renaults und trat vorbei an einem Stapel abgestellter Kartons in eine schmale Gasse. Hier wartete er und zündete sich hastig eine Zigarette an. Einen Moment später kam ein aschgrauer Citroen angebraust und blieb vor ihm am Bordstein stehen. Die hintere Tür sprang auf, Heinz setzte sich auf den Rücksitz, und der Wagen fuhr sofort wieder los.

Der Fahrer war Hotte, einer der bulligen Leibwächter von Frank Schmitz. Auf der Bundesstraße 8 war nicht viel Verkehr und Heinz erwartete, dass man ihn in die Innenstadt bringen würde, denn dort befanden sich die meisten Unternehmungen seines Auftraggebers. Umso mehr überraschte es ihn, dass Hotte stadtauswärts fuhr und bereits in Höhenberg die Schnellstraße wieder verließ. Danach drehte er einige Kurven, bog in die Fuldaerstraße ein und lenkte den Wagen auf einen Schrottplatz. Und der war in der Tat ein bemerkenswerter Ort. Anstelle der herkömmlichen Schrottfahrzeuge waren hier sorgfältig ausgeschlachtete Karosserien von Oldtimern aufeinandergestapelt und ihre Ersatzteile sorgsam aussortiert worden. So bildeten Säulen aus Reifen, Achsen und Chromteilen ein entsprechendes Umfeld. In der Nähe der Einfahrt standen ein alter Kran und ein Abschleppwagen für den Transport der Fahrzeuge. Über einer der drei vorhandenen Gruben parkte ein zweifarbiger Chevrolet Bel Air aus den fünfziger Jahren.

Mit einem Mal wusste Heinz, wo der große Boss zu finden war und dann sah er ihn vor sich. Frank Schmitz stand, bekleidet mit einem dunkelblauen Mechaniker-Overall, in der Grube unterhalb des Chevys und leuchtete mit einer Stablampe den Unterboden des Fahrzeugs ab.

„Das Kind hat sein Spielzeug", dachte Heinz und wunderte sich über gar nichts mehr. Der Citroen hielt und er stieg aus. Franky schien mit sich und der Welt zufrieden

zu sein. Es gefiel ihm, wenn alles seine Ordnung hatte und er in Ruhe schrauben konnte. Einen alten Oldtimer wieder herzurichten, bedeute für ihn das gleiche Vergnügen, wie eine neue Affäre mit einer attraktiven Frau zu beginnen, nur dass seine Fahrzeuge im Nachhinein wesentlich anspruchsloser waren und ihn niemals im Stich ließen. Dank der guter Pflege, die er ihnen zukommen ließ.

Seine Mitarbeiter standen herum und warteten, dass er etwas sagte. Hotte zündete sich eine Zigarillo an. Franky nahm ihm den Stumpen aus dem Mund und drückte ihn mit einem Absatz auf dem Boden aus.

„Wie kann man nur so ein Kraut rauchen", sagte er lachend. „Probier mal das hier! Das ist etwas für richtige Männer." Er reichte ihm eine französische Gauloises, dann wandte er sich an Heinz und verlieh seiner Stimme einen gleichermaßen gelassenen wie nachdrücklichen Unterton.

„Also, hör mir gut zu. Diesmal darf nichts schiefgehen, verstanden! Ich brauche die Ware und zwar umgehend. Sieh zu, dass du sie mir beschaffst. Ich verlasse mich auf dich. Du sorgst dafür, dass alles reibungslos über die Bühne geht! Notfalls setzt du die Alte unter Druck, ist das klar?"

Heinz wollte erwidern, dass er bereits damit angefangen hatte, wagte aber angesichts von Big Frankys Gesichtsausdruck erst gar nicht etwas zu sagen, sondern nickte nur mit dem Kopf.

„Geht in Ordnung, Boss", kam es dann doch über seine Lippen. Franky ignorierte seine Antwort und wandte sich stattdessen an Hotte.

„Also gut, du kannst ihn zurückbringen, aber bleib nicht zu lange in der Kneipe hocken, verstanden!"

Als der graue Citroen kurz darauf durch die engen Straßen kurvte, die B 8 überquerte und schließlich wieder in jener Gasse, die zu Michaels Kneipe führte, hielt, war kein Wort gesprochen worden. Heinz stieg aus, lehnte sich an die Beifahrertür des Citroens und sagte zu Hotte: „Mit eurem Boss ist nicht gut Kirschen essen, was?" Hotte nickte zustimmend. Dann grinste er.

„Sieh dich nur selbst vor, dass du die Angelegenheit nicht vermasselst, sonst hast du bei Big Franky ganz schlechte Karten", sagte er und brauste davon. Heinz betrat die Bar durch den Notausgang. Michael stand hinter dem Tresen und zapfte Kölsch. Als er die Tür quietschen hörte, blickte er auf.

„Na, Heinz, hat dir Big Franky den Kopf noch dran gelassen?"

„Mensch Michael, hör bloß auf und zapf mir lieber auch ein Bier. Ich weiß nicht, ob es wirklich gut war, mich mit ihm einzulassen, aber im Nachhinein ist man ja immer schlauer und jetzt habe ich den Schlamassel am Hals!" „W…wie wär's mit einer Partie Darts?", versuchte Michael ihn aufzumuntern.

„Nein danke, heute lieber nicht", sagte Heinz. „Ich hab noch Einiges zu erledigen."

Hastig leerte er sein Bierglas, verabschiedete sich von Michael und trat diesmal durch den Haupteingang hinaus auf die Straße.

„B…bis dann", murmelte Michael ihm nach. „Pass bloß auf dich auf, alter Junge!"

8. KAPITEL

Remscheid – Küppelstein
Dienstag, 07. Mai 2013
14:00 Uhr

Sophie gab sich tatsächlich damit zufrieden, ernsthaft mit Roger zusammenzuarbeiten. Felix hatte Recht gehabt. Der Reiseschriftsteller war zweifelsohne ein Experte in Sachen präkolumbischer Kulturen. Und er hatte eine verdammt anziehende Ausstrahlung.

Roger wiederum ließ kaum einen Blick von der Hausherrin, die jetzt auf der Fensterbank im Arbeitszimmer ihres verblichenen Vaters saß. Die eindringenden Sonnenstrahlen ließen ihr Haar aufleuchten und noch voller wirken. Er liebte Frauen mit Löwenmähne. Sie gaben ihnen so etwas Animalisches und weckten seine innersten Instinkte. Wieder trug sie ihre hautenge, grüne Dreiviertelhose, eine dazu passende, kurze Bluse und die hohen Hacken, mit der sie von Zeit zu Zeit gegen den schweren Schreibtisch hämmerte. Konnte es etwas Erotischeres geben? Es kostete ihn einige Anstrengung, sich vom Anblick dieser Frau zu lösen und sich auf seine eigentliche Arbeit zu konzentrieren.

„Eine dualistisch geprägte Weltsicht beherrschte die religiösen Vorstellungen der Mochekultur. Irdisches und überirdisches Leben wurden von den Kräften zweier Gegenpole bestimmt“, erklärte er ihr, und sie versuchte sich die Informationen zu merken. Wenn sie seine Worte wiederholte, sprach sie oft mit leiser, zurückhaltender Stimme, was auf ihn wirkte, als würde sie die Worte von seinen Lippen saugen. Er stellte die Kartons mit den

Moche-Keramiken an eine Wandseite, dann ging er zurück zum Schreibtisch und setzte sich wieder in den Sessel.

„Die Keramiken können bereits in dein Geschäft gebracht werden", sagte er, zögerte dann einen kurzen Augenblick und schaute Sophie an ... und wusste wieder, wo er war.

„Zu den am häufigsten dargestellten Göttern der Moche zählte der Herrscher über Tier- und Pflanzenwelt Ai-Apaec", erzählte er weiter. „Er symbolisierte Fruchtbarkeit und Überfluss mit den Attributen Opfermesser und abgeschnittenem Menschenkopf. Der Krabbendämon, halb Krabbe, halb Mensch, war eines der beliebtesten Mischwesen der Götterwelt. Aus religiösen Gründen kam es bei den Moche auch zu Menschenopfern. Es waren Kriegsgefangene oder auch Verlierer ritueller Kämpfe innerhalb des eigenen Herrschaftsbereichs. So sollten die Götter gestärkt oder verjüngt werden. Einige Wissenschaftler gehen sogar davon aus, dass auch die Herrscher an die stärkende Kraft des menschlichen Blutes glaubten ..."

„Igitt, das klingt ja schauderhaft!" Sophie zog eine Grimasse. „Und das findest du gut?"

Roger Peters bedachte seine Auftraggeberin mit einem breiten Grinsen. „Es liegt doch nicht an mir, die Rituale der alten Urvölker zu bewerten. Ich studiere sie nur und berichte darüber."

„Aber solltest du nicht versuchen, ihre Beweggründe zu verstehen? Ich meine die Ursache für ihr Handeln?" Jetzt schob sie ein paar Aktenordner auf die Seite und setzte sich direkt vor ihm auf die Tischkante.

„Das Überleben der Gesellschaft stand bei den Moche an erster Stelle, nicht wahr?"

„Es waren kulturbedingte Notwendigkeiten, würde ich sagen. Der Tod wurde nicht als endgültiger Abschied angesehen, sondern galt den Moche als weitere Stufe innerhalb des ganzheitlichen, zyklisch verstandenen Weltbildes. Gleichzeitig glaubten sie an die Aufgabe der Verstorbenen, Götter und Dämonen zu besänftigen. Die Toten übernahmen eine vermittelnde Rolle zwischen dem Reich der Lebenden und der Toten. Wie in vielen Kulturen, so wurden auch bei den Moche die fürstlich geschmückten Toten mit ihrer gesamten Habe beigesetzt, um sie so für das Leben im Jenseits auszustatten."

Sophie beugte sich leicht zur Seite und begann, in einer der vielen Aufzeichnungen zu blättern.

„Schau doch mal, hier gibt es ein recht gutes Bild von den Feierlichkeiten in einer antiken Pyramide. Dazu hat mein Vater noch Folgendes hinzugefügt: ‚Die Feierlichkeiten in der heiligen Pyramide dauerten mehrere Tage. Es wurde der Verlust des Herrschers beklagt und seine heldenhaften Taten bekundet. Am Beginn stand zunächst die rituelle Tötung seiner drei Frauen. Von den Priestern wurden Rauschmittel verabreicht, die sie in Trance versetzten. Nach der Tötung mussten die Leichen ausbluten und das Fleisch von heiligen Vögeln, den Geiern, gereinigt werden. Später folgte die Opferung aller weiteren auserwählten Begleiter. Bis in die Neuzeit blieb der *Folgetod* als Brauch bei vielen Kulturen erhalten, so zum Beispiel auch bei den Inkas.'"

Plötzlich stutzte sie, zwang sich zu einem ruhigeren Tonfall und meinte: „Ich glaube, wir hören besser damit auf. All diese Zeremonien erinnern mich zu sehr an den grausamen Tod meines Vaters."

Roger nickte verständnisvoll, wandte sich wieder seinen Notizen zu, schrieb einige Zeilen in seinen Notizblock und fluchte. Er konnte sich einfach nicht mehr richtig konzentrieren. Dieser Zustand zog sich noch bis zum nächsten Tag hin. Sophie machte ihn allein schon durch ihre bloße Anwesenheit nervös. *„Ich brauche dringend Abstand von diesem Raum, von diesen Dokumenten und von dieser Frau"*, dachte er …

Am Donnerstag herrschte zwischen ihnen auf einmal eine unerklärliche Waffenruhe. *Beinahe schon unbehaglich,* fand Roger Peters, der sehr wohl bemerkt hatte, dass ihm Sophie irgendwie aus dem Weg ging. Daher vermied er es natürlich ebenfalls, ihr zu nahe zu treten. Auch schien sie jetzt ihren gewohnten Tagesablauf zu ändern. Bereits in aller Herrgottsfrühe verließ sie das Haus und verbrachte den ganzen Tag in ihrem Geschäft in der Eifel. Die Vitrinen im Erdgeschoss waren leer, die meisten Kartons aus dem Arbeitszimmer verschwunden. Nur die kostbaren Textilien machten Roger Sorgen und er suchte nach einer Möglichkeit, diese sicher und unbeschädigt in Sophies Geschäft zu verfrachten.

„Also, wenn der Prophet nicht zum Berg geht, dann eben umgekehrt", dachte er am Freitagmorgen, als er, wieder einmal sich selbst überlassen, über einem Wirrwarr an Dokumenten im Arbeitszimmer von Sophies Vater saß. So konnte es jedenfalls nicht weitergehen. Er machte sich Notizen über Notizen, und sie schaute sie sich noch nicht einmal mehr an.

„Ich werde zurück in die Eifel fahren und mir bei dieser Gelegenheit gleich mal ihren Laden anschauen", entschloss er sich spontan und war schon fast mit einem Sprung aus dem Zimmer, als er vom Foyer her Stimmen vernahm. Er hielt inne und versuchte zu lauschen, verstand aber nur Bruchstücke von Wörtern.

„... nichts ... Ärger ... deswegen."

„Ach ... bloß nicht ... auf."

Das ergab keinen Sinn, aber die Stimmen gehörten eindeutig Marlies und Felix. Allem Anschein nach waren die beiden über etwas in Streit geraten. Sophies Freund trug Jeans, ein Polohemd und Turnschuhe. Da er gerade in diesem Augenblick auf diese hinabschaute, bemerkte er nicht, wie Roger ihn von oben beobachtete. Felix wirkte irgendwie nervös und erschöpft, auch wenn Roger ihn bisher kaum anders kennengelernt hatte.

„Ich hab dir doch gesagt ... nicht mehr hier. Sie muss ... Laden genommen ...", verstand er jetzt und sah, wie Marlies geschäftig hinter Felix her rannte und dabei die leeren Vitrinen mit einem Leder bearbeitete.

„In Ordnung, lass gut sein, die Dinger werden sowieso gleich abgeholt", sagte Felix und drehte sich leicht in die andere Richtung. Das war der Moment, in dem er Roger entdeckte und sein Gesicht verzog, indem er vorgab, einen Hustenanfall unterdrücken zu müssen.

„Oh, der Herr Schriftsteller", sagte er und versuchte, verlegen zu grinsen, doch Roger bemerkte, dass er sich an einem der Glaskästen abstützen musste.

„Ich wollte nur mal nachsehen, ob die Vitrinen sauber sind. Sie werden gleich geholt. Wie kommen Sie mit Ihrer Arbeit voran?"

„Bestens, danke der Nachfrage."

„Sitzt Sophie noch beim Frühstück?"

„Nein, sie ist schon nach Bad Münstereifel gefahren", teilte ihm Roger mit und wunderte sich über diese Frage.

„Stimmt ja auch. Sie muss sich um die Sammlung ihres Vaters kümmern, die sich ja jetzt fast vollständig in ihrem

Laden befindet. Eigentlich bin ich auch nur hergekommen, um nachzusehen, ob hier noch jemand meine Hilfe benötigt."

Roger wunderte sich zunehmend über dessen Aussagen und nahm dem Ganzen den Wind aus den Segeln, indem er sagte: „Ich wollte sowieso gerade in die Eifel fahren und könnte ihr bei dieser Gelegenheit gut ein wenig zur Hand gehen."

Damit war für ihn das Thema erledigt.

„Sophie macht doch eh alles alleine", knurrte Marlies dazwischen. Roger Peters musste grinsen, als er sich gedanklich vorstellte, wie Sophie auf ihren hohen Stelzen versuchte, antike Möbelstücke zu verrücken. Immerhin besaß er jetzt einen guten Grund mehr, um sie in ihrem Laden zu besuchen. Damit war seine Aufgabe in Remscheid so gut wie erfüllt. Mit einem Grußwort zum Abschied auf den Lippen schritt er zur Tür, öffnete sie und ging die Stufen hinunter zu dem kleinen Parkplatz, wo sein kleiner, grüner Sportwagen stand.

9. KAPITEL

Bad Münstereifel
Freitag, 10. Mai 2013
10:55 Uhr

Nach knapp eineinhalb Stunden erreichte Roger Bad Münstereifel und parkte seinen MG auf dem markierten Parkplatz neben Sophies Laden. Der befand sich in einem restaurierten Fachwerkhaus mit Rollläden vor den Fenstern. Sie waren aufgeklappt und durch die Scheibe konnte er Sophie erkennen, die gerade dabei war, irgendeine Keramik zu verpacken. Das Läuten der Türglocke schien sie aus ihrem Arbeitsablauf zu reißen und noch mehr schien sie überrascht zu sein, ihn im Türrahmen stehen zu sehen.

„Einen schönen guten Morgen wünsche ich", begrüßte er sie und ließ ihren Missmut an sich abprallen. Stattdessen beugte er sich über das Keramikgefäß, welches sie gerade im Begriff war einzupacken.

„Nazca, frühe Periode", sagte er mit geschultem Blick. „Ein sehr schönes Stück übrigens."

Ihre Augen wurden schmal und fast schon smaragdfarben, wie er es noch niemals bei einer Frau gesehen hatte. Seltsam, aber er fand sie noch anziehender, wenn sie wütend war.

„Ich wüsste nicht, dass ich dich um deine Meinung gebeten hätte", bekam er jetzt die ganze Ladung ihres eisigen Tonfalls zu spüren. Anstatt zu antworten, faltete Roger das Packpapier zu einem Dreieck zusammen und setzte einen Klebestreifen darüber. Sie quittierte seine Hilfe mit einem knappen und kühlen „Danke", worauf er in ein schallendes Gelächter verfiel.

Nein, war das komisch! Wie sie krampfhaft versuchte, ihn nicht zu mögen. Er schaute sie an. Sophie stand kerzengerade vor ihm, die Hände auf einem antiken Weichholzmöbel abgestützt. Ihre Augen blitzten noch immer gefährlich. Zwei goldene Metallspangen hielten ihr das Haar aus der Stirn. Auf einmal fiel ihm auf, wie schlank sie doch war. Der sanftgrüne Wickelrock reichte ihr bis knapp über die Knie und was sich darunter befand konnte er nur erahnen. Er wusste, dass sie Stringtangas liebte …

Anstelle ihrer hohen Hacken trug sie heute Sandaletten mit einer hohen Korksohle und die passten viel besser zu ihr. „Eigentlich bin ich ja auch nur vorbeigekommen, um mir die Auslagen in deinem Laden anzuschauen", sagte er. „Und außerdem habe ich deinem Freund versprochen, dir beim Einräumen der neuen Ware aus den vielen Kartons behilflich zu sein, falls das genehm ist …?"

„Oh, wie nett von dir", gab sie sich jetzt geschmeidig wie eine Katze. „Ich wähnte dich bereits wieder im Arbeitszimmer meines Vaters und beim Durchforsten irgendwelcher staubigen Unterlagen."

„So kann man sich täuschen. Wir sind fast fertig in Remscheid. Als ich vorhin losgefahren bin, sollten gerade die Vitrinen und noch ein paar Möbelstücke abgeholt werden. Was machst du eigentlich mit dem Steinway Klavier?"

Sophie blickte ihn an und zuckte mit den Achseln.

„Das wollte ich eigentlich verkaufen, aber irgendwie kann ich mich nicht davon trennen. Vater hat das Klavier geliebt. Ich werde es nach Hinterweiler bringen lassen. In meinem Haus stehen übrigens auch noch etliche antike Keramiken herum. Die habe ich einmal als komplette Sammlung aufkaufen können. Vielleicht könntest du da auch mal einen Blick drauf werfen, wenn du so lieb wärst …?"

Ihre Lippen formten einen Kussmund, und Roger hätte sie am liebsten an sich gezogen. Es war schon bewundernswert, wie schnell manche Frauen ihren Gemütszustand änderten.

„Aber sicher das! Sobald wir im Haus deines Vaters endgültig fertig sind, helfe ich dir in Hinterweiler. Da kann ich wenigstens wieder in meiner eigenen Bude schlafen. Aber jetzt möchte ich mich erst einmal hier drinnen umsehen. Du scheinst wirklich auserlesene Stücke in deinem Sortiment zu haben."

Neben südamerikanischen Ausgrabungsgegenständen aller Stilrichtungen und Epochen sah er eine Anzahl antiker Möbelstücke, Ölbilder, Antikschmuck und Porzellan. Dazu kamen Figuren aus Elfenbein, bunte, handbemalte Glasgefäße und antikes Silber, das gleich auf drei Vitrinen verteilt war. Alles war liebevoll zusammengestellt und dekoriert und ergab, als Ganzes betrachtet, ein fast vollkommenes Bild. Sogleich stand für ihn fest: Dies hier war ein seriöses Geschäft, das Sophie professionell zu führen wusste. Dazu ließen die diskreten Preisschilder auf den meisten Objekten erahnen, dass sie damit auch gutes Geld verdiente.

„Würdest du mir bitte den schweren Bilderrahmen aus dem Hinterzimmer holen?", unterbrach sie seine Gedanken. „Er gehört zu dem Gemälde, das Heiner vor einigen Tagen gebracht hat. Ich habe ihn an einigen Stellen ausbessern lassen."

Durch das Schaufenster traf ein Streifen Sonnenlicht genau auf die polierten Möbelstücke.

„Ja sicher, sofort. Du hast wirklich einen tollen Laden", sagte er anerkennend und machte Anstalten, nach hinten zu gehen.

„Freut mich, dass er dir gefällt. Zum Glück haben die Leute mittlerweile aufgehört, mein Geschäft als Ableger der Sammlung meines Vaters anzusehen."

„War es denn so schlimm?"

„Am Anfang schon."

„Und warum ausgerechnet Antiquitäten?"

„Ich hatte ehrlich gesagt schon immer eine Schwäche für alte Möbel und später kam ich unwillkürlich mit den

Objekten und der Sammlerleidenschaft meines Vaters in Berührung. Außerdem brauchte ich eine Beschäftigung, während er in der ganzen Welt herumreiste oder sich um seine Sammlung kümmerte."

„Ich verstehe."

„Zum Glück fand ich schnell die richtigen Kontakte. Mittlerweile habe ich so viele Lieferanten, dass ich mir die besten Stücke aussuchen kann."

„Wie das Gemälde der Cuzcoschule?"

„Ja, zum Beispiel. Das ist in der Tat ganz außergewöhnlich."

Er glaubte es ihr aufs Wort.

„Du beschäftigst aber auch noch eine Aushilfe, nicht wahr?"

„Wenn du Marita meinst? Ich bin sehr froh, dass ich sie habe. Sie kommt dreimal in der Woche und meine Stammkunden mögen sie. Außerdem hilft sie mir mit der Buchführung."

„Aber du gehst nicht mehr selber einkaufen?"

„Hier und da schon. Aber ich fliege nicht mehr in die Staaten, wenn du das meinst. Das meiste bekomme ich eh frei Haus geliefert, oder von Kunstauktionen. Und dann habe ich noch meine beste Quelle, den Heiner. Weiß der Teufel, wo er immer die richtigen Stücke herbekommt. Wie dieses Gemälde aus Cuzco. Er ist ein wahrer Meister im Aufstöbern von echten Raritäten. Dazu ist er ein wirklich netter Kerl."

Rogers Gedanken schweiften ab, als sein Blick auf ihre schmalen, gepflegten Hände fiel. Es wunderte ihn, dass sie die Fingernägel nicht auch noch grün angemalt hatte, aber diese leuchteten ihm in einem kräftigen Rot entgegen.

Dazu trug sie einen geflochtenen Goldring und einen dazu passenden Armreif. Beides war mit grünen Steinen übersät. „*Smaragde*“, ging es Roger durch den Kopf, als jetzt die Sonnenstrahlen direkt auf den Goldschmuck fielen und die edlen Steine zum Funkeln brachten.

„Auf jeden Fall habe ich viel Freude an meiner Arbeit. Wer kann das heutzutage schon von sich behaupten? Wenn es nur dieses schlimme Unglück mit meinem Vater nicht gegeben hätte. Sein grausamer Tod war ein herber Schlag für mich.“

Roger Peters bemerkte, wie ihre Stimme bebte.

„Es gibt einfach nichts Schlimmeres, als einen geliebten Menschen zu verlieren, mit dem man so viele Jahre zusammengelebt hat und der dann ganz plötzlich nicht mehr da ist.“

„Sicher nicht“, sagte Roger und kämpfte gegen jene Gefühle an, die sie in ihm wachrief.

„Ich habe gelesen, dein Vater ist einem schlimmen Verbrechen zum Opfer gefallen?“

Sie zögerte mit der Antwort, nickte stattdessen nur langsam mit dem Kopf. Roger sah den Schmerz in ihrem Gesicht. Ihre Augen füllten sich mit Tränen.

„Er war doch erst Ende sechzig“, seufzte sie, und er bemerkte, wie schwer es ihr fiel, darüber zu reden. Und dann brach es aus ihr heraus. „Auf bestialische Weise hat man ihn ermordet, einfach so! Von einer Minute zur anderen, aus dem Leben genommen. Ich kann es immer noch nicht begreifen. Wer tut so etwas? Ja, wenn er auf natürliche Art und Weise von mir gegangen wäre …, ich hätte mich damit abgefunden, aber ein Mord! Und das ist jetzt mehr als sechs Monate her. Sechs verdammte Monate, ohne dass die Polizei auch nur den kleinsten Hinweis besitzt, wer sein Mörder ist, oder warum er so grausam sterben musste. Was ich damit sagen will ist, es gibt kein Motiv. Er war überall geachtet und beliebt.“

Sie erinnerte sich, wie sie damals diesen Kommissar Mäurer vorbeigeschickt hatten. *Eine ganze Woche lang war er jeden Tag bei ihr aufgetaucht und hatte immer das gleiche gefragt. Seine Leute hatten Untersuchungen angestellt und die Leiche ihres Vaters war obduziert worden. Der Täter hatte ihrem Vater mit wenigen, gezielten Schnitten den Kopf abgetrennt. Seltsam war nur, dass er, bis auf ein paar Opferutensilien altperuanischer Hochkulturen und einen Kopfschmuck aus exotischen Paradiesvogelfedern, nichts mitgenommen hatte. Selbst die kostbaren Goldobjekte hatte er nicht angerührt.*

Danach war sie mit ihrer Trauer allein, auch wenn Felix sich sofort dazu bereit erklärt hatte, zu ihr zu ziehen. Wenigstens für die ersten Monate. Hauptwachtmeister Mäurer hatte noch von Zeit zu Zeit bei ihr angerufen und sich nach ihr erkundigt, aber dann waren die Telefonate immer seltener geworden, bis sie auf einmal ganz aufhörten. Ein konkretes Ergebnis hatte es niemals gegeben. Der Mörder ihres Vaters lief immer noch irgendwo frei herum.

Roger hatte sie einen Moment mit ihren Gedanken alleine gelassen und inzwischen den Bilderrahmen geholt. Jetzt stand er wieder vor ihr und starrte sie an. Als sie seinen Blick bemerkte, räusperte sie sich, nahm ein Taschentuch hervor und trocknete sich die Augen. Roger wollte ihr sein Mitgefühl anbieten, zog sich allerdings zurück, als er bemerkte, dass es nicht erwünscht war. Trotzdem seufzte er leicht vor sich hin. Es war schon schwer genug, mit der erotischen Ausstrahlung fertig zu werden, die sie auf ihn ausübte, aber jetzt fühlte er auch noch, dass er begann, sie wirklich gern zu haben. Das Klingeln der Ladentür unterbrach seine Gedanken.

„Ah, du bist das, Heiner. So schnell habe ich dich gar nicht zurück erwartet“, sagte Sophie sichtlich überrascht.

„Nun, ich habe noch ein paar schöne Stücke für Sie, Frau Böker, und außerdem möchte ich mich noch nach dem Gemälde erkundigen. Haben Sie es vielleicht schon verkauft?“

„Nein, noch nicht. Ich wollte zunächst den Rahmen restaurieren lassen. Das erhöht hinterher den Kaufpreis. Aber ich kann dir gerne eine weitere Rate anbieten. Ich habe heute bereits einen Biedermeierschrank verkauft und zwei Keramiken. Nimm dir ruhig aus der Kasse, was du brauchst. Wir verrechnen das Ganze später, wenn ich einen Käufer für das Gemälde gefunden habe.“

Roger wollte sich gerade einmischen, aber ... *„Vorsicht, du bewegst dich auf gefährlichem Terrain“*, sagte ihm eine innere Stimme. Er durfte keine unbedachten Schritte tun. Schlussendlich erstand Sophie zwei verstaubte Möbel aus der Zeit von Louis XIV und einen Satz Ikonen, die allerdings in schlechtem Zustand waren und noch restauriert werden mussten.

„Wenn du mehr solcher Lieferungen bekommst, musst du bald anbauen“, bemerkte Roger scherzend. „Du hast ja auch noch den ganzen Krempel deines Vaters, und hier steht auch alles voll.“

„Ich weiß! Ich muss noch eine Menge aussortieren und nach Hinterweiler bringen. Ich hoffe doch, ich kann auch weiterhin auf deine Hilfe zählen?“

„Aber sicher, das sagte ich doch bereits. Aber was ist mit Marlies und Felix?“

Sophie ging auf eine kleine Eckvitrine zu und deutete auf ein Pärchen handbemalter Porzellanfiguren.

„Hübsch, nicht wahr? Die habe ich gestern ersteigert. Original Meißen, frühes 19. Jahrhundert."

„Na ja, über Geschmack lässt sich ja bekanntlich nicht streiten", dachte Roger. *„Mutter hätten diese Figuren sicher ausgezeichnet gefallen."*

„Was hast du gefragt? Ach so, ja. Marlies und Felix. Also, Marlies hat bereits eine andere Anstellung gefunden, und Felix muss zurück nach Köln."

Roger sah sie erstaunt an. „Ihr wohnt nicht zusammen?"

„Äh … nein. Felix hat seinen Job in Köln und ich in Bad Münstereifel. Wir sehen uns meistens nur an den Wochenenden. Er hat mir allerdings sehr geholfen, nachdem mein Vater …" Sie schien wieder traurig zu werden, riss sich aber dann zusammen. „So, jetzt aber Schluss damit. Hilfst du mir, noch ein paar Sachen in mein Auto zu tragen?"

„In den Mini?"

„Nun, ein paar Kartons mit Keramiken passen da schon hinein. Außerdem bekomme ich langsam Hunger!"

Roger Peters blickte auf seine Armbanduhr. Die Mittagszeit war schon längst überschritten, so gut hatten sie sich unterhalten.

„Komm, ich lade dich zu einer Ferkesbuchroulade ein", schlug Sophie vor. „Ganz hier in der Nähe gibt es ein Lokal, das Spezialitäten aus der Region anbietet."

Noch ehe er etwas dazu sagen konnte, war sie bereits in das Hinterzimmer gesaust und hatte ihre lindgrüne Strickjacke geholt.

„Also komm schon, ich sperre jetzt zu."

Die Ferkesbuchroulade ist seit den Schlachtfesten ein beliebtes und typisches Eifeler Gericht. Dazu werden dünne Scheiben von frischem Schweinebauch mit Sauerkraut und Gewürzen gefüllt, rundum kräftig angebraten und anschließend gegart. Die Soße wird mit in saurer Sahne angerührtem Mehl gebunden.

10. KAPITEL

Bad Münstereifel
Freitag, 10. Mai 2013
19:00 Uhr

Die *Ferkesbuchroulade* in der urgemütlichen Eifel-Gaststätte war ein Gedicht gewesen, und Sophie hatte Rogers Anwesenheit genossen. Sie hatte sich ihr Leid von der Seele geredet und das, obwohl sie sich abwechselnd wohl gefühlt hatte, dann auf ihn wütend geworden war und sich wiederum zu ihm hingezogen gefühlt hatte. Er hatte ihr kein einziges Mal geschmeichelt, weder mit Worten noch mit Blicken, und dennoch war sie sich sicher, dass sie ihm nicht gleichgültig war. Er hatte irgendetwas Unnahbares an sich und gerade das reizte sie.

Sophie liebte Herausforderungen, doch in diesem Fall war sie sich nicht sicher, worauf das Ganze hinauslaufen würde. *„Einen Freund habe ich ja bereits, also wäre eine unverbindliche Freundschaft das Beste"*, beschloss sie. Alles andere würde unweigerlich Probleme mit sich bringen. Später waren sie zurück in ihr Geschäft gegangen, hatten hier und da noch kräftig aufgeräumt und aussortiert. Danach hatten sie sich in aller Freundschaft getrennt und jeder war brav in sein eigenes Zuhause gefahren. Sophie nach Hinterweiler und Roger nach Köttelbach.

Samstag, 11. Mai 2013

Am anderen Morgen war er schon frühzeitig auf den Beinen, denn irgendwie spukte Sophie ihm weiterhin im Kopf herum. „*Warum bin ich überhaupt gestern mit ihr ausgegangen*", ärgerte er sich über sich selbst, obwohl es nur wenig mehr als ein Arbeitsessen gewesen war. „*Zum Teufel noch mal. Warum kann ich nicht einfach nur meinen Job machen?*" Ärgerlich legte er die Zeitung beiseite. Dann war er gedanklich wieder bei ihr. Sie entsprach genau dem, was er bei einer Frau mochte: Natürlichkeit und Intelligenz. Und dazu kam noch diese fast animalische Sinnlichkeit. Würde er unter diesen Umständen seine Arbeit erfolgreich fortsetzen können ...?

Nichtsdestotrotz fuhr er nach dem Frühstück wieder zu ihr in den Laden. Diesmal stand ein alter, verbeulter VW Bus auf ihrem Parkplatz. Anscheinend hatte Sophie bereits Besuch. Roger parkte seinen MG daneben und ging hinüber zu ihrem Geschäft.

„Deine letzte Lieferung war ziemlich außergewöhnlich", hörte er sie sagen.

„Darüber wollte ich ...", mehr konnte Heiner nicht sagen, denn in diesem Augenblick lugte Roger durch die Eingangstür. „Guten Morgen, Sophie!", sagte er.

Die Stimme im Hintergrund ließ Heiner zusammenfahren, Sophie drehte sich zur Eingangstür und erkannte die Andeutung eines Lächelns in Rogers Gesicht.

„Oh, Entschuldigung", sagte sie. „Ich glaube, ich habe euch noch gar nicht miteinander bekannt gemacht. Heiner, das ist Roger Peters. Er versucht zurzeit das Chaos in der Sammlung meines Vaters zu lichten."

„Angenehm. Das ist sicher kein einfacher Job, wenn ich mich richtig erinnere. Haben Sie genügend Zeit mitgebracht?"

„Mehr als genug."

„Ich setze schnell Kaffee auf. Roger, du leistest uns doch Gesellschaft?"

In einem der Hinterzimmer befand sich eine kleine Teeküche mit einer gut bestückten Minibar und einem Tablett, auf dem alles stand, was man zur Kaffee- und Teezubereitung benötigte. Außerdem standen dort noch eine Keksdose und eine große Schale mit Früchten bereit, sodass Sophie jederzeit einen kleinen Snack zu sich nehmen konnte. Roger hatte damit gerechnet, dass sie ihn fragen würde, warum er bereits so früh am Morgen bei ihr auftauchte, antwortete aber jetzt mit einem trägen Lächeln: „Warum nicht? Eine Tasse Kaffee schadet zu keiner Tageszeit."

Er brauchte allerdings nur den jungen Mann anzusehen, um zu wissen, dass diesem das geplante Kaffeekränzchen weniger behagte. Nervös spielten seine Finger mit dem goldenen Siegelring, den er trug.

„Äh ... eigentlich bin ich nur gekommen, um etwas mit Ihnen zu besprechen, Frau Böker. Ich meine unter vier Augen, wenn das möglich ist. Ich stehe nämlich ein wenig unter Zeitdruck ..."

„Papperlapapp! Für ein Tässchen Kaffee wirst du wohl Zeit haben, oder etwa nicht?"

Sophie ließ sich nicht beirren, also pflanzte sich Heiner notgedrungen neben Roger auf einen alten Weichholzstuhl.

„Verstehen Sie etwas von Antiquitäten, Herr Peters?", versuchte er auf Konversation zu machen.

„Ein wenig schon. Vor allem, wenn es sich um ethnische Objekte aus Südamerika handelt."

Roger lehnte sich zurück und ließ lässig einen Arm über die Rücklehne seines Stuhles baumeln.

„Sophie hat mir gestern eine kleine Unterweisung gegeben, denn ansonsten schreibe ich Bücher."

„Wow, Sie sind Schriftsteller! Könnte es sein, dass ich bereits etwas von Ihnen gelesen habe?"

Roger musterte sein Gegenüber mit einem langen, direkten Blick, ehe er antwortete: „Das glaube ich eher nicht."

„Du schreibst gerade an einem neuen Roman, ist es nicht so?", bemerkte Sophie dazwischen, die sehr wohl eine aufkeimende Spannung zwischen den beiden Männern bemerkt hatte. Erst jetzt fiel ihr ein, dass sie nicht gefragt hatte, warum Roger eigentlich zu ihr nach Bad Münstereifel gekommen war und der interpretierte den Ausdruck in ihren Augen als Bitte um Frieden.

Hastig trank er den Rest seines Kaffees und war im Begriff sich zu erheben, als Heiner in Gedanken versunken fragte: „Worüber schreiben Sie eigentlich?"

„Über Kunstobjekte und ihre Fälschungen", erklärte ihm Roger leichthin. Heiner verschüttete etwas von seinem Kaffee. „Verdammt", entschuldigte er sich bei Sophie, die ihm sofort lachend nachschenkte.

Nur Roger bemerkte den zerknirschten Ausdruck in seinen Augen. *„Komisch"*, dachte er, während er nach draußen ging. *„War er schon vorher so blass, oder haben meine letzten Worte in ihm etwas ausgelöst?"*

Nachdem Sophie ihren Kaffee getrunken hatte, wandte sie sich an ihren Lieferanten. „Also schön, worüber möchtest du mit mir sprechen?"

„Es geht um das Ölgemälde aus der Cuzcoschule. Haben Sie es verkauft?" Sie blickte ihn verständnislos an. Diese Frage hatte er ihr bereits vor kurzem schon am Telefon gestellt.

„Es ist ... nun, ich weiß nicht, wie ich es Ihnen sagen soll, aber der frühere Eigentümer hätte es doch lieber wieder zurück ..."

Sophie reagierte instinktiv. „Oh, das wäre aber wirklich schade. Ich denke auch nicht, dass ich es zurückgeben möchte, denn ich habe bereits den Rahmen restaurieren lassen. Außerdem hast du bereits eine großzügige Anzahlung bekommen."

Heiner machte ein grimmiges Gesicht. „War ja nur eine Frage. Ich denke auch, der frühere Eigentümer würde sich das Ganze etwas kosten lassen. Sie würden noch einen angemessenen Gewinn erzielen."

„Es geht mir doch nicht ums Geld", sagte sie und seufzte theatralisch. „Solch ein Stück bekomme ich nicht so leicht wieder. Ich möchte das Bild gerne behalten. Es soll einen würdigen Platz in der Sammlung meines Vaters bekommen."

Heiner trat nervös auf der Stelle, wühlte in seinen Taschen herum, brachte ein zerdrücktes Päckchen Zigaretten zum Vorschein und suchte allem Anschein nach seinem Feuerzeug. Sophie spürte plötzlich ein Prickeln im Nacken. Die Spannung hatte sich sogar noch verdichtet. Sie konnte es ganz deutlich spüren. Inzwischen hatte Heiner die Streichhölzer gefunden. Mit einem kurzen Achselzucken zündete er sich eine der zerknautschten Zigaretten an.

„Gut, dann werde ich nochmals mit ihm reden. Mit dem früheren Eigentümer, meine ich."

„Fein", antworte Sophie, die im Stillen froh darüber war, einer Auseinandersetzung mit Heiner entgangen zu sein. Sie wollte ihn auf keinen Fall vor den Kopf stoßen. Schließlich war er einer ihrer besten Lieferanten. Heiner unterdrückte einen resignierten Seufzer und erhob sich. Er würde es vorziehen, eine Weile nicht mehr in ihrer Nähe zu sein. Als die Haustür hinter ihm ins Schloss fiel, stand Sophie immer noch da wie angewurzelt. Sie hatte weder Lust auf Kaffee, noch den Nerv, das Service in das hintere Zimmer zu tragen. Stattdessen ließ sie alles stehen und ging nach draußen. Roger saß in seinem MG und hörte Musik. Sophie erkannte die Rhythmen von „Deep Purple". Oder war es „Uriah Heep"?

„Hey, willst du ewig in deiner Sardinenbüchse sitzen bleiben?", rief sie ihm scherzhaft zu.

Rogers Augen waren dunkel und funkelten, erhellten sich aber sofort, als er Sophie vor ihrem Laden stehen sah.

„Ha, ha, das musst gerade du sagen. Dein Mini ist auch keine große Limousine!"

„Nun komm schon rein. Heiner ist fort."

„Warte, ich habe noch etwas für dich." Er griff nach hinten auf den schmalen Notsitz und nahm eine Plastiktüte hervor. Dann stieg er aus und ging wieder zurück in ihr Geschäft.

„Danach habe ich gestern stundenlang gesucht", sagte er und hielt ihr ein verstaubtes Buch unter die Nase, welches er aus der Plastiktüte gezogen hatte.

„So, was ist das denn?“, fragte Sophie neugierig.

„Na, schau es dir doch an ...!“

Sie tat wie ihr geheißen und konnte, wenn auch etwas verschwommen, gerade noch den Titel entziffern: „Die hohe Kunst der Cuzcoschule.“

Er mochte die Art, wie sie sich bewegte, in diesen verwaschenen Jeans, die sich hauteng um ihre schmalen Hüften spannten.

„Ja und, was soll ich damit?“

Roger rappelte sich zusammen, als er bemerkte, wie sie ihn aufmerksam musterte. Er fühlte sich seltsam ertappt.

„Lesen“, sagte er ganz einfach.

„Nun komm schon, Roger, sag es mir! Was ist es?“

Sie spielte mit ihm, doch selbst dieses Wissen half ihm wenig. Ihre Pupillen waren weit geöffnet und glitzerten ihn an. Nein, sie würde sich nicht so leicht einschüchtern lassen.

„Das Ölbild“, sagte er vorsichtig. „Es ist nur so eine Ahnung, aber ich glaube, etwas stimmt nicht damit. Deshalb habe ich auch nach dem Buch gesucht. Ich wusste, dass ich es irgendwo liegen hatte. Ein solches Nachschlagewerk ist quasi ein Muss für jeden Sammler antiker Kunstgegenstände. Es enthält alles Wissenswerte über Cuzco in der Zeit nach den Inkas.“

„Und was bitteschön wolltest du genau herausfinden?“, fragte sie jetzt leicht verunsichert.

„Na, alles über den Maler Diego Quispe Tito, seine Arbeiten und seinen Kunststil“, antwortete er wahrheitsgemäß. Dieses Mal war sie darauf vorbereitet.

„Und was stimmt deiner Meinung nach nicht mit dem Gemälde?“, fragte sie.

„Es ist zu perfekt!"

Mehr sagte er nicht. Sophie versuchte ihn aus der Reserve zu locken, vollführte sogar eine Pirouette, drehte sich um ihre eigene Achse und warf den Kopf zurück. *„Wie ein trotziges, kleines Mädchen"*, dachte er und obwohl ihm das Herz bis an sein Kinn schlug, begegnete er ihrem Blick mit einer seltsamen Gelassenheit. Sophie unterdrückte ihre aufkommende Wut und blieb mitten in ihrem Verkaufsraum stehen. „Du bist vielleicht ein hartnäckiger Kerl."

„Ganz recht, das bin ich!"

Roger Peters nickte mit dem Kopf. Dann streckte er ihr die Hand entgegen, und sie besiegelten eine Art Waffenstillstand. Er konnte und wollte ihr einfach noch nicht mehr erzählen. Nicht zu diesem Zeitpunkt. „Roger?"

„Ja, was ist denn?"

„Marlies hat zum Abschied ein Abendessen für uns arrangiert und Felix kommt später vorbei …"

„In Ordnung, ich habe sowieso noch zu arbeiten …"

„Nein, das habe ich nicht gemeint."

Sie hatte zu schnell geantwortet und versuchte es jetzt mit einem neuen Ansatz.

„Ich fände es ganz nett, wenn du auch dabei wärst."

Roger stieß einen langen Seufzer aus. Das passte ihm eigentlich weniger. Er hatte zwar gewusst, dass er noch einmal nach Remscheid musste, aber ein ausgedehntes Abendessen bedeutete, dass er dort wieder übernachten und sich die ganze Angelegenheit noch länger hinziehen würde. Trotzdem sagte er zu. Eine Unannehmlichkeit folgte der anderen. Am späten Nachmittag fuhr er zurück nach Remscheid.

11. KAPITEL

Remscheid – Küppelstein
Samstag, 11. Mai 2013
19:00 Uhr

Sophie marschierte nervös im Salon ihres Vaters auf und ab. Ihre hohen Absätze klapperten über das frisch gebohnerte Parkett, verstummten auf den Perserbrücken und klapperten dann wieder auf dem Holz. Sie beschlich ein ungutes Gefühl. Die Villa war ihr Zuhause gewesen. Hier hatte sie gelebt, hier hatte sie ihre Kindheit verbracht. Und nun sollte auf einmal alles vorbei sein? Durch das offene Fenster drang leise das vertraute Schlagen der Kirchenglocke von Schloss Burg zu ihr ins Wohnzimmer. Leicht schlossen sich ihre Augenlider. Das Glockengeläut ließ längst Vergangenes durch sie hindurchfließen. Es waren Erinnerungen an eine andere Zeit und einen anderen Ort …

Fast jeden Morgen wurde sie durch das entfernte Glockenläuten der St. Martinuskirche von Schloss Burg, die hoch in den Bergen über dem Tal der Wupper thronte und bereits im zwölften Jahrhundert von den Grafen von Berg erbaut worden war, geweckt. Sie liebte es, langsam aufzuwachen und sich wie eine Katze zu dehnen und zu strecken. Sie war die junge Sophie Böker, Tochter des großen Ferdinand Böker und das allein genügte bereits, um jeden in ihrer unmittelbaren Umgebung glücklich zu machen. Sie lebten damals in seiner Villa, die mehr Dienstpersonal beherbergte, als es das sechzehnjährige Mädchen erfassen konnte. Sie lebte in einer Traumwelt, besaß die schönsten Klamotten und das teuerste Spielzeug. Ihre Mutter war bald nach ihrer Geburt gestorben und so bildete ihr Vater den Mittelpunkt in ihrem noch so jungen Leben. In ihren Augen war er der attraktivste und stärkste Mann der Welt und sie vergötterte ihn. Und er nannte sie immer seine „hübsche kleine Prinzessin."

Dabei hatte sie stets gewusst, dass sie als Teenager gar nicht so hübsch war, aber bereits frühzeitig den weiblichen Körper einer Frau besaß. Mit Rundungen, genau an den Stellen, wo sie sein mussten. Mit festen, kleinen Brüsten, vollen Lippen, einer schlanken Taille und Hüften, die sich mit einem provozierenden Versprechen bewegten.

„Ich glaube, ich sollte dich frühzeitig verheiraten", hatte ihr Vater sie manchmal gehänselt. „Ansonsten wird bald jeder junge Mann in der Nachbarschaft nach meinem kleinen Mädchen lechzen."

„Aber nur, wenn mein zukünftiger Ehemann so ist wie du", hatte sie daraufhin geantwortet und vor sich hin gelächelt, denn im Stillen wusste sie bereits, dass es keinen gab, der ihrem Vater das Wasser reichen konnte.

„Aber nein, meine kleine Prinzessin", hatte er dann stets betont. „Eines Tages wirst auch du die Liebe deines Lebens treffen und dein Auserwählter wird dich in den Armen halten und dich lieben." Bei dem Gedanken daran hatte sie jedes Mal einen kleinen Stich in ihrem Herzen gespürt.

Es traf nicht genau zu, dass niemand sie geliebt hatte, wenigstens nicht für die vergangenen vierundzwanzig Stunden. Benno, einer der Leibwächter ihres Vaters, huschte immer dann zu ihr ins Bett, wenn ihr alter Herr aus dem Haus war. Dass Benno sie in ihrem eigenen Elternhaus vernaschte, gab ihr noch einen zusätzlichen Kick. Sie wusste ganz genau, dass ihr Vater sie rauswerfen würde, wenn er herausfände, was während seiner Abwesenheit hier vor sich ging.

Benno war bereits Mitte Dreißig und es hatte ihm sehr geschmeichelt, dass die Tochter des großen Dr. Ferdinand Böker sich ausgerechnet ihn als Lover auserkoren hatte.

„Ist es so, wie du es dir vorgestellt hast?", hatte er noch anfangs gefragt.

„Ja sicher, noch viel besser", hatte sie brav geantwortet, während sie im Stillen dachte: „Na ja, so gut wie mit Paul und mit Erik ist es aber nicht."

Und selbst die waren beileibe nicht die ersten gewesen. Schon mit 15 hatte Sophie gemeint, dass sie jetzt lang genug Jungfrau gewesen war. Daraufhin hatte sie sich umgeschaut und beschlossen, dass Konrad, seines Zeichens Sohn ihres Hausarztes, der Glückliche sein sollte. Er war bereits achtzehn, groß und kräftig gebaut, und sie war unsterblich in ihn verliebt, seit sie ihn zum ersten Mal gesehen hatte. So richtete sie es ein, dass sie von nun an öfters aufeinander trafen, ohne dass es ihm jemals aufgefallen wäre, dass die so zufälligen Treffen sorgsam geplant worden waren. Anfangs zeigte Konrad kein besonderes Interesse an ihr, war sie doch Dr. Ferdinand Bökers Tochter und außerdem noch ein Kind.

Dann kam allerdings jener heiße Sommertag, an dem Sophie für sich entschied, dass sie nicht mehr länger warten wollte, und ihn anrief.

„Konrad? Hier spricht Sophie. Mein Vater bittet dich, am Nachmittag zu uns herüber zu kommen. Er möchte gerne etwas mit dir besprechen. Wir sind alle unten am Pool."

Der Junge war zunächst überrascht, fühlte sich jedoch zugleich geschmeichelt. Natürlich kannte er Dr. Böker, aber er hätte niemals geglaubt, dass diese wichtige Persönlichkeit überhaupt von ihm Notiz nehmen würde.

„Aber sicher. Ich komme gern", lautete seine Antwort. „Um wie viel Uhr soll ich da sein?"

„Sagen wir so gegen drei, also bis dann …"

Das war genau die Zeit, wenn sich die gehobenen Herrschaften ausruhten, und der Pool ausgestorben sein würde. Ihr Vater war in einem Meeting, also bestand keine Gefahr, dass man sie stören würde. Die Gelegenheit war günstig. Konrad traf pünktlich ein. Die Gartentür stand offen und er ging hinunter zum Pool, wo er jedoch zu seiner Überraschung niemanden antraf. Also machte er kehrt und ging zurück zur Villa. Sicher war Dr. Böker in seinem Büro.

Die Eingangstür war verschlossen, er klopfte und rief: „Fräulein Sophie, ich bin es, Konrad."

Keine Antwort. Unsicher blickte er auf seine Uhr, öffnete vorsichtig die schwere Holztür und trat ein. Der Raum war dunkel. „Fräulein Sophie?"

Ein Schatten näherte sich ihm. „Konrad."

Er erkannte ihre Stimme und drehte sich um. „Sophie, ich suche deinen Vater, ist er daheim?"

Jetzt trat sie ganz langsam auf ihn zu und zwar so nah, dass er sah, dass sie nackt war.

„Großer Gott." Konrad verhaspelte sich. „Was soll ..."

„Ich möchte, dass du mit mir schläfst."

„Du? D...du bist doch noch ein Kind! Ich glaube, es ist besser, wenn ich wieder gehe."

Er trat einen Schritt zurück und ging auf die Haustür zu. „Geh nur weiter, und ich erzähle meinem Vater, dass du mich zwingen wolltest."

„Was? Das würdest du nicht wagen."

„Mach dich nur davon ... und du wirst es erleben ..."

Sophie war wütend. Er hielt inne und überlegte. Wenn sie wirklich ernst machte, wäre seine letzte Stunde gekommen. Also versuchte er es auf die sanfte Tour.

„Sophie, Liebes, sei doch vernünftig."

„Ich mag es, wenn du mich Liebes nennst …"

„Jetzt hör schon auf damit, Sophie! Dein Vater wird überhaupt nicht begeistert sein!"

„Ich weiß! Und dein Vater ist der Hausarzt unserer Familie. Wir alle würden in Ungnade fallen, also …"

Es war hoffnungslos. „Was willst du denn nun wirklich von mir?", fragte Konrad verunsichert.

„… dass du es mit mir tust …"

„Aber das geht doch nicht. Wenn dein Vater davon erfährt, ich komme in Teufels Küche."

„Ja sicher, aber wenn du jetzt gehst, kommst du es auch …"

„Ich hab keine Wahl, oder?" Er starrte sie an, fühlte Panik in sich aufsteigen. „Warum gerade ich, Sophie?"

„Weil ich mich in dich verliebt habe, du Trottel!"

Sie nahm seine Hände und presste sie vorsichtig auf ihren Schoss. „Siehst du, ich bin eine Frau. Zeig mir, wie es ist. Lass mich fühlen, wie eine Frau liebt."

Konrad überlegte: „Was kann ich anderes tun?"

Sie führte ihn zu dem Sofa im Salon und half ihm sogar aus Hose und Slip. Dann kniete sie sich vor ihn nieder und berührte ihn mit den Lippen. Das hatte sie mal in einem Film gesehen. Kurz darauf nahm sie ihn ganz in den Mund.

„Das macht sie doch nicht zum ersten Mal", ging es Konrad durch den Kopf. Jetzt konnte er sich kaum noch beherrschen. Und dann, als sie über ihn kam, schlang er seine Hände um ihren Nacken und drang tief in sie ein. Er spürte den kleinen Widerstand, aber sie half ihm, drückte sich noch enger an ihn, während ihre Hüften sich fordernd an die seinen pressten.

Konrad dachte: „Mein Gott, sie ist umwerfend."

Sophie fühlte sich wie im Himmel. Es kam ihr so vor, als wäre sie dafür geboren. Instinktiv wusste sie genau, was sie zu tun hatte. Ihr ganzer Körper war ein einziger Feuerball. Als es über sie kam, war es wie ein Erdbeben. Nach einer Weile, als sie immer noch zitternd neben ihm lag, sagte sie: „Und morgen machen wir es zur gleichen Zeit noch einmal."

Als Sophie achtzehn wurde, entschied ihr Vater, es wäre an der Zeit, dass sie etwas von Europa kennenlernte. So bereiste sie zusammen mit Tante Irmgard Italien, Frankreich und die Schweiz. Dazu hatte sie von ihrem Vater eine Liste mit den Sehenswürdigkeiten bekommen, die sie sich ansehen sollte. Mit ein wenig übersichtlicher Planung schaffte sie es tatsächlich, sich nicht ein einziges dieser alten Gemäuer ansehen zu müssen. Tante Irmgard bestand auf eine ausgedehnte Mittagsruhe und verlangte selbige von ihrer Nichte. Und Sophie freute sich darauf, genoss sie doch jene freien Stunden auf ihrer Reise in vollen Zügen. Dazu sollte ihr Vater Recht behalten: Ferne Länder werteten ihren Bildungsstandard ungemein auf. Im Bett hatte sie spielend mehrere Fremdsprachen gelernt und fand, dass ihr diese Art von Unterricht wesentlich mehr Spaß bereitete als die Sprachstunden an ihrer Schule. Sie lächelte, als sie sich jetzt daran erinnerte.

Bevor Roger Peters den Salon betrat, blieb er in der Tür stehen und beobachtete die Dame des Hauses. Sie trug ein elegantes, dunkelgrünes Kleid und hatte sich ihr Haar wieder zu einem strengen Zopf zusammengeflochten. Als er bemerkte, wie nervös sie war, sagte er: „Du wirst es überleben ..."

Sophie zuckte zusammen und wirbelte auf ihren Heels herum. Obwohl es ihm noch so schwer fiel, gab er sich absichtlich lässig und schlenderte, ohne sie weiter zu beachten, auf die Hausbar zu.

„Verfluchte Fahrerei", sagte er und schenkte sich ein Bier ein. „Auf der A1 war wieder einmal der Teufel los. Kurz vor dem Leverkusener Kreuz gab es einen Stau ... Oh, entschuldigung, möchtest du auch ein Bier?"

„Ich trinke Whiskey", antwortete sie kurz und stöckelte in seine Richtung, füllte sich ein Glas und leerte es bis zur Hälfte.

„Also dann, trinken wir uns Mut an", spottete er und versuchte ein Grinsen zu unterdrücken. Sie funkelte ihn grimmig an.

„Bist du immer so verständnisvoll oder einfach einer von der harten Sorte?"

„Keins von beidem. Mich verwirrt nur die Anwesenheit einer attraktiven Frau."

Diese Worte brachten Sophie völlig aus dem Ruder. Sie schienen ihm so einfach über die Lippen gekommen zu sein, obwohl er sich ihr gegenüber sonst eher kühl und reserviert verhielt. Sie goss sich gerade eine zweite Ladung Whiskey in ihr Glas, als es an der Tür klingelte.

Felix Wagner.

Er trat ins Haus und gesellte sich zu ihnen. Kurz darauf läutete Marlies zum Abendessen. Auch sie schien nicht richtig in Stimmung zu sein, was jedoch niemanden wunderte, bedeutete auch für sie dieser Abend den endgültigen Abschied einer langen Epoche im Hause Böker. Es gab Wildschweinbraten mit Rotkohl und Knödel, wahre Hausmannskost, und der Braten war ihr hervorragend gelungen. Trotzdem wollte keine rechte Freude aufkommen. Auch die beiden Männer legten keinen wirklichen Wert auf die Anwesenheit des anderen, machten aber gute Miene zum bösen Spiel.

Die allgemeine Unterhaltung konzentrierte sich hauptsächlich auf geschäftliche Themen. Sophie stocherte in ihrer Bratensoße herum und wusste nicht so richtig, womit sie anfangen sollte.

„Du bist ja schon lange nicht mehr bei mir im Laden gewesen“, sagte sie zu ihrem Freund. Dabei griff sie nach ihrem Weinglas und trank einen Schluck. Erst Whiskey, jetzt Wein. Sie war bereits ein wenig beschwipst.

„Marita hat einige Ladenhüter verkauft. Ich weiß auch nicht, wie sie das macht, aber sie hat einfach ein Händchen dafür. Hicks.“ Sie schluckte. „Zuerst tut sie so, als ob sie gar nichts verkaufen will ... und weckt so erst recht das Interesse der Kunden, oder aber sie erwähnt rein zufällig, sie habe das eine oder andere Stück bereits für einen anderen Kunden reserviert ... und prompt ... hicks ..., schlägt sie noch einen höheren Preis heraus.“

Sie machte eine Pause und wartete.

Felix starrte auf seinen Teller, angelte sich dann mit gelangweilter Miene ein Stück Fleisch aus der Soße.

„Na, dann sei doch froh, dass du sie hast!“

„Das bin ich ja auch. Aber es wäre trotzdem schön, wenn du dich ein bisschen mehr für meine Arbeit interessieren würdest, hicks ...!“

„Aber sicher, Liebes, das tu ich doch ...“

Roger versuchte, die aufkeimende Spannung etwas zu entkräften, indem er versuchte, das Thema zu wechseln und immer neue Fragen über Antiquitäten stellte. Im Moment schien er sich ganz besonders für das Behandeln wurmstichiger Möbel zu interessieren.

Sophie nahm sein Ablenkungsmanöver dankbar an, gab es ihr doch Gelegenheit, sich wieder zu fangen. Aus dem

Augenwinkel heraus beobachtete sie die beiden Männer. Wie unterschiedlich sie doch waren. Auf der einen Seite saß ihr Freund in einem teuren Anzug, mit Krawatte und italienischen Slippern und ihm gegenüber Roger, völlig unkonventionell in Blue Jeans, einem karierten Hemd und Turnschuhen. Aber sie musste sich wieder auf das Wesentliche konzentrieren und den Abend irgendwie zu Ende führen. Die Blicke, mit denen Felix sie jetzt streifte, erregten beinahe Rogers Mitgefühl. Er trank seinen Wein und bemühte sich darum, eine Konversation aufrecht zu halten, die ihm mehr und mehr auf den Wecker ging. Auf was hatte er sich da nur eingelassen?

Alle Anwesenden waren sichtlich erleichtert, als Marlies den Nachtisch brachte. Sie bemerkte, dass Sophie kaum etwas gegessen, dafür aber umso mehr getrunken hatte. Folglich schimpfte sie mit ihr.

„Ich nehme das Eis mit in die Bibliothek", sagte Roger und erhob sich, weil er es im Salon nicht mehr aushielt. „Ich möchte noch ein paar Unterlagen durchsehen, bevor ich schlafen gehe", fügte er schnell hinzu.

„In Ordnung ... hicks ..." Sophie vermied es, ihn anzusehen. Vielleicht war es besser, wenn sie jetzt mit Felix allein war. Sie aßen die Nachspeise, ohne ein Wort miteinander zu sprechen.

„Nimmst du noch einen Drink?", fragte Sophie nach einiger Zeit und deutete auf die Hausbar.

„Nein danke", erwiderte Felix. „Ein Kaffee wäre mir lieber, und du hast mit Sicherheit auch genug getrunken!"

Marlies hatte inzwischen den Kamin befeuert, denn der Wonnemonat Mai brachte im Bergischen Land immer wieder auch kühle Abende hervor, doch weder Felix noch

Sophie konnten sich so richtig an der Behaglichkeit der Wärme erfreuen. Er schenkte sich Kaffee ein und blickte ausdruckslos in die Funken des Kaminfeuers, ehe er dann doch etwas sagte:

„Sophie, bitte glaube mir, ich weiß, wie du dich fühlst. Aber wir können die Villa nun mal nicht behalten. Wer soll denn die hohen Kosten tragen? Dein Laden etwa?"

Sie hob den Blick und sah ihn an. „Felix …"

„Du brauchst mir nichts zu erklären, Sophie. Es steht alles in deinem Gesicht geschrieben. Du konntest noch nie gut deine Gefühle verbergen."

Er nahm einen großen Schluck aus der Kaffeetasse. „Glaub mir bitte, wenn ich genug Geld hätte … aber du hast bereits ein Haus in der Eifel und ich eine Wohnung in Köln. Wozu brauchen wir noch die Villa deines Vaters?"

„Ich weiß es nicht … hicks …, ich weiß überhaupt nichts mehr."

Sie hob hilflos die Schultern.

„Es ist doch nicht dasselbe", sagte sie mit trauriger Stimme. „Das hier ist mein Elternhaus. Ich werde nie wieder zurückgehen können …"

„Es tut mir so leid, Sophie … aber der Termin mit dem Makler steht bereits fest."

Mit einem mühsamen Lächeln drückte er sie an sich. Sophie vergrub ihr Gesicht in seiner Brust. Tränen rannten über ihre Wangen. Sie wusste, dass sie im Begriff war, ihre Vergangenheit zu verlieren.

„Komm, ich bring dich nach oben, Liebes", sagte Felix. Sie wollte sich erheben, torkelte, fiel wieder zurück und versuchte es noch einmal. Felix stützte sie und brachte sie bis zur Treppe. Dort wartete er. Sophie stieg auf die oberste

Treppenstufe, fluchte und suchte seinen Blick. Ihre Augen waren dunkel und funkelten vor Wut, ihre Stimme war geprägt von Traurigkeit und dem Alkohol, den sie getrunken hatte.

„Ich weiß ja nicht, wie du darüber denkst, aber ein bisschen Mitgefühl könnte dir manchmal wirklich nicht schaden … Hicks …"

Damit ließ sie ihn stehen, und er starrte ihr entgeistert nach, wie sie in ihr Schlafzimmer wackelte …

12. KAPITEL

Remscheid – Küppelstein
Sonntag, 12. Mai 2013
01:00 Uhr

Sophie hörte die alte Standuhr im Flur schlagen. Körperlich fühlte sie sich ausgelaugt und groggy, aber ihr Verstand lief immer noch auf Hochtouren. Rogers Rumoren in der Bibliothek hatte vor Mitternacht aufgehört. *„Sicher schläft er jetzt tief und fest"*, dachte sie fast ein wenig neidisch und drehte sich auf den Rücken, nur um wieder die Decke anzustarren. Felix lag neben ihr und schnarchte.

Ihre Gedanken waren bei ihm, und sie fragte sich, warum sie sich hatte provozieren lassen. Felix hatte es doch sicher nur gut mit ihr gemeint. Dann dachte sie an Roger und begriff, dass sie erst zur Ruhe kommen würde, wenn er wieder dorthin verschwand, wo er hergekommen war. *„Nach Köttelbach!"*

Sie wälzte sie sich hin und her, aber es half alles nichts. Sie konnte einfach nicht einschlafen. Nur Felix, neben ihr, schnarchte seelenruhig vor sich hin. Genervt stand sie auf, warf sich in ihren flauschigen Morgenmantel und schlüpfte durch die Tür hinaus auf den Flur. *„Ich sollte es mit einem Tee versuchen."*

Warme Milch war ihr zuwider. Vor Rogers Tür blieb sie einen Moment stehen und horchte. Drinnen war alles still. Sie zwang sich dazu, weiterzugehen und war im Begriff, die Treppe hinunter zu schleichen. *„Oder soll ich mir noch einen Whiskey genehmigen, beziehungsweise einfach ein wenig fernsehen?"*

Fast lautlos bewegte sie sich voran. Seltsam, die Tür zum Salon war verschlossen, obwohl sie die immer offen ließen, wenn das Feuer im Kamin brannte.

„Sicher hat Marlies noch aufgeräumt und die Tür verschlossen", beruhigte sie sich. Trotzdem durchquerte sie den breiten Flur und näherte sich dem Salon von der anderen Seite. Plötzlich wurde sie von einem grellen Licht geblendet, das sie dazu zwang, sich eine Hand vor die Augen zu halten. Sie bewegte sich wie in Trance, nicht wissend, woher dieses Licht kam. Bevor sie schreien konnte, erstarrte sie. Der Lichtstrahl bewegte sich von ihr weg.

„Eine Taschenlampe", ging es ihr durch den Kopf. *„Wer hat noch zu dieser Stunde etwas im Salon zu suchen?"*

Ein Gefühl der Angst beschlich ihren Körper und blieb dann in ihrer Kehle stecken. Fast schon reflexartig drehte sie sich um und rannte zurück, die Treppe hinauf. „Rooo…ger", schrie sie in panischer Angst.

Erst hinterher wurde ihr bewusst, dass sie Roger und nicht Felix gerufen hatte.

Roger war sofort hellwach, als seine Zimmertür aufflog und ein Schatten auf ihn zuraste. Instinktiv breitete er die Arme aus. Es war niemand anders als Sophie, die sich ihm zitternd entgegen drängte. Ihr Parfüm stieg ihm in die Nase.

„Was zum Teufel ist denn jetzt los?“, fragte er. „Hast du schlecht geträumt oder gehst du schlafwandeln?“ Atemlos wie sie war, hatte sie Mühe, ihre Emotionen in Worte zu fassen.

„D…da unten ist jemand“, stotterte sie vor sich hin. Roger versuchte sie zu beruhigen.

„Es ist sicher nur Marlies, die noch etwas vergessen hat.“

„Um diese Uhrzeit? Es ist doch schon nach eins. Das hätte doch wohl Zeit bis morgen“, zischte Sophie ihn wütend an, weil er sie anscheinend nicht ernst nahm.

„… und er hatte eine Taschenlampe …“

Mit einer einzigen Bewegung war Roger auf den Beinen. „Wo genau?“, fragte er.

„Unten, im Salon.“

„Also gut, ich schau nach“, flüsterte er und blickte sich gleichzeitig nach etwas um, was er im Notfall als Waffe benutzen konnte.

„Sollten wir nicht besser die Polizei rufen?“, fragte sie. Wieder stieg Panik in ihr hoch, doch er war schon an der Tür. „Nein!“

„Aber du kannst doch nicht einfach mit der Vase in der Hand da runter gehen.“

„Kann ich wohl.“

Mit einer Handbewegung brachte er sie zum Schweigen.

„Rühr dich nicht von der Stelle“, befahl er und drückte ihr die Zimmertür vor der Nase zu. Dann ging er langsam nach unten.

Er hatte gerade das untere Stockwerk inspiziert, als er hinter sich die Treppe knarren hörte. Erschrocken drehte er sich um und wollte gerade mit der Vase zu einem Schlag ausholen, als er Sophie gegen die Wand taumeln sah. Sie hatte es in seinem Zimmer nicht mehr ausgehalten und war leise auf den Flur geschlichen. „Verdammt noch mal! Habe ich dir nicht gesagt, dass du dich nicht vom Fleck rühren sollst?"

Sophie zitterte am ganzen Leib.

„Ist er weg?", fragte sie.

„Ich denke schon, aber warte noch einen Augenblick. Ich sehe noch draußen auf der Terrasse nach."

Sie setzte sich und traute sich nicht mehr aus dem Sessel, bis Roger kurz darauf wieder vor ihr stand. „Nichts", sagte er. „Absolut nichts. Keine Menschenseele zu sehen. und es gibt keinerlei Anzeichen für ein gewaltsames Eindringen."

„Aber wenn ich dir doch sage, dass ich jemanden gesehen habe!" Ihre Stimme klang beleidigt.

„Ich möchte dir ja gerne glauben, aber was genau hast du denn gesehen?"

Wieder schaute er sich sorgfältig im Salon um.

„Die Tür zum Salon war verschlossen, und als ich von der anderen Seite den Raum betrat, leuchtete mir ein greller Lichtschein in die Augen. Ich konnte überhaupt nichts erkennen."

„Hast du mal nachgesehen, ob hier irgendetwas fehlt?"

„Was soll denn fehlen? Wir haben doch bereits fast alles ausgeräumt!"

Mit zusammengekniffenen Augen beobachtete sie, wie er vor der Hausbar hockte und vorsichtig den Boden abtastete. Dann erhob er sich, griff nach der Whiskeyflasche, suchte ein Glas und schenkte ihr zwei Fingerbreit ein.

„Hier, trink das erstmal. Es wird dich etwas beruhigen. Bist du dir wirklich sicher, dass hier jemand war?“, wiederholte er seine Frage.

„Ich denke schon. Aber natürlich kann ich nicht genau sagen, ob die Person nach etwas Bestimmtem gesucht hat oder auf dem Weg in ein anderes Zimmer war …“

Roger runzelte seine Stirn und sah sie an. „Das halte ich für reichlich unwahrscheinlich“, sagte er nachdenklich.

Sophie hielt seinem fragenden Blick stand.

„Ach, ich weiß es doch auch nicht, aber trotzdem habe ich Angst. Besonders nach der Geschichte mit meinem Vater. Zuerst hat er diese Anrufe bekommen und dann hat man ihn ermordet. Was, wenn wirklich jemand ins Haus eingedrungen ist und es nun auf mich abgesehen hat?“

„Jetzt übertreibst du aber ein bisschen, Sophie. Jedenfalls war es kein Einbruch“, meinte Roger und als er die dunklen Ringe unter ihren Augen bemerkte, fügte er hinzu: „Komm, lass uns schlafen gehen. Es ist spät genug, und du bist fix und fertig. Am besten du nimmst eine Schlaftablette und morgen ruhst du dich aus, verstanden?“

„Sehr wohl, der Herr!“

Sophie kniff ihn in die Seite. Als er sie am Arm die Treppe hinauf führte, fühlte sie sich seltsam berührt und einigermaßen sicher. Artig ging sie zu ihrem Schlafzimmer. Schon von der Tür aus konnte sie Felix schnarchen hören. Er schien von dem Theater überhaupt nichts mitbekommen zu haben. Es war einfach nicht zu glauben.

13. KAPITEL

Remscheid – Küppelstein
Sonntag, 12. Mai 2013
07:30 Uhr

Sophie erwachte und war weit davon entfernt, sich wohl zu fühlen. Die wenigen Stunden Schlaf, die sie genießen konnte, hatten sie nicht entspannt. Ganz im Gegenteil, sie fühlte sich noch ein bisschen elender als zuvor. *„Habe ich mir den Vorfall von vergangener Nacht nur eingebildet?"*, fragte sie sich. *„Ist jemand hinter mir her?"*

Nein, daran durfte sie nicht einmal denken. Stattdessen versuchte sie, diesen unmöglichen Verdacht auszublenden. Was sie jetzt dringend brauchte, war ein klarer Kopf, um in Ruhe nachdenken zu können. Selbst die Villa ihres Vaters, die sie so liebte, kam ihr wie ein stickiges Gefängnis vor. Felix schnarchte noch immer. Fast geräuschlos ließ sie sich aus dem Bett gleiten, streifte sich ihren Jogginganzug über und schlich die Treppe nach unten. Trotzdem wurde Marlies, die gerade dabei war, ihre Sachen zu packen, auf sie aufmerksam.

Es folgte ein kurzer Zuruf, ein Nicken, dann fiel die massive Eichentür hinter Sophie ins Schloss. Mit ihrem wuchtigen Türklopfer und den feinen Metallbeschlägen erinnerte sie noch an jene Zeit, als die Eisenindustrie im Bergischen Land Fuß gefasst hatte. Unzählige Kotten und Hämmer waren damals entstanden und hatten das Eisen in brauchbare Werkzeuge verwandelt.

Einen merkwürdigen Kontrast zu dem alten Holz bildeten die beiden angeblich diebstahlsicheren Stahlschlösser, die ihr Vater paradoxerweise noch vor seinem Tode hatte anbringen lassen. Irgendwelche Versicherungsbestimmungen waren dafür der Grund gewesen.

Sophie maß ihren Puls und begann mit den gewohnten Lockerungsübungen, bei denen sie sich gegen die Tür lehnte. Dem folgten Dehnübungen, die angeblich die Wadenmuskulatur kräftigen sollten. Anschließend ging sie auf Zehenspitzen federnd die Stufen hinunter und machte auf dem Rasen vor dem Haus noch weitere Übungen. Erst jetzt joggte sie los.

Sie fing langsam an und lief den Waldweg hinunter. Alsbald beschleunigte sie ihre Schritte. Die ersten Minuten waren für gewöhnlich die schlimmsten. Danach hatte sie ihren Rhythmus gefunden, und es wurde leichter. Sie entschloss sich dafür, häufiger die Geschwindigkeit zu wechseln. Dies war eine gute Technik für Langstreckenläufer. Ihr schlanker, athletischer Körper strahlte eine natürliche Anmut aus, aber ihr Profil verriet die nervöse Anspannung eines Windhundes, der darauf wartete, dass sich die Startklappe öffnete.

Angefangen hatte sie mit dem Laufen während ihres Aufenthaltes im bergischen Internat in Erkrath. Damals war sie jeden Tag vor Schulbeginn um das scheußliche, schwarz-weiße Fachwerkgebäude herumgelaufen, während ihre Mitschüler noch zu schlafen pflegten, oder gerade gähnend aus ihren Betten stiegen.

Der schmale Waldweg führte sie zum Wiesenkotten, den sie überquerte, um danach bis zur Burger Landstraße weiter zu laufen. Dabei passierte sie das Herrmann-Löns-Denkmal und erklomm die Serpentinen auf der anderen Seite der Wupper. Hier setzte sie zu einem Sprint an, erreichte die Petersmühle und ließ es entlang des Bertramsmühler Baches langsamer angehen. Bei Strohn erreichte sie das Solinger Tierheim, überquerte die Wupper und trabte nach einer kurzen Verschnaufpause durch ein Tannenwäldchen direkt auf die Sengbachtalsperre zu.

Der Tannenwald sah so aus, als könne man sich relativ leicht darin zurechtfinden. Tief gebeugt folgte sie leise dem schmalen Weg, schlug sich wachsam durch das grüne Unterholz, sprang über abgebrochene Zweige und graue Wurzeln immer tiefer in den dunkelgrünen Schatten hinein. Heiß und feucht stand die Luft unter den dichten Ästen, durch die nur ab und zu dünne Sonnenstrahlen brachen. Und über allem lag das unaufhörliche Summen von Insekten. Erneut verlangsamte Sophie die Laufgeschwindigkeit, zog das Schweißband von ihrem Kopf und kontrollierte ihren Puls. Heute war sie ziemlich schnell unterwegs, was auch gut war, denn sie hatte sich vorgenommen, ihre Kondition zu verbessern. Auf keinen Fall wollte sie, so wie viele ihrer Altersgenossinnen, mit Ende Vierzig von einer Fitnessfarm zur anderen eilen.

Plötzlich fiel ein Schuss. Sophie fuhr erschrocken zusammen. Im Gestrüpp hinter ihr knirschte es. Sie wirbelte herum, konnte aber niemanden erkennen. Ihr Herz hämmerte wie wild unter dem verschwitzten Oberteil. Kopflos rannte sie los. Je weiter sie in das Wäldchen lief, desto mehr spürte sie, dass jemand hinter ihr war. Doch wenn sie sich umdrehte, war niemand zu sehen. Ihr Atem ging heftig und das Geräusch, das sie dabei verursachte, klang irgendwie übermäßig laut in ihren Ohren. Da ertönte ein zweiter Schuss. Sie duckte sich, versuchte auszuharren. *„Verdammt! Ich muss so schnell wie möglich weg von hier“*, dachte sie, rappelte sich auf und begann so schnell zu laufen, wie sie nur konnte. Hastig nach Luft schnappend, bewegte sie sich vorwärts und erstarrte. Hinter ihr krachten Zweige.

„Ich darf auf keinen Fall meinen Kopf verlieren", kam es ihr in den Sinn, während sie zu einem Spurt ansetzte und nun achtlos durch das Unterholz brach. Dabei versuchte sie erst gar nicht mehr leise zu sein. Der nächste Schuss kam ganz aus ihrer Nähe und versetzte sie noch mehr in Panik. Zitternd vor Angst zwang sie sich immer weiterzulaufen, während sie sich bemühte, ihr Gesicht mit den Händen vor herunterhängenden Ästen und Zweigen zu schützen. Trotzdem waren ihre Wangen zerkratzt. Blut tropfte auf ihr weißes Oberteil, doch sie rannte unaufhörlich weiter. Beim nächsten Schuss schrie sie laut auf. Es klang so, als befände sich ihr Verfolger jetzt direkt hinter ihr. Mit einer reflexartigen Bewegung sprang sie zur Seite, stolperte und landete mitten im dichtesten Gestrüpp. Kurz darauf sah sie die Hunde und hörte den Lärm. Und da wusste sie, was es war: Jäger! Sie war mitten in eine Fuchsjagd geraten.

Auch Roger hatte kaum Schlaf gefunden und starrte benommen und fiebrig gegen die hohe Zimmerdecke. Sein Verstand schien ihm einen Streich zu spielen. Kurzerhand schnappte er sich seine Jeans, ging ins Badezimmer, sprang direkt unter die Dusche und drehte mit voller Absicht nur den Kaltwasserhahn auf. Zunächst fröstelte es ihm. *„Habe ich mich in der vergangenen Nacht genug um sie gekümmert?"*, fragte er sich besorgt, während das eiskalte Wasser auf ihn niederprasselte. *„Was, wenn wirklich ein Unbefugter im Salon gewesen ist?"* Jemand, der etwas ganz Bestimmtes gesucht hatte, oder womöglich gar hinter Sophie her war. Er musste es herausfinden und vor allem, er durfte sie nach dem seltsamen Ereignis von vergangener Nacht nicht mehr aus den Augen lassen. Und das war bei ihrer Quirligkeit weiß Gott keine leichte Aufgabe. *„Außerdem, wäre nicht eigentlich ihr Freund für sie zuständig?"*

Er nahm die Waschlotion und seifte sich von Kopf bis Fuß ein. Vielleicht konnte er wenigstens so dieses ungute Gefühl von sich abwaschen, dass ihn seit dem Aufwachen beschlich. Frisch geduscht und fertig angezogen, trat er kurze Zeit später auf den Flur und wäre dort beinahe mit Felix zusammengestoßen.

„Guten Morgen, Herr Peters, haben Sie Sophie gesehen?", begrüßte der ihn.

„Ich? Aber wieso denn? Ist sie denn nicht bei Ihnen?"

„Scheinbar nicht, oder würde ich sonst nach ihr fragen?"

Er hastete die Treppe hinunter in den Salon – und traf auf Marlies, die gerade einen ihrer Koffer ins Foyer schleppte.

„Warten Sie, ich helfe Ihnen tragen", bot sich Felix an. „Wissen Sie zufällig, wo Sophie steckt?"

Marlies stellte den Koffer ab und drehte sich zu ihm um.

„Sie ist laufen gegangen", antwortete sie kurz und bündig.

„Ist gut, Marlies. Bitte sagen Sie ihr, dass Sie mich anrufen soll. Ich muss nach Köln."

Er war schon fast aus der Haustür, als ihm noch etwas einfiel. „Ach ja, und Ihnen wünsche ich alles Gute. Lassen Sie Ihre Schlüssel einfach im Hause liegen, wenn Sie fertig sind. Viel Glück!" Er drückte die Haustür ins Schloss und ging.

Marlies schüttelte den Kopf und ging zurück in ihr Zimmer. Unterwegs traf sie auf Roger, der mittlerweile auch heruntergekommen war.

„Wo ist Sophie?", fragte er barsch.

Marlies schaute ihn aus großen Augen an. Sie wunderte sich über gar nichts mehr. „Guten Tag, Herr Peters, vielen Dank, mir geht es gut, Herr Peters, sind Sie auch so gut gelaunt heute Morgen, Herr Peters?"

Roger reagierte erst gar nicht auf ihre Anspielung, sondern wiederholte seine Frage. „Wissen Sie, wo Sophie steckt?"

„Sophie, Sophie, immer nur Sophie!" Marlies seufzte und warf ihm einen wütenden Blick zu.

„Sie ist joggen gegangen, das habe ich bereits Herrn Wagner gesagt!"

Sie hoffte, Roger würde sie nicht mit weiteren Fragen löchern, aber er tat es doch … „Allein?", fragte er aufgeregt.

„Natürlich allein! Oder sehen Sie noch weitere Menschen hier? Wahrscheinlich ist sie zur Talsperre gelaufen. Das hat sie früher auch immer getan, wenn sie nachdenken wollte."

Roger ließ sich den Weg beschreiben und rannte Sophie hinterher. Als er völlig atemlos die Ausläufer der Sengbachtalsperre erreichte, fielen ihm beinahe keine Flüche mehr ein. *„So ein verdammter Leichtsinn"*, dachte er. *„Sie hat überhaupt nichts begriffen."*

Zuerst entdeckte er ihr pinkfarbenes Schweißband. Es lag in nächster Nähe zu den Schleusen des Oberwassergrabens und war vollkommen durchnässt. *Aber wo zum Teufel war Sophie?* Er rannte den schmalen Kiesweg zurück, um von der Anhöhe her besser nach ihr Ausschau halten zu können. Und dann sah er sie. Sophie saß in gekrümmter Haltung auf einem Baumstumpf und rührte sich nicht. Er rannte auf sie zu und bemerkte sofort, wie blass sie war.

„Sophie, ist alles …?"

Was immer er sagen wollte, blieb ihm im Halse stecken, als er ihren Zustand bemerkte.

„Großer Gott, was ist mit dir geschehen? Hattest du einen Unfall, bist du gefallen?"

Als sie ihm keine Antwort gab, wurde er wütend.

„Du bist wohl nicht ganz gescheit! Hier allein herumzulaufen. Dir könnte wer weiß was passieren. In der vergangenen Nacht glaubtest du noch, einen Unbefugten im Hause deines Vaters gesehen zu haben und jetzt spazierst du allein durch den Wald."

Anstatt zu antworten, nahm Sophie ihre ganze Kraft zusammen und gab ihm eine schallende Ohrfeige. „Schnauz mich gefälligst nicht so an", fauchte sie erbost. „Ich wollte nur ein wenig laufen, so wie früher, aber mein Kreislauf macht mir Probleme. Der Blutdruck, verstehst du? Und dann waren da die Jäger …"

Sie drückte ihren Kopf an seine Brust, fing an zu weinen und Roger wusste mal wieder nicht, was er tun sollte. Ratlos strich er mit der Hand über die schmerzende Wange. *„Verdammt, ich sollte sie einfach stehen lassen!"* Doch stattdessen nahm er sie in die Arme und presste sie an sich. Als sie seine Stirn an ihrem Kopf spürte, schloss sie ganz fest die Augen. *„Wo bin ich?"*, dachte sie. Und: *„Wie bin ich hierhergekommen?"*

Vorsichtig richtete sie sich auf. Um sie herum drehte sich alles, aber Roger hielt sie fest. Es war das erste Mal, dass er so etwas wie Gefühle für sie zeigte.

„Komm, wir gehen zurück, räumen den Rest zusammen und danach fahren wir in die Eifel."

Sie blickte zu ihm auf. „Eifel ist gut", sagte sie leise. „Da habe ich wenigstens Arthur, der auf mich aufpasst."

„Arthur? Noch einen Freund?“

Jetzt musste sie lachen. „Ja, und zwar einer mit vier Pfoten. Arthur ist ein Labradorrüde!“

14. KAPITEL

Remscheid – Küppelstein
Sonntag, 12. Mai 2013
10:00 Uhr

Marlies staunte nicht schlecht, als sie die Beiden ziemlich erschöpft zurückkommen sah. „Sport ist Mord“, sagte sie voller Ironie, besann sich dann aber eines Besseren und erklärte, dass sie mit dem Packen ihrer Sachen fertig sei und sich von ihnen verabschieden wolle.

„Aber vorher frühstücken wir noch zusammen, wenn das genehm ist. Ich denke, etwas Geschirr sowie ein paar essbare Kleinigkeiten werden wir wohl noch im Haus haben?“, meinte Sophie, die sich langsam wieder fasste.

„Sicher haben wir das! Ich habe den Kaffee bereits aufgeschüttet und in die Thermoskanne gefüllt. Er müsste noch heiß sein.“

„Das ist wirklich lieb von dir, Marlies.“ Sophie war jetzt die Ruhe selbst.

„Dazu sind noch Eier, etwas Wurst und Käse im Kühlschrank. Vielleicht könnte Herr Peters schnell in die Bäckerei fahren und Brötchen holen? Dann bekämen wir sogar noch ein ordentliches Frühstück zustande.“

Roger setzte sich erst gar nicht.

„Wird sofort erledigt, Chef", sagte er und grinste. Die trübe Stimmung war endgültig verschwunden.

Marlies war in einem Kinderheim aufgewachsen. Dort hatte man sie bereits als Säugling eingeliefert, nachdem sie vor der Haustür eines bergischen Bauernehepaars abgelegt worden war, das sich nicht um sie kümmern konnte.

Das Kinderheim war ein schmuckloses, zweistöckiges Backsteingebäude gewesen und hatte am Stadtrand von Solingen-Ohligs unweit des Bahnhofs gelegen. Geleitet wurde das Heim seinerzeit von Schwester Margot Garstig, einer Amazone von Frau, mit grimmigem Auftreten, das die Wärme und Fürsorglichkeit Lügen strafte, die sie gegenüber ihren Schützlingen empfand.

Marlies unterschied sich wesentlich im Aussehen von den anderen Kindern. Sie war eine hellhäutige Fremde mit dunklen Augen und eigenartigem Benehmen. Sie war ein sehr unabhängiges Kind und immer dann, wenn es Ärger im Heim gab, konnte Frau Garstig sicher sein, dass Marlies der Grund dafür war. Über Jahre hinweg hatte sie gut ein Dutzend Mal versucht, aus dem Kinderheim zu verschwinden. Überflüssig zu erwähnen, dass sie unter den Kindern äußerst beliebt war. Dazu besaß sie eine ziemlich wilde Fantasie.

„Mein Vater war ein cleverer Juwelendieb. Er kletterte nachts über die Dächer von Hotels, um den Schmuck berühmter Schauspielerinnen zu stehlen", pflegte sie den anderen zu erzählen und malte seine Geschichte in allen Farben aus.

„Einmal, als er gerade dabei war, ein Schmuckstück in seine Tasche zu stecken, erwachte die Künstlerin und knipste die Nachttischlampe an."

„Ja und?", fragten die anderen Kinder voller Neugierde. „Hat sie die Polizei gerufen?"

„Aber nein! Vater war sehr gutaussehend und …"

„Also, was ist dann geschehen?"

„Nun, sie haben sich ineinander verliebt und später geheiratet, und dann bin ich geboren worden."

Die Kinder lachten. „Das ist aber komisch. Warum haben sie dich dann in ein Waisenhaus gesteckt?"

Das war dann der knifflige Teil, wo sie eine spezielle Geschichte erfinden musste.

„Meine Eltern sind bei einem Skiunfall in der Schweiz tödlich verunglückt", erzählte sie meistens. Das war spannend und tragisch zugleich, und alle hörten ihr mit offenen Mündern zu.

In Wirklichkeit brannte Marlies genauso wie ihre Schicksalsgefährten darauf zu erfahren, wer ihre wirklichen Eltern waren. Das ging so weit, dass sie nachts, um besser einschlafen zu können, für sich selbst Geschichten erfand. Dann war ihr Vater ein tapferer Soldat, der in einem schrecklichen Krieg gefallen war, oder ein stolzer Stierkämpfer, dem ganz Spanien zu Füßen lag, der aber auf tragische Weise von einem riesigen Stier auf die Hörner genommen wurde und dabei sein Leben verloren hatte, oder er war der gesuchte Spion eines exotischen, fernen Landes. Ihre Fantasien kannten keine Grenzen.

Damals waren sie in dem Heim mehr als dreißig Kinder aller Altersklassen gewesen, vom Säugling bis zum Teenager. Die meisten von ihnen waren Deutsche, aber es gab auch ein gutes Dutzend anderer Nationalitäten. So lernte Marlies, sich in verschiedenen Sprachbrocken auszudrücken.

Ihren Schlafsaal teilte sie sich mit zehn weiteren Mädchen, und nachdem Margot Garstig allabendlich das Licht ausgeschaltet hatte, begannen die Flüsterton-Gespräche bis tief in die Nacht hinein. Zuerst ging es nur um Puppen und Kleidung, aber als die Mädchen älter wurden, nur noch um Jungs und Erfahrungen mit dem anderen Geschlecht.

„Ich habe gehört, dass es höllisch wehtun soll."

„Das ist mir egal. Ich kann gar nicht abwarten, es zu tun …"

„Ich werde zwar heiraten, aber meinem Mann niemals erlauben, dass er es mit mir tut. Es ist irgendwie schmutzig …"

Eines Nachts, als bereits alle Mädchen schliefen, schlich sich Kevin, ein Junge mit blassblondem, weichem Haar in ihr Schlafgemach. Er bewegte sich zögernd auf die Stelle zu, wo Marlies' Bett stand.

„Marlies …?" Seine Stimme war ein vorsichtiges Flüstern. Sie erwachte sofort.

„Kevin? Was in aller Welt ist denn los mit dir?"

Er schluchzte angsterfüllt. „Darf ich mich zu dir ins Bett legen?"

„Ja, aber sei still."

Kevin war dreizehn, genauso alt wie Marlies, aber zu schmächtig für sein Alter. Er war als Kleinkind misshandelt worden, litt unter furchtbaren Albträumen und wachte manchmal mitten in der Nacht schreiend auf. Die anderen Kinder schikanierten ihn, aber Marlies versuchte ihn immer zu beschützen. Kevin kroch zu ihr unter die Bettdecke und Marlies spürte, wie ihm Tränen über seine Wangen rollten. Sie drückte ihn fest an sich.

„Es ist alles gut", versuchte sie ihn zu beruhigen. Dazu wiegte sie ihn sanft in ihren Armen und merkte bald, wie sein Schluchzen aufhörte. Stattdessen spürte sie, wie er sich an sie klammerte, und wie seine Erregung wuchs.

„Kevin!"

„Es tut mir leid, ich kann nichts dagegen tun."

Seine Erektion presste sich an sie. „Ich liebe dich, Marlies. Du bist die Einzige auf der Welt, die immer lieb zu mir ist!"

„Aber wieviel hast du denn bereits gesehen … von der Welt, meine ich?"

„Bitte lach mich nicht aus."

„Das tu ich ja gar nicht."

„Außer dir habe ich doch niemanden."

„Ich weiß."

„Ich liebe dich, Marlies."

„Ich liebe dich auch, Kevin."

„Marlies? Würdest du es mir erlauben, dich zu lieben? So richtig, wie ein Mann es mit einer Frau tut?"

„Nein."

Zunächst war es ganz still.

„Tut mir leid, dass ich dich belästigt habe. Ich glaube, es ist besser, wenn ich zurück in mein eigenes Bett gehe." Sein Gesicht war ausdruckslos und traurig.

„Warte, Kevin."

Marlies schmiegte sich fest an ihn. Sie fühlte sich auf einmal irgendwie seltsam erregt. „Kevin, ich kann jetzt nicht mit dir schlafen, aber ich kann etwas anderes für dich tun, damit du dich besser fühlst. Würde dir das gefallen?"

„Oh ja."

Seine Stimme war nur noch ein Säuseln. Er trug einfache Pyjamas. Marlies knotete die Schnur seiner Schlafanzughose auf und griff vorsichtig hinein.

„Großer Gott, er ist ein richtiger Mann", dachte sie, während sie begann, ihn vorsichtig zu liebkosen. Kevin stöhnte leise auf. „Das ist wundervoll", sagte er und einen Moment später: „Ich liebe dich, Marlies."

Sie spürte ihrerseits das Feuer, das ihren Körper erfasste, und wenn er sie jetzt noch einmal gebeten hätte, mit ihr zu schlafen, dann hätte sie es ihm höchstwahrscheinlich erlaubt, aber er lag einfach nur ruhig da und genoss ihre Bewegungen und wenige Minuten später verschwand er dahin, wo er hergekommen war.

In jener Nacht fand Marlies keinen Schlaf mehr, doch erlaubte sie ihm nie wieder in ihr Bett zu steigen. Die Versuchung war einfach zu groß.

Von Zeit zu Zeit wurde eines der Kinder von Margot Garstig in ihr Büro gerufen und potentiellen Pflegeeltern vorgestellt. Für die Waisenkinder war dies ein aufregender Moment, bedeutete er doch die reelle Chance, das triste Heimdasein gegen ein eigenes Zuhause einzutauschen.

Über Jahre hinweg beobachtete Marlies, wie die anderen Waisenkinder ausgewählt wurden. Sie kamen in die Häuser von Händlern, Farmern, Bankiers oder Ladenbesitzern. Nur sie wollte niemand, da ihr ein zweifelhafter Ruf vorauseilte. Manchmal hörte sie, wie sich interessierte Pflegeeltern über sie unterhielten: „Sie ist ein bildhübsches Kind, soll aber sehr schwierig sein."

Oder: „Ist das nicht das Mädchen, das letzten Monat fünf junge Hunde ins Heim geschmuggelt hat?"

Und niemand ahnte, wie sie von den anderen Kindern angehimmelt wurde.

Einmal in der Woche kam der örtliche Pastor zu ihnen ins Heim, und Marlies freute sich stets auf seinen Besuch. Pater Gabriel war der Einzige, dem sie vollkommen vertraute und außerdem diejenige Person, die sie als Säugling aufgenommen hatte. Manchmal fragte sie ihn: „Was meinen Sie, warum hat mich die Bauernfamilie nicht behalten?"

Der Geistliche antwortete ihr stets sanft und gutmütig. „Das hätten sie sicher sehr gerne gewollt, aber sie waren alt und krank. Sie konnten dich einfach nicht aufziehen."

„Und was glauben Sie war der Grund dafür, dass mich meine richtigen Eltern bei diesen Bauern zurückgelassen haben?"

„Ich bin mir sicher, weil sie sich einfach nicht um dich kümmern konnten, Marlies."

Mit fünfzehn war Marlies eine bildhübsche junge Frau mit langen, blonden Haaren und seidenweicher Haut, wodurch sie sich eindeutig von den anderen abhob.

Eines Tages wurde sie in Frau Garstigs Büro gerufen. Pater Gabriel war anwesend und mit ihm ein ihr vollkommen unbekannter Mann. Die beiden unterhielten sich. Dann deutete der Pastor auf Marlies. „Das ist sie. Guten Tag, meine Kleine."

„Guten Tag, Pater."

Aber Frau Garstig sagte: „Es tut mir sehr leid, Marlies, aber wir haben da ein Problem."

Marlies versuchte, sich an ihre letzte Untat zu erinnern, doch ihr fiel keine ein.

„Unsere Altersbegrenzung liegt bei fünfzehn Jahren und du hast gerade dieses Alter erreicht."

Marlies kannte die Regel, aber sie hatte nicht wirklich darauf geachtet.

„Bedeutet das, dass Sie mich fortan nicht mehr haben wollen?"

Frau Garstig war bestürzt, hatte aber keine andere Wahl.

„Es tut mir sehr leid, aber wir müssen unsere Regeln einhalten. Ich denke, wir werden irgendwo für dich eine Stelle als Hausmädchen finden."

Marlies fehlten die Worte.

„Wo würdest du denn gerne hingehen?", sprach jetzt Pater Gabriel auf sie ein. Marlies zuckte mit den Achseln. Darauf war sie nicht vorbereitet.

„Wenn ich vorstellen darf, dies hier ist Doktor Böker. Er sucht gerade ein Hausmädchen. Bei ihm bist du in guten Händen, wenn dich die Stelle interessiert?"

Und so fand Marlies schließlich das, wonach sie sich so lange gesehnt hatte: eine eigene Familie.

Die Arbeiten im Hause Böker waren nicht schwierig und erlaubten ihr, die Schule zu besuchen. Sophie, die Tochter des bekannten Kunstsammlers, war wie eine große Schwester zu ihr und ließ sie niemals spüren, dass sie nur ein einfaches Dienstmädchen aus dem Waisenhaus war. Manchmal saßen sie zusammen bei Sophies Vater und hörten stundenlang zu, wenn der von alten Kulturen und deren Gewohnheiten erzählte. Nur manchmal befiel Marlies eine eigenartige Melancholie. Die Bökers gaben ihr Sicherheit, aber dennoch war sie nicht richtig mit sich im Reinen. Es kam ihr so vor, als würde ihr eine eigene Identität fehlen. Sie dachte an ihre Freunde, die sie im Waisenhaus hatte zurücklassen müssen und fragte sich, was wohl aus ihnen geworden war. Nur mit einem stand sie noch in Kontakt …

„Mach dir keine Sorgen, Liebes, das geht vorbei", pflegte Sophie zu ihr zu sagen, wenn sie sich einmal mehr mit ihren Sorgen an sie wandte. Und wie immer war es vorbei gegangen, bis auf die tiefe Sehnsucht, zu erfahren, wer ihre Eltern waren.

„Wahrscheinlich werde ich das niemals erfahren", dachte Marlies verzweifelt. „Wenigstens nicht, solange ich hier bei den Bökers bin."

Aber dieses Kapitel war nun endgültig abgeschlossen. Nach dem letzten, gemeinsamen Frühstück trennten sich ihre Wege für immer. Sophie brachte Marlies zur Bahn. Die lag auf dem Weg zum Friedhof, den Sophie noch kurz besuchen wollte, um nach dem Grab ihres Vaters zu sehen. Währenddessen lenkte Roger seinen MG geradewegs auf die A1 und somit in Richtung Eifel.

15. KAPITEL

Euskirchen
Sonntag, 12. Mai 2013
21:00 Uhr

Das Telefon klingelte ohne Unterlass, doch er zögerte, den Hörer abzunehmen. Er hatte den Anruf erwartet. Als er schließlich abnahm, schnaufte ihm eine wütende Stimme das Wörtchen „endlich" entgegen.

„Wie sieht es aus, hat alles geklappt?", fragte dieselbe dominante Stimme. Kalte Schweißperlen bildeten sich auf seiner Stirn, die er sogleich mit einem Stofftaschentuch trocknete.

„Nicht wirklich! Es gibt da ein kleines Problem."

Er hörte, wie der Anrufer höhnisch lachte. „Ich schätze aber keine Probleme!", sagte er kalt.

„Es ist so, Sophie löst gerade den Haushalt ihres Vaters auf und ist daher ständig unterwegs. Ich komme einfach nicht an das Gemälde ran. Und dann ist da noch dieser Reiseschriftsteller Peters. Ewig hockt er bei ihr herum. Ich muss höllisch aufpassen, dass sie mich nicht erwischen. Was ich brauche, ist einfach noch ein wenig mehr Zeit."

„48 Stunden, mehr gibt es nicht."

„Aber das ist verdammt knapp."

„Mehr Zeit ist nicht drin! Sonst werden wir uns selbst um die Kleine kümmern. Du weißt, was das bedeutet …?"

Er bemerkte, wie seine Hände zitterten.

„Nein, bitte tun Sie das nicht. Ich werde alles zu Ihrer Zufriedenheit erledigen."

„Das möchte ich dir auch raten. Also, du hast genau 48 Stunden, sonst ist sie dran und wir holen uns das Zeug selber raus!"

„Nein, nein. Bitte nicht! Sie haben mir versprochen, Sophie niemals in die Sache hineinzuziehen."

„48 Stunden und dabei bleibt es, bis dann."

Er drehte sich vorsichtig um, aber da war niemand. So eine verdammte Dummheit aber auch, dass er sich mit diesen Typen eingelassen hatte. Dabei war die Nacht damals eine der aufregendsten seines Lebens gewesen.

Angefangen hatte alles in einem sündhaft teuren Nachtclub in Köln, wo er nach einer feucht-fröhlichen Geburtstagsfeier mit ein paar Freunden gelandet war. Er hatte sich unwahrscheinlich gut amüsiert, war ausgelassen und in guter Stimmung gewesen. Weitere Personen hatten sich ihrer kleinen Gruppe angeschlossen und sie hatten Champagner getrunken. Flaschenweise, aus blitzblanken Messingkühlern. Die Bühnenshow hatte einiges zu ihrer guten Laune beigetragen, die Girls waren erste Klasse gewesen. Später hatte er ein Gespräch mit einer jungen, spärlich bekleideten Lady an der Bar angefangen. Sie war auf ihn eingegangen und hatte ihm erklärt, dass sie eigentlich Sängerin war. Allerdings im Moment kein festes Arrangement besaß. Als sich seine Begleiter aufmachten, um noch in einen anderen Club zu gehen, hatte sich die Kleine einfach bei ihm untergehakt und ihn gefragt, ob er spielen wollte. Natürlich wollte er spielen und zwar mit ihr. Doch sie schien ihn falsch verstanden zu haben, brachte sie ihn doch in ein Zimmer, irgendwo versteckt in den hinteren Räumlichkeiten des Clubs, wo anstelle eines Bettes, in dem er sich mit der Lady hätte vergnügen können, ein großer Spieltisch stand.

Und das Mädchen hatte sich an ihn geschmiegt, ihm die Arme um den Hals gelegt und ihn einfach mit sich gezogen.

An dem Spieltisch spielten sie Poker. Er kannte das Spiel, hatte es ein paarmal mit Freunden gespielt, auch um Geld. Allerdings waren es stets nur kleinere Summen gewesen. Seine Augen hingen an der Kleinen und ihrem fast noch mädchenhaften Körper, der in roter Reizwäsche und Schuhen mit hohen Keilabsätzen steckte. Da beschloss er, so richtig die Sau rauszulassen und den großen Macker zu mimen. Zuerst würde er ein wenig Karten spielen und sich dann endlich mit der Kleinen vergnügen. Er wusste, dass sie mit ihm schlafen wollte, bloß warum hatte sie ihn dann hierher gebracht?

Die Erkenntnis kam ihm in den frühen Morgenstunden. Er hatte etliche Stunden gespielt, und einen großen Geldbetrag verloren. Den hatte er natürlich nicht bei sich gehabt, sondern stattdessen einen Schuldschein unterschrieben. Dass der eingesetzte Betrag weit über zehntausend Euro ausmachte, hatte er in seinem Suff zunächst gar nicht richtig mitbekommen. Später war es zu spät gewesen. Er wusste, dass er die Summe niemals in der vereinbarten Frist würde aufbringen können, und da war man an ihn herangetreten, hatte ihn um kleine Gefälligkeiten gebeten. Und er, der eitle Trottel, war einem ausgeklügelten Plan auf den Leim gegangen und immer tiefer in den Schlamassel geraten.

Eifel – Hinterweiler
Montag, 13. Mai 2013
12:30 Uhr

Das Landhaus in Hinterweiler war mit viel Geschmack und Liebe zum Detail eingerichtet. Sophies Bibliothek befand sich im zweiten Stockwerk. Schon von weitem hörte sie ihn darin rumoren. Roger hatte sich bereit erklärt, ihr noch für ein paar Tage zur Verfügung zu stehen. Es war Mittagszeit und Sophie war gerade aus ihrem Laden gekommen. Entschlossen öffnete sie die Tür und sah, wie Roger quasi im Spagat auf einer Leiter turnte und im hinteren Bereich der oberen Regalhälfte etwas zu suchen schien.

„Hab ich dich endlich gefunden", vernahm sie sein Brummeln, als er kurz darauf mit einem verstaubten Katalog in der Hand die Treppenleiter hinunterstieg und sich dann zu ihr umdrehte.

„Oh, du bist schon da?", fragte er. „Ich habe die ganze Zeit nach diesem alten Auktionskatalog gesucht, von dem ich wusste, dass du ihn haben würdest."

„Und jetzt hast du ihn gefunden?"

„Allerdings, sieh mal her! Ich dachte, der könnte bei der Katalogisierung deiner Keramiken nützlich sein. Außerdem sind vage Preise angegeben, somit hättest du einen Anhaltspunkt, was du für die Stücke nehmen kannst."

„Hm … nicht schlecht! Ich bin allerdings nur hergekommen, um Arthur abzuholen. Das Wetter ist so schön. Ich möchte mit ihm einen Spaziergang machen."

„Ja, tut das. Wohin willst du denn?"

„Nach Schalkenmehren."

„Zu den Maaren?"

„Ja, genau das hatte ich vor. Hast du Lust, mitzukommen?"

„Prima Idee und wenn du mich so lieb darum bittest …"

„Chauvinist!"

Roger grinste, legte den verstaubten Auktionskatalog zur Seite und suchte seine Strickjacke. Währenddessen holte Sophie den jungen Labrador aus seinem Zwinger.

Das Schalkenmehrener Maar gehört zu den Dauner Maaren und liegt etwa 20 Kilometer von Hinterweiler entfernt. Eigentlich ist es ein Doppelmaar, bestehend aus zwei Teilen, dem westlichen Maarsee und dem östlichen Trockenmaar.

Kaum eine halbe Stunde war vergangen, da tollten Sophie und Roger mit dem jungen Hund am Ufer des Vulkansees herum. Sophie bückte sich lachend nach einem abgebrochenen Ast und warf ihn für Arthur. Der Hund rannte sofort los, schnappte sich das Holz, rannte zurück und legte es Sophie vor die Füße. Danach setzte er sich winselnd vor seine Herrin und wartete darauf, dass sie den Ast wieder für ihn werfen würde. Sophie rannte jedoch ein Stück in die entgegengesetzte Richtung. Dann erst warf sie das Holzstück wieder. Roger wunderte sich über ihre Energie. Jetzt lachte sie fröhlich und hielt den Ast wie eine Trophäe in ihrer Hand, während Arthur auf sie zu rannte und ungeschickt danach schnappte. Zuerst schaute Roger sie an, beobachtete aber dann den jungen Hund, der auf den Hinterbeinen saß und Sophies Bewegungen verfolgte. Fast schien es so, als wollte er sagen: „Was seid ihr Menschen doch für seltsame Wesen."

Der sanft geschwungene Bogen von glänzendem Kiesel war von hohen Sträuchern begrenzt, die allerdings nicht so mächtig waren, als wie man es aus der Entfernung betrachtet hätte annehmen können. Zur linken Seite, im Sonnenlicht glänzend, unterbrach das Blau des Vulkansees die Monotonie der Landschaft. Sophie lauschte dem Seufzen des Windes, der die seichten Wellen auf der Wasseroberfläche fast schon zärtlich umschmeichelte. Die Blätter der Laubbäume wiegten sich in der sanften Brise. Ihr Rascheln hörte sich an wie das Flüstern von Menschen. Großflächige Farne bewegten sich im Rhythmus des Windes. Sie atmete die warmen Düfte ein, die zu ihr herüberwehten, und spürte, wie langsam die Aufregung der vergangenen Tage von ihr abfiel. Gemächlich schritt sie am Ufer entlang, fuhr sich dabei mit den Händen durch ihr wild zerzaustes Haar. Ihre Jeans klebte förmlich an ihrem Körper. Sie zog die Turnschuhe aus und ging vorsichtig ins Wasser. Das war erfrischend kalt, aber sofort stellte sich ein wohliges Gefühl ein. Mit der hohlen Hand schöpfte sie etwas von dem kühlen Nass ab und spritze es sich ins Gesicht. Danach schüttelte sie den Kopf und schaute sich um. Am gegenüberliegenden Ufer stand eine seltsame, schwarze Gestalt und schien etwas in den Händen zu halten.

„Nanu, ein Angler?", dachte sie und wollte dem Mann gerade zurufen, dass der Vulkansee ein Vereinsgewässer war. Doch dann begriff sie, dass der Unbekannte keineswegs fischte, sondern mit einer Harpune auf etwas zielte, das vor ihm am Boden lag.

Sophie glaubte, ihr Herz würde auf der Stelle stehenbleiben, als sie sah, wie der Unbekannte seinen Arm hob und mit voller Wucht einen Pfeil auf die vor ihm liegende Masse abschoss.

Sie wollte schreien, konnte es aber nicht. Stattdessen drückte sie sich ängstlich hinter die Sträucher und hielt den Atem an. Genau in diesem Augenblick zog der vermeintliche Angler den Pfeil wieder heraus, öffnete den Reißverschluss einer Sporttasche, entnahm ihr einen metallischen Gegenstand und bückte sich über das, was von weitem so aussah wie die Silhouette eines großen Tieres. Was folgte, waren ein paar ruckartige Bewegungen, und etwas ging neben ihm zu Boden. Der Mann steckte den glänzenden

Gegenstand wieder zurück in die Sporttasche, entnahm ihr etwas, das Sophie auf Grund der Entfernung nicht richtig erkennen konnte, legte es ebenfalls auf den Boden, griff nach seiner Harpune und verschwand im Dickicht des Ufers. Kurz darauf wurde ein Motor angelassen, und sie hörte ein Auto, das sich schnell entfernte.

Sophie war verwirrt. Einen Augenblick lang glaubte sie zu phantasieren, zweifelte an ihrem eigenen Wahrnehmungsvermögen, doch dann drehte sie sich um, schnappte instinktiv nach ihren Turnschuhen und rannte, was das Zeug hielt. Verzweifelt schaute sie sich um und suchte Roger.

Sie fand ihn auf einem Hügel sitzend und vor sich hin dösend. Arthur hockte an seiner Seite und ließ sich streicheln. Ohne auch nur eine Sekunde nachzudenken, kletterte sie hinauf, stützte sich kurz ab, krabbelte auf allen Vieren weiter und blickte dann vorsichtig hinunter auf den See. Dort war niemand zu sehen. Nur das zusammengerollte Gebilde lag in unmittelbarer Wasserlinie und bewegte sich nicht.

16. Kapitel

Eifel – Schalkenmehren
Montag, 13. Mai 2013
14:30 Uhr

„Du, ich habe da etwas Seltsames beobachtet …", rief sie ihm zu.

Roger warf ihr einen verschlafenen Blick zu. Man sah ihm an, dass er nicht wusste, um was es ging. Er griff sie beim Arm und zog sie zu sich auf die mit Pfeifengras übersäte Anhöhe.

„Erzähl mal in aller Ruhe“, gähnte er sie an.

„Dahinten, am gegenüberliegenden Seeufer ... da war ein schwarzgekleideter Mann und hat auf etwas geschossen.“ Sie zeigte auf das gegenüberliegende Ufer.

„Wie bitte? Sag mal, Sophie, bist du noch ganz gescheit? Einen Schuss hätte ich doch hören müssen!“

„Er hatte eine Harpune, Roger!“

Er sah sie verständnislos an, ließ ihren Arm los, nahm stattdessen ihre Hand und zog sie von dem Hügel fort, hinüber zu einem reichlich mit Strauchwerk überwachsenen Abhang, der wieder hinunter zum Seeufer führte.

„Dann zeig's mir, verdammt nochmal!“

Mit etwas ungelenken, steifen Bewegungen, so als hätte sie Angst, ihre Balance zu verlieren, kletterte Sophie den Abhang hinunter. Bereits nach ein paar Schritten rutschte sie aus, machte einen Satz nach vorn und fiel auf den Boden. Arthur war mit einem Sprung bei ihr und leckte ihr über das Gesicht.

„Bah, geh weg, Arthur! Mist, meine Fingernägel“, stöhnte sie.

Roger ging zu ihr, half ihr wieder auf die Beine und bemerkte, wie dreckig ihre Jeans war. In der prallen Sonne war es verflucht heiß, weshalb sie beschlossen, direkt am Ufer entlang zu laufen.

„Die Hose kann man waschen“, erwiderte Sophie, die seine besorgten Blicke bemerkt hatte. Sie zogen sich die Schuhe aus und spazierten durch das erfrischende Wasser, geradewegs auf das gegenüberliegende Ufer zu, wo das dunkle Ding lag. Arthur wollte sofort losrennen, doch

Sophie nahm ihn an die Leine. Irgendetwas stimmte nicht. Plötzlich blieb sie stehen und meinte: „Hörst du das auch, Roger? Was ist das für ein Geräusch?"

Aufmerksam hob er den Kopf.

„Keine Ahnung. Hört sich an wie Feuerwerkskörper. Manchmal läuft oben im Dorf irgendeine Veranstaltung, und die Leute lieben diese Knallerei …"

Arthur liebte sie jedenfalls nicht. Nervös zerrte er an der Leine. Sie gingen weiter, immer noch nicht wissend, was da vor ihnen im Wasser lag. Auf einmal war es Roger, der abrupt stehen blieb.

„Warte mal. Da scheint etwas Eigenartiges vor sich zu gehen. Sei bitte ganz still …"

Er glaubte, das Schnappen eines Gewehrhahns gehört zu haben. Es kam aus dem kleinen Wäldchen ganz in der Nähe des dichtbewachsenen Uferbereiches. Und dann ertönte ein Schuss, doch das Geschoss ging an ihnen vorbei. Roger erschrak und drückte Sophie zu Boden. Arthur bellte laut und riss an der Leine. Nur mit Mühe konnte Sophie ihn festhalten.

„Scheiße! Bleib hier liegen! Ich sehe nach, was los ist", flüsterte Roger, bückte sich und kroch langsam weiter. Allerdings bewegte er sich dabei in die andere Richtung, ging wieder auf den Hügel zu und schlug dann quasi einen Bogen bis hinunter zur Uferlinie. Ängstlich drückte sich Sophie an den Körper des Hundes und beobachtete Rogers Vorgehen so lange, bis sie sein Profil nicht mehr sehen konnte. Er war zwischen den Erhebungen verschwunden.

„Ich werde bestimmt nicht hier ausharren und darauf warten, dass man auf mich schießt", dachte sie und schaute sich nervös nach allen Seiten um. „Komm, Arthur!"

Der Hund zeigte die Zähne und knurrte. Vorsichtig kroch Sophie im Schutz der hohen Sträucher zurück und geradewegs auf das Wäldchen zu. Dort stand Heinz Gromberg im Schatten der dichtbewachsenen Vegetation und beobachtete sie. Er hatte seinen Auftrag ausgeführt und hockte sich unbemerkt nieder, um mit geübten Bewegungen die einzelnen Teile einer Feuerwaffe auseinander zu schrauben, bevor er den Reißverschluss seiner Gewehrtasche öffnete, um die Einzelteile darin verschwinden zu lassen. Den Auftrag hatte er nur ungern angenommen. *Warnschüsse abgeben,* hatte man ihm aufgetragen und von *Erschrecken* war die Rede gewesen, aber das war leichter gesagt als getan. Anders als geplant, hatte sie diesen Kerl und einen Hund mitgebracht. Er hatte sie allein haben wollen, doch nun hatte es einen unliebsamen Zeugen gegeben. Und noch jemand hätte sein Konzept fast gewaltig ins Schwanken gebracht: Ein seltsamer Angler, mit dem er beinahe zusammengestoßen wäre.

„Hat es verdammt eilig gehabt, der Bursche, mit seiner großen Sporttasche. Warum der wohl ganz in schwarz gekleidet war? Na ja, zum Glück konnte ich mich noch rechtzeitig in die Büsche schlagen. Aber jetzt ist es Zeit, dass ich von hier verschwinde!"

Er schraubte das Visier ab, klappte die Waffe zusammen, hockte sich wieder hin und wartete. Die wenigen Sonnenstrahlen, die durch das Dickicht drangen, reflektierten das Metallgehäuse seiner Waffe. Für heute war es wirklich genug. Eine weitere Warnung war vollkommen überflüssig.

14:45 Uhr

Sophie hatte Roger eingeholt, weil er sich im Schatten zweier großer Weiden versteckt hielt und die Umgebung beobachtete. Es war ein sicherer Platz, denn vom Seeufer aus hatte man keine direkte Sicht auf die Bäume.

„Du hättest nicht herkommen dürfen“, sagte Roger grimmig, aber sie blieb und konnte einfach nicht glauben, was soeben geschehen war. Jemand hatte auf sie geschossen. Irreal, wie in einem Albtraum, begriff sie weder die Bedrohung, die in dem Geschehenen lag, noch das Grauen, das sich darin verbarg. Plötzlich tauchten die Bilder ihres ermordeten Vaters wieder vor ihren Augen auf. Es waren jene schrecklichen Bilder, die sie längst verdrängt zu haben glaubte. Am liebsten wäre sie jetzt woanders und ganz weit fort. Tränen rannen ihr über die Wangen. Roger umfasste ihr Gesicht mit beiden Händen. Es war kalt und weich. Anstatt etwas zu sagen, nahm sie seine Handgelenke und hielt sie einen Moment fest, ohne seine Hände von ihrem Gesicht zu lösen. Die Berührung ließ seinen Puls in die Höhe schnellen. Er musste sie einfach küssen. Ihre Lippen waren rau und kalt, entflammten sich aber bald unter seinen Berührungen. Er riss sie an sich und verschlang beinahe ihren Mund, während ihre Arme um seinen Nacken flogen und ihn jetzt noch fester an sich drückten.

Plötzlich nahm er am Rand seines Blickfeldes eine helle Spiegelung wahr. Ganz kurz nur, aber sie war da gewesen. Dahinten, zwischen den Ästen einer großen Eiche. Instinktiv suchte sein Blick die Landschaft ab, während er Sophie weiter fest umklammert hielt. Da war ein leichtes Rascheln. Sicher war es nur der Wind, aber jetzt blitzte es ein zweites Mal auf. Ganz leicht zuckte Roger zusammen. Sophie, die noch förmlich an ihm hing, bemerkte seinen Stimmungswandel auf der Stelle.

„Ist es denn noch nicht zu Ende? Wir müssen so schnell wie möglich …"

Der Satz blieb ihr im Hals stecken, weil Roger sie mit einer blitzschnellen Bewegung hinter eine umgestürzte Baumwurzel stieß und mit sich zu Boden riss.

„Nicht bewegen", befahl er und hielt sie mit einer Hand unter sich begraben, während er starr in das Dickicht blickte. „Ich glaube, in dem Wäldchen ist jemand, der uns beobachtet!"

„Aber wer denn? Und wieso überhaupt?", wollte Sophie wissen.

„Wenn ich das wüsste, wäre ich auch um einiges schlauer", entgegnete er und spähte weiter vorsichtig an ihr vorbei in den Wald. Kurz darauf wandte er sich ihr wieder zu. Ihr Gesicht war weiß wie ein Bettlaken, ihre Augen starrten glasig ins Nichts.

„Rühr dich nicht von der Stelle und bleib mit Arthur hier, bis ich zurückkomme!"

„Kommt gar nicht infrage!", entschied Sophie sofort. „Wenn du jetzt in den Wald gehst, wird er dich umbringen." Verzweifelt klammerte sie sich an ihn.

„Keine Widerrede, du tust genau das, was ich dir gesagt habe!", entgegnete Roger barsch. Noch über ihr kauernd zog er seine Jacke aus und zupfte das Hemd aus seiner Jeans. „Ich stehe jetzt auf und schleiche mich langsam an." Daraufhin hielt sie ihn nicht länger fest. Sie wusste, dass es vergebens war.

„Und wenn er auf dich schießt?", fragte sie resignierend.

Er küsste sie schnell, noch ehe sie weitere Bedenken äußern konnte. „Ich komme zurück und werde dich holen, das verspreche ich dir. Doch zuerst kümmere ich mich jetzt um den Typen da hinten. Was immer auch geschieht, du bleibst, wo du bist ...!"

Und dann schob er sich rückwärts durch das Dickicht. Jeder Muskel seines Körpers war bis zum Zerreißen gespannt. *„Ein verdammtes Risiko"*, dachte er, auch wenn er sich fast sicher war, dass der Unbekannte mit einer Waffe eher auf einen Baumstumpf zielen würde als auf ihn.

„Hoffentlich hört sie diesmal wenigstens auf mich", überlegte er noch. Dann spurtete er los, rannte und rannte, mal geradeaus, mal im Zickzackkurs, zurück auf den Kiesweg, dann zu der ersten Tannenreihe, wo er sich verstecken und nachdenken konnte.

„Ich muss vor allem Ruhe bewahren", ermahnte er sich. Nach dem ersten hektischen Moment, als er Hals über Kopf losgestürzt war, hatte sich seine Anspannung etwas gelegt. Das Knicken der Äste würde ihn zwar verraten, aber vielleicht konnte er wenigstens dadurch den Unbekannten von Sophie ablenken.

Er wusste, dass er vorsichtig um das Waldstück herumgehen und sich von der anderen Seite her anschleichen musste, um den Unbekannten überraschen zu können und genau diesen Vorteil wollte er für sich ausnutzen. Bogenförmig bewegte er sich auf die Stelle zu, wo er zuvor die helle Spiegelung gesehen hatte. Gerade wollte er wieder hinter einem Baum in Deckung gehen, da verspürte er einen dumpfen Schlag auf seinem Hinterkopf. Beinahe unbeteiligt registrierte er, wie er zusammensackte und zu Boden ging.

„Das war verdammt knapp", dachte Heinz Gromberg. *„Sehr knapp sogar."* Er wusste, er hätte es beinahe vermasselt. Doch jetzt war er wieder die Ruhe selbst. *„Nur gut, dass Big Franky nicht dabei war."*

17. Kapitel

Eifel – Schalkenmehren
Montag, 13 Mai 2013
15:05 Uhr

Gelähmt von einer Angst, die sie langsam zu ersticken drohte, kauerte Sophie hinter den Weiden und wartete. Der Wind und das Rauschen der Bäume waren die einzigen Geräusche, die sie wahrnahm.

Bis vor kurzem noch hatte sie diese Umgebung und die Maare geliebt. Jetzt war sie sich da nicht mehr so sicher. Mit der linken Hand hielt sie Rogers Jacke fest umklammert, mit der rechten streichelte sie ihren Hund. Wenn sie nur lange genug daran glaubte, würde sicher alles gut werden. *Zu lange*, sagte ihr eine innere Stimme. Es dauerte bereits zu lange. *Was, wenn ihm etwas zugestoßen ist? Aber nein, das darf ich nicht einmal denken.*

Ein Schmerz durchzuckte ihren verkrampften Körper, als sie versuchte aufzustehen. Als sie den dumpfen Schlag hörte, hielt sie automatisch die Luft an. Sie zwang sich dazu, tief durchzuatmen, ehe sie sich aufrappelte und losrannte. Sie wollte aus dem Dickicht hinausstürzen, geriet aber auf den abgebrochenen Ästen ins Rutschen und fiel auf etwas Weiches. Roger kam in dem Moment wieder zu sich, als er sie fallen hörte. Einen Moment später stürzte sie in seine Arme. Unendlich erleichtert erstarrten beide minutenlang in einer Art Schockzustand.

Arthur stand neben ihnen und wedelte mit dem Schwanz.

„Ist er … hast du ihn …?“ Unfähig, die Frage auszusprechen, bemerkte sie die Wunde an seinem Hinterkopf.

„Du bist verletzt!", stellte sie besorgt fest.

„Keine Angst, es wird schon gehen, aber das gibt ein schönes Horn", murmelte er leise. „Und was ist mit dir? Wolltest du nicht in unserem Versteck auf mich warten?"

Zum ersten Mal klang sein Ton freundlicher, ja beinahe liebevoll, was bewirkte, dass sie anfing zu weinen.

„Ich konnte einfach nicht mehr länger da hocken und nichts tun", schluchzte sie.

„Nein?" Er drückte einen sanften Kuss auf ihr Haar. „Das glaube ich dir sogar."

„Warum nur … .ich verstehe das alles nicht", stammelte sie vor sich hin. Ohne eine Erklärung abzugeben, führte Roger sie an den Rand des Wäldchens.

„Nur nicht stehen bleiben", flüsterte er, wenn er merkte, dass sie Mühe hatte, mit ihm Schritt zu halten. Doch dann war plötzlich Schluss. Er hatte den falschen Weg eingeschlagen. Hier kamen sie nicht mehr weiter. In der Ferne konnten sie zwar bereits das Dach des Heimwebereimuseums erkennen, doch das war die falsche Richtung. Ihr Wagen befand sich auf der entgegengesetzten Seite.

Mit vorsichtigen Schritten tastete er sich zurück, bis er wieder auf dem richtigen Pfad war. Aufmerksam achtete er gezielt auf die Richtung, in die sie gingen. Kurze Zeit später erreichten sie den Hügel, auf dem sie vorhin gesessen hatten. Arthur suchte sein Holzstück.

„Nicht jetzt", rief ihm Sophie zu. Nur kurz dachte sie noch an die dunkle Masse, die sie am Ufer gesehen hatte, verspürte aber absolut keine Lust nachzusehen, was es war. Sollte sich doch die Polizei darum kümmern. Ihr hilfloses Weinen war vorüber und ihre Stärke hatte wieder die Oberhand gewonnen, auch wenn sie sich innerlich am

Rande einer Hysterie bewegte. Mit langsamen Schritten trottete sie den Weg entlang, der hinauf zu dem kleinen Parkplatz führte, auf dem sie den Mini abgestellt hatte.

„Lass mich ans Steuer", sagte er ernst. Sie gehorchte ihm aufs Wort, ließ den Hund auf die Rückbank klettern und stieg selbst auf der Beifahrerseite ein. Als Roger losfuhr und sich der ihr so vertrauten L64 näherte, seufzte sie laut vor sich hin.

Zwanzig Minuten später parkte er den Mini vor ihrem Landhaus. Sophie stieg aus dem Wagen, und er bemerkte sofort, wie sich ihre Miene erhellte, als sie ihr liebevoll restauriertes Zuhause vor sich sah. Sichtlich erleichtert kramte sie nach dem Schlüssel in ihrer Handtasche, fand ihn und schloss die Haustür auf. Roger und Arthur ließ sie einfach im Flur stehen und sauste ohne ein Wort zu sagen die Treppe hinauf in ihr Zimmer. Sobald sie ihre Zimmertür hinter sich zugezogen hatte, begann sie sich die Kleider vom Leib zu reißen. Sie hielt es nicht mehr aus, wollte sich jeden verdammten Zweig und jeden Grashalm einzeln von ihrem Körper rubbeln, so als ob sie damit jedes Detail dieses schrecklichen Nachmittags von sich ablösen könnte. Danach ging sie ins Bad und füllte die Badewanne so lange mit heißem Wasser, bis das ganze Zimmer einer dampfenden Waschküche glich. Kurz darauf stieg sie vorsichtig in die Wanne. Ihr Körper reagierte sofort und sie schnappte nach Luft, als sie die wohlige Wärme spürte. Entschlossen griff sie zu Seife und Waschlappen und begann, ihren Körper gründlich abzuschrubben, bis sie das Aroma von Pflanzen, Wald und Wasser nicht mehr riechen konnte. Genauso wenig wie den Geruch ihrer Angst.

Am Nachmittag des 13. Mai hockte Kommissar Kurt Laubach von der Kriminalpolizei Daun an seinem Schreibtisch und kaute gedankenverloren an seinen Fingernägeln. Vor ihm lag ein Ordner, in dem er bis vor kurzem geblättert hatte. Seine Füße lagen auf der Tischplatte, sein Stuhl wackelte gefährlich. Er war ein hagerer Mann in den Fünfzigern, trug schwarze Schuhe mit abgelaufenen Absätzen zu einer zerknitterten Hose und einem bügelfreien Hemd. Erst kürzlich hatte man ihn von der Großstadt Köln nach Daun in die Eifel versetzt. Alkoholprobleme, wie die Kollegen munkelten. Sein Büro war gewöhnlich, so wie es sie tausendfach gab. Auf persönliche Noten hatte er gezielt verzichtet. Ihm lag nichts daran, irgendwelches private Zeug aufzustellen. Familie hatte er keine, noch nicht einmal eine feste Freundin. Im Moment jedenfalls nicht, und die Fotos seiner vielen Ex-Frauen hatte er allesamt verbrannt. In der anderen Ecke saß ein weiterer Polizeibeamter vor einem Schreibtisch und hämmerte auf einer alten Tastatur herum. Sie gehörte Rainer Siggismund, den er aufgrund eindeutiger Gebärden nur Schwarzenegger nannte.

Das Polizeipräsidium in Daun war als Kriminalhauptstelle zuständig für alle Verbrechen, die in der Eifel geschahen. Nur die besonders wichtigen und politisch relevanten Fälle gingen direkt nach Koblenz oder Trier.

Die Uhr über der Eingangstür stand auf halb fünf, als Laubach den Ordner zurück in den Aktenschrank stellte. In ihm hatte er Material über drei ungeklärte Mordfälle abgeheftet, das noch von vor seiner Zeit stammte.

„Albträume meiner schlaflosen Nächte", nannte er das Material, das er, genauso wie seine Sekretärin, vom Vorgänger übernommen hatte. Wenigstens alle sechs Monate wollte er sich die Fälle durchsehen, oder dann, wenn neue Informationen auftauchten, was aber kaum zu erwarten war. Und so wurmte es ihn gewaltig, dass es zu den oben genannten Fällen immer noch keine neuen Erkenntnisse gab. Seine Kollegen waren damals von einem Ritualmord ausgegangen. Die Opfer waren auf bestialische Weise ermordet worden, wobei der Täter eine Art Ritualmesser mit einer außergewöhnlich breiten und scharfen Klinge benutzt hatte. Und das in einem Landstrich, in dem normalerweise schon ein gestohlenes Huhn für Aufregung sorgte. Aber dann war die unheimliche Serie plötzlich abgebrochen, ohne dass sie den Täter hätten schnappen können.

Schwarzeneggers Schreibmaschine klapperte weiter durch den Raum.

„Schreibst du eigentlich an einem Roman, oder was?" fragte Laubach.

Siggismund sah zu ihm auf und grinste.

„Das wär's, Chef. Ich könnte es ja mal versuchen. Bei meiner Erfahrung! Genauso wie dieser Dorfpolizist in Bayern. Wie heißt der noch gleich? Na ja, ist auch egal. Jedenfalls hat der auch ein Buch geschrieben. Ist dann ein Bestseller geworden. Das wäre genau das richtige Leben. Ich könnte mir einen Jaguar kaufen und wilde Partys feiern."

„So siehst du auch aus", brummte Laubach.

„Aber im Ernst, Chef. Einmal habe ich einen Fall bearbeitet, da hat ein Typ seine Frau mit einer Telefonschnur erdrosselt. Darüber könnte ich doch schreiben."

„Sicher, wenn du sonst nichts zu tun hast!"

„Er hat seine Alte mit dem Hörer niedergeschlagen und dann mit dem Kabel erdrosselt."

„Na dann, nenn doch deine Geschichte ‚Falsch verbunden'", meinte Laubach.

„Oder wie wär's mit ‚Ortsgespräch', ha, ha, ha! Und da war dann noch eine Frau, die hat ihren Macker in der Badewanne ertränkt. Hat es wohl zu doll getrieben, der Gute. Die Geschichte nenne ich ‚Abgesoffen'."

Laubach konnte nur mit dem Kopf schütteln. Es war kurz vor fünf, als seine Sekretärin an die Tür klopfte und eintrat. Sie hieß Hübscher. Renate Hübscher, doch der Name allein war schon der blanke Hohn. Unscheinbar wäre der bessere Name für sie gewesen. Aber man musste die Dinge eben nehmen, wie sie kamen. Wie immer trug sie eines ihrer blassen Kostüme und dazu flache Gesundheitsschuhe, deren Farbe bestens zu ihrer Hornbrille passte.

Laubach runzelte die Stirn. „Hatten wir eine Verabredung, Fräulein Hübscher? Ich kann mich gar nicht daran erinnern", sagte er mürrisch.

Sie ignorierte seine Bemerkung. Er war nun einmal so. Stattdessen sagte sie mit piepsiger Stimme: „Ich wollte Ihnen nur etwas berichten, Herr Kommissar."

Laubach pflanzte sich hinter seinen Schreibtisch.

„Also gut. Wenn es länger als fünf Minuten dauert, dürfen Sie sich setzen."

Er hatte mal wieder einen seiner launischen Tage. Renate Hübscher blieb stehen. Dann schilderte sie, was passiert war. Roger Peters hatte angerufen und ihr eine merkwürdige Geschichte erzählt.

„Er hat etwas von Schüssen am Schalkenmehrener Maar erzählt, Chef. Außerdem soll da irgendwo am Ufer eine dunkle, eingerollte Masse liegen."

„Ich glaube, es geht los!", wetterte Laubach. „Wenn es irgendwo Trouble gibt, dann ist mein Freund Roger nicht weit!"

Doch sofort wurde ihm klar, dass ihm keine andere Wahl blieb. Er musste nach Schalkenbach und nachsehen, was es war. Also gab er Schwarzenegger ein Zeichen, schnappte sich seine Jacke und lief die Treppe hinunter. Sein alter Mercedes 200 Diesel stand auf dem Parkplatz vor dem Präsidium. Er stieg ein. Im Inneren des Fahrzeugs roch es nach verstaubtem Plastik. Laubach kurbelte die Seitenscheibe so weit wie möglich herunter. Das Lenkrad klebte an seinen Händen.

„Hier drinnen könnte ich auch mal wieder sauber machen", dachte er.

18. Kapitel

Eifel – Schalkenmehren
Montag, 13. Mai 2013
17:18 Uhr

Von Daun bis nach Schalkenmehren benötigte er zwölf Minuten. Die Straßen waren eng und kurvenreich, aber es herrschte nicht viel Verkehr. Schwarzenegger fuhr mit einem Dienstfahrzeug in seinem Windschatten. Auf dem Parkplatz am Heimwebereimuseum mussten sie ihre Fahrzeuge stehen lassen und einem kleinen Pfad in den Wald folgen. Schwarzenegger drehte an seiner Sonnenbrille und deutete auf den Pfad.

„Der führt Sie direkt zum Seeufer, Chef. Sie müssen ihm nur folgen. Können höchstens zweihundert Meter sein."

Allem Anschein nach hatte er nicht vor, ihn zu begleiten.

„Sollten Sie nicht besser die Spurensicherung rufen?", fragte er mit betont unschuldiger Miene.

„Ich schaue lieber erst einmal selber nach, wenn du nichts dagegen hast."

„Muss ich mir wirklich von solch einem Anfänger etwas sagen lassen?"

Er zog eine Flasche Wasser unter dem Sitz des Mercedes hervor. Es war lauwarm und schmeckte auch so. Dann marschierte er los und suchte das Seeufer ab.

Kurz darauf sah ihn Schwarzenegger zurückkommen. Laubachs Hemd war verschwitzt, und er sah blass aus.

„Hast du dein Handy dabei?", fragte er und versuchte, seine frühere Sicherheit zurück zu gewinnen.

„Ist es was Ernstes, Chef?", fragte Siggismund und spielte mit der Sonnenbrille, die er mittlerweile abgenommen hatte. Laubach sah ihn düster an.

„Sperr hier sofort alles ab, Schwarzenegger!", bellte er. „Ich will nicht, dass hier jemand herumtrampelt, solange die Techniker noch nicht eingetroffen sind."

Wirre Gedanken schwirrten ihm durch den Kopf. *Elende Eifel,* dachte er.

Es dauerte nicht lange, da rückten die Fahrzeuge der Spurensicherung an und die Techniker begannen mit ihrer Arbeit. Ein Bussard segelte langsam über das Wasser und stieg dann in die klarblaue Luft auf. Laubach beobachtete, wie er elegant seine Kreise zog, bevor er sich widerstrebend von ihm abwandte und sich zu seinen Kollegen gesellte. Ab und zu hörte er sie miteinander tuscheln.

Die Stelle am Seeufer, wo die Leiche lag, war großflächig abgeriegelt worden. Hinter dem Absperrband standen seine Leute in ihren weißen Overalls, unterhielten sich, nahmen Proben oder stapften suchend durch das Gras. Laubach griff nach dem Absperrband, schob es leicht nach oben, schlüpfte hindurch und begutachtete die Lage. In der Nähe des Ufers steckten jetzt ein paar Pfeiler im Morast und markierten mögliche Beweisstücke, die man hier glaubte gefunden zu haben. Daneben wurde fotografiert und vermessen, was das Zeug hielt. Alles, was möglich war, wurde eingesammelt und zur KTU gebracht. Vieles davon würde sich später allerdings als unbrauchbar erweisen. Doch oftmals waren es gerade die ersten Eindrücke, auf die es ankam, auch wenn keiner eine richtige Ahnung davon hatte, wonach man überhaupt suchen sollte. Im Anfangsstadium der Ermittlungen ging es immer heiß her.

Innerhalb der Absperrung war das Gras welk und nach unten gedrückt. Das Ganze sah eindeutig nach einer Schleifspur aus. Wahrscheinlich hatte der Täter an dieser Stelle den Jutesack mit seinem Opfer bis an den Baumstumpf herangezogen, ins Wasser gestoßen und mit einer Harpune getötet. Die genauen Einzelheiten würden ihm die Kriminaltechniker erst später nennen können. Fest stand, dass es sich um eine männliche Leiche handelte, die zu allem Übel auch noch schrecklich zugerichtet worden war. Laubach sah sich das Elend an. Der erste Blick auf das Opfer traf ihn wie ein brutaler Schlag. Er sah das ganze Ausmaß des Verbrechens vor sich. Der Kopf war vom Rumpf abgetrennt worden und lag seltsam verdreht in östliche Richtung. Glasige, tote Augen blickten ihn an.

Laubach spürte, wie ihm schlecht wurde. Er würgte und dachte: *„Nicht schon wieder!"*

Trotzdem versuchte er, zunächst alle Vermutungen, die der Anblick der Toten ihm aufdrängen wollte, zu verdrängen. Noch durfte er sich nicht auf eine bestimmte Richtung festlegen.

Über mehrere Stunden hinweg führten seine Techniker sorgfältige Untersuchungen durch. Der Mann, der die Arbeiten leitete, war klein, hager und sagte so gut wie kein Wort. Er hieß Förster und war einer der dienstältesten Beamten in seinem Team. Er war sich sicher, dass das Opfer erst seit ein paar Stunden tot war und noch nicht lange im Wasser gelegen hatte. Laubach versuchte sich vorzustellen, was eigentlich passiert war. Es wurde dadurch erleichtert, dass er Rogers Aussage hatte. Trotzdem würde das übliche Geduldsspiel beginnen und andauern, bis der endgültige Bericht vorlag. Laubach zwängte sich aus dem unbequemen Overall.

„Bis dahin bleibt mir wohl nichts anderes übrig, als die Liste der vermissten Personen durchzugehen und mir Roger und diese Sophie Böker einmal gründlich vorzunehmen."

Vorher würde er keine endgültigen Schlüsse ziehen können. Aber egal wie er es auch anfing, seine Aufgabe war es herauszufinden, wer den armen Kerl am Ufer des Vulkansees ermordet hatte und dazu musste er herausfinden, wer das Opfer eigentlich war. Ganz langsam beschlich ihn eine böse Vorahnung. Das hier war das Werk des Ritualmörders. Es fing wieder an …

19. KAPITEL

Eifel – Hinterweiler
Montag, 13. Mai 2013
18:45 Uhr

Die Ereignisse am Schalkenmehrener Maar waren nur ein Albtraum gewesen, versuchte sie sich einzureden. Das hier war ihre Wirklichkeit: Die beigefarbenen Fliesen an der Wand, die Blumen auf dem Fensterbrett, die flauschigen, cremefarbigen Handtücher, die sie vor einigen Wochen selber ausgesucht hatte und die verstellbaren Borde, auf denen vom Lippenstift bis zum WC-Reiniger alles untergebracht war, was man im Laufe der Zeit benötigte. Sophie bestellte diese Dinge jeweils im Dutzend und überprüfte ihre Vorräte immer am Ende eines Monats. *„Beim letzten Mal war mein Leben noch ganz anders"*, sinnierte sie vor sich hin. *„Es hatte keine nächtlichen Besuche eines Unbekannten, keine Schüsse am Waldrand und schon gar keinen grauenhaften Mord am Ufer eines friedlichen Vulkansees gegeben. Dazu war mir der Name Roger Peters höchstens vom Hörensagen geläufig, aber jetzt …"*

Sie schloss die Augen und presste eine dampfende Hand auf ihr Gesicht. Nein, all das war kein böser Traum, sondern Realität und sie musste sich dieser Realität stellen. Irgendetwas ging hier vor, aber was?

Jetzt tauchte sie tief in die Badewanne ein, schloss abermals die Augen. Sie musste die Dinge einfach auf sich zukommen lassen, genauso wie ihre Gefühle. Es war absolut idiotisch, denn sie kannten einander kaum und außerdem lebten sie beide in völlig verschiedenen Welten. Und sie hatte Felix. Aber dennoch brauchte sie ihn jetzt. Als Vertrauensperson und als moralischen Beistand. Und überhaupt hatte sie ihn einfach viel zu gern, um noch logisch denken zu können. „*Komisch*", sagte sie sich. „*Er ist weder verwegen noch arrogant oder ausgesprochen aufregend, und großartige, romantische Gefühle scheinen ihm fremd zu sein, aber er ist aufmerksam, freundlich und liebevoll. Einfach ein richtig netter Kerl und trotzdem …*"

Sie erinnerte sich daran, als sie zum letzten Mal einem Mann voll vertraut hatte, in den sie sehr verliebt war. Noch deutlich stand ihr jene Szene mit ihrem Vater vor Augen, nachdem sie ihm vor vielen Jahren beim Frühstück bewusst beiläufig mitgeteilt hatte, dass sie sich freuen würde, wenn sie ihm bald einen neuen Freund vorstellen durfte, den sie in der Diskothek Riverside kennengelernt hatte. *In diesem Moment hatte ihr Vater die Zeitung, in der er gelesen hatte, geräuschvoll umgeblättert und eine zynische Bemerkung gemacht. Sinngemäß hatte er gemeint, dass sich wohlerzogene, junge Damen nicht von fremden Männern in einem Tanzlokal ansprechen ließen, und dass er gewiss keinen dieser Strolche kennenzulernen wünsche und bereits andere Pläne mit ihr habe. Daraufhin hatte sie empört reagiert und erklärt, dass sie dem Mann vertraue und mit ihm zusammenziehen wollte.*

Das Ende vom Lied war dann ein stürmischer Familienstreit gewesen. Ihr Vater hatte die Zeitung beiseite geworfen und war wütend aufgesprungen.

„Und wann ist es soweit?", hatte er mit sanfter, zynischer Stimme gefragt, doch seine Augen waren kalt und brutal gewesen und hatten den allzu freundlichen Worten Lügen gestraft. In den Wochen danach war es noch zu manchem heftigen Streit bei ihr daheim gekommen, denn natürlich hatte sich Sophie nicht an die väterlichen Vorgaben gehalten, ihre Discobekanntschaft

nicht mehr zu treffen. Ganz im Gegenteil, sie hatte belustigt dem „Strolch“ erklärt, dass sie, wie im fernen Orient, bereits jemandem versprochen sei. Der Strolch hatte sich zunächst darüber köstlich amüsiert und war dann ohne ein Wort zu verlieren mit ihr in den nächsten Feldweg eingebogen, hatte dort den Wagen angehalten und sich auf sie geworfen. Sophie hatte bereitwillig und leidenschaftlich mitgemacht, auch bei späteren Gelegenheiten. Sie hatten sich auf den Rücksitzen von Mietwagen, im Schutz von Hecken und in Gärten geliebt und sie war entzückt gewesen, weil ihr Strolch sich dem Willen und der Macht ihres Vaters widersetzte.

Im Augenblick mochte sie jedoch gar nicht mehr daran denken, weil das alles schon so weit zurück lag und sie weiß Gott andere Probleme hatte …

Beinahe gleichzeitig trafen sie sich auf dem Flur. Sophie kam aus dem Bad. Sie hatte sich in eines der cremefarbenen Badetücher eingewickelt. Das feuchte Haar fiel ihr über die Schultern und ein betörender Duft von Waschlotion umgab sie. Ihre Haut war von dem heißen Bad gerötet. Roger hatte mit Arthur eine Runde gedreht, den Hund in den Zwinger gesperrt und war dann zurück ins Haus gegangen, um nach ihr zu sehen. Minutenlang standen sie nun zusammen und schauten sich an.

„Bist du in Ordnung?“, fragte er.

„Ja.“ Sie seufzte leise, weil es beinahe die Wahrheit war.

„Also gut, dann fahren wir jetzt nach Daun. Wir müssen unbedingt mit Kommissar Laubach sprechen.“

Sophie dachte mit Schaudern an den unfähigen Polizeibeamten, der das Verbrechen an ihrem Vater untersucht hatte und wollte automatisch protestieren, erinnerte sich dann aber an den grauenvollen Moment in Schalkenmehren.

„Lass uns lieber morgen fahren“, sagte sie sanft und dazu: „Wie ich all dies hasse!“

„Warum ruhst du dich nicht noch ein wenig aus?“, meinte er.

„Ach Roger, das geht irgendwie nicht“, sagte sie schnell. „Und ob das geht! Ich werde noch ein wenig in der Bibliothek arbeiten, und du musst dich wirklich ausruhen, Sophie. Du bist fix und fertig.“

Statt eine Antwort zu geben, legte sie die Hände um sein Gesicht und zog ihn zu sich hinab. Mit der Zunge zeichnete sie die Form seiner Lippen nach und schob sie dann hastig in seinen Mund. Ihre Lippen bewegten sich, liebevoll, ermunternd und Sophie schmolz dahin, überwältigt von seiner Zärtlichkeit.

„Ich brauche dich, Roger“, flüsterte sie heiser und drückte sich an ihn. „Lass uns miteinander schlafen …, einfach so, wie ein Mann und eine Frau, die zusammen sein wollen. Lass uns für einen Augenblick die schrecklichen Ereignisse vergessen.“

Er war ihr jetzt so nahe, dass sie ihn riechen konnte. Es war töricht, es war unmöglich, aber es war real. Es nahm ihr den Atem. Es verwirrte ihre Sinne. In ihrem Körper hatte eine Art unsichtbare Explosion stattgefunden. Sie zitterte wie Espenlaub und ihr war entsetzlich heiß. Sie hatte das Gefühl, wieder ein Teenager zu sein, so wie damals in den Wupperbergen von Schloss Burg. Und trotzdem schämte sie sich ihrer Gefühle.

Roger blickte in ihr Gesicht. Sie konnte, wenn sie wollte, einen richtigen Schlafzimmerblick aufsetzen und die Augenlider bis über die obere Hälfte der Iris fallen lassen. Auch deswegen hatte Sophie seit ihrem zwölften Lebensjahr keinen Mann ansehen dürfen. Tat sie es doch, so maß er ihren noch so belanglosen Worten mit Sicherheit eine sexuelle Bedeutung bei. Roger spürte den heftigen Schlag seines Pulses, als er ihr das Handtuch aufknotete und sie in ihr Schlafzimmer trug. Wenigstens eine Spur von Verlegenheit hätte er von ihr erwartet, aber da war keine. Ihre festen Brüste bebten, als sie freikamen und als er ihre erregten Brustwarzen bemerkte, reagierte sein Körper automatisch. Sophie selbst sah die Erregung in seinen Augen, während sie sein Hemd aufknöpfte. Eilig wollte er sich seiner Jeans entledigen, doch Sophie kniete sich neben ihn auf den Fußboden, schob seine Hände beiseite und begann den Reißverschluss seiner Hose zu bearbeiten. Ihre Finger berührten jede neue freigelegte Stelle seines Körpers. Ein Schaudern folgte den Berührungen ihrer Finger und sie hörte, wie er etwas Unzusammenhängendes vor sich hin murmelte. In diesem Augenblick begehrte er sie wie niemals zuvor. Jetzt stand sie stolz wie eine Venus vor ihm, ihr Körper einzigartig und einfach vollkommen gewachsen. Im schillernden Tageslicht erschien ihre Haut so makellos fein, und ließ ihn an Marmor denken. Sein Herz überschlug sich und sein Atem passte sich der heftigen Bewegung ihres Brustkorbs an. Ihr Verlangen nacheinander wuchs mit jeder Berührung. Die Küsse wurden fordernder, die Zärtlichkeiten dringlicher. Ihre Erregung parfümierte die Atmosphäre. Suchend, verführend, wanderten seine Lippen über ihren Körper, bis ihre Haut glühte. Mit einer nie für möglich gehaltenen Kraft rollte sie sich auf ihn. Dieses Mal brauchte er sich überhaupt nicht anzustrengen und empfand es als äußerst angenehm, sich nicht um ihre Lust kümmern zu müssen, da ihr Gesichtsausdruck ihm zu verstehen gab, dass ihre Erregung allein von seinem Verlangen dirigiert wurde. Er hörte seinen Namen, der sich von ihren Lippen losriss. Lange Zeit blieben sie vereint und befreiten sich von der Welt um sie herum, während sie ihren Körper tiefer und tiefer über den seinen bewegte. Nach ihrem ersten Höhepunkt liebten sie sich unmittelbar auf ein Neues. Sophie zog ihn auf sich und ihre Schreie hallten bis weit außerhalb ihres intimen Liebesnestes. Irgendwann lag sie erschöpft neben ihm. Roger hob den Kopf und sah die Müdigkeit, die ihre Augen verschleierte.

„Du musst jetzt schlafen", sagte er. Es war eine Anordnung, die er mit einem Kuss bestärkte.

„Bleibst du heute Nacht bei mir?", fragte sie mit schwerer Zunge, bereits gegen den Schlaf ankämpfend, doch da war er bereits aus ihrem Bett gestiegen und hinüber ins Bad gegangen. Als er ein wenig später unter die Dusche ging, spürte er so etwas wie Schuldgefühle in sich aufsteigen. Es war wirklich seltsam heutzutage. Man fühlte sich schuldig, wenn man liebte und man fühlte sich schuldig, wenn man es nicht tat …

Bei seiner Rückkehr riskierte er noch schnell einen Blick in ihre Richtung. Sophie lag auf dem Bauch, eine Hand locker auf dem Kopfkissen. Ihre Haarlocken ringelten sich über ihr Gesicht. Die Augen waren umschattet und ihr Atem ging schwer. Wie sie so dalag, sah sie richtig unschuldig aus. Fast konnte man glauben, dass sie sich der Faszination, die sie beim anderen Geschlecht auslöste, überhaupt nicht bewusst war.

20. Kapitel

Eifel – Schalkenmehren
Montag, 13. Mai. 2013
20:00 Uhr

Der Mann, der seine Visitenkarte am Ufer des Schalkenmehrener Maares abgegeben hatte, beobachtete vom nahegelegenen Dorfgasthof Schmitz aus das Geschehen in seiner unmittelbaren Umgebung. Er saß an einem kleinen Ecktisch und genehmigte sich eine riesige Portion Döppekooche.

Die Erinnerungen, in denen er immer wieder schwelgte, galten seinen einstigen Vorfahren im fernen Peru. Er hatte ihre Rituale studiert und kannte sie auswendig. Alles lief nach dem gleichen Schema ab, so wie es die altperuanischen Völker der Moche, Chimu, Lambayeque und schließlich die Inkas selbst vor vielen hundert Jahren praktiziert hatten. Und er glaubte daran, stellte sich vor, wie die Götter besänftigt werden mussten und ihre Opfer forderten, um die Lebenden vor Unheil zu beschützen. Was sie von ihm jedoch verlangten, war Rache und Wiedergutmachung. Er musste diejenigen bestrafen, die sie verrieten und ihre Heiligtümer entweihten, nur um daraus Profit zu schlagen. So hatte es ihm sein Vater stets gepredigt.

Er war damals zehn, als sein Vater starb. Es war keine schnelle Geschichte, sondern sie zog sich eine ganze Weile hin. Sein Sterben begann mit einem Husten, der einfach nicht mehr weggehen wollte. Mutter hatte ihm immer wieder gesagt, er solle mit dem Rauchen aufhören, doch er hatte es nicht wahrhaben wollen. Und dann hatte ihn der Krebs in weniger als einem Jahr besiegt, hatte seinen Körper zusammenschrumpfen lassen, sodass man am Ende seine Knochen sehen konnte.

Später besuchte er ihn regelmäßig nach der Schule im Krankenhaus, betrat das abgedunkelte Zimmer, sah, wie sich das bleiche Gesicht seines Vaters erhellte und hörte ihm stundenlang zu, wenn er ihm Geschichten aus der fernen Heimat seiner Ahnen erzählte. Manchmal war er verbittert und voller Hass auf die Spanier, die, wie er sagte, seinem Volk alles genommen hätten und für ihn schlechthin das Böse verkörperten. Am meisten jedoch verurteilte er die Händler und Sammler, die noch bis zum heutigen Tag in sein Land fuhren, um nach alten Kunstschätzen zu suchen und um diese dann gewinnbringend an irgendwelche reichen Säcke zu verhökern, die nicht das Geringste mit seiner Kultur zu tun hatten und die heiligen Objekte seiner Urväter auf Nimmerwiedersehen in einer Vitrine verschwinden ließen. Doch eines Tages war der Arzt gekommen und hatte verkündet, dass man nichts mehr für seinen Vater tun konnte, sein Tod war nur noch eine Frage der Zeit.

Es war Mai, als sein Vater starb und in ihm die Verwandlung auslöste. Sein letzter Anblick hatte ihn erschüttert. Er sah vertrocknet aus, das Gesicht hohlwangig. Er bekam es mit der Angst zu tun. Erst als er die kühle Haut des Toten berührte, war wieder alles in Ordnung.

„Ich werde es wieder gutmachen", versprach er ihm am Totenbett.

Bereits zwei Wochen nach Vaters Tod brachte Mutter einen neuen Mann mit nach Hause und damit begann die eigentliche Leidenszeit für ihn. Immer wieder fielen sie über ihn her und schlugen auf ihn ein. Überhaupt waren die späteren Kindheitserinnerungen des Jungen eine Prozession von nackten, fremden Männern, die in das oder aus dem Bett seiner Mutter stiegen. Und diese erklärte ihm immerzu: „Das sind alle deine Onkel. Sei nur nett und höflich zu ihnen." Doch die Männer waren stark und grob und misshandelten ihn. Sie blieben für eine Nacht, eine Woche oder manchmal auch für einen Monat, verschwanden dann aber so plötzlich wieder, wie sie aufgetaucht waren.

Kaum war einer fort, so schaute sich seine Mutter nach einem neuen Liebhaber um. Er sollte eigentlich schon schlafen, in dem kleinen, kalten Hinterzimmer, während sie sich im vorderen Zimmer vergnügte, das wenigstens warm und vom Licht der rosa Lampe auf dem Tisch erleuchtet war.

Sie wartete meistens, bis sie dachte, er sei eingeschlafen, bevor sie wegging. Und meistens schlief er auch tatsächlich, aber die Geräusche holten ihn wieder zurück. Die Haustür schlug zu, schwere Schritte folgten auf der schmalen, abgenutzten Treppe. Männerstimmen, ein Lachen. Dann ein Lichtspalt vom Treppenabsatz, der auf sein Gesicht fiel, als sie auf Zehenspitzen in sein Zimmer kam und im Schrank herumkramte, um die Blechdose zu suchen, in der sie ihr Geld versteckte. Als sie die Dose fand, hielt sie sie hoch, sodass er das zerkratzte Blech glänzen sehen konnte. Dann drehte sie den kleinen Schlüssel um und schloss die gefalteten Banknoten weg. Sorgfältig steckte sie die Blechdose wieder unter einen Stoß alter Decken.

Früher war Mutter eine Schönheit gewesen. Das exotisch wirkende Gesicht mit den hohen Wangenknochen. Dazu die großen, traurig wirkenden Augen, der sanfte Mund und das volle lange, schwarze Haar. Zuerst war er stolz auf sie gewesen, auch wenn sich im Laufe der Zeit das harte und unbarmherzige Leben in ihrem Gemüt widerspiegelte. Später hatte er angefangen, sie zu hassen. Sie war verfügbar für die Männer und besaß den Ruf einer leidenschaftlichen Bettgefährtin. Darüber hinaus hatte sich ihr Charakter sehr verändert. Sie konnte nun ohne Grund aufbrausen und in

Wutausbrüche verfallen. Oftmals schlug sie grundlos auf ihn ein, und er flüchtete immer öfters in eine Art Scheinwelt, träumte und erfand neue Freunde und Spielkameraden, die ihn weder hänselten, noch verspotteten.

Einmal kroch er aus seinem Bett, schlich auf den Treppenabsatz hinaus und lauschte. Er stieß mit dem Zeh gegen die abgestoßene Holztür und sie öffnete sich. Was er sah, war ein Mann ohne Kleider, der vor der Lampe stand und an seinem Ding spielte. Es war rot und hart. Er legte schnell die Hand auf den Mund, um ein Kichern zu unterdrücken, so lächerlich sah der Mann aus. Und dann sah er seine Mutter. Auch sie hatte keine Kleider an. Sie machten Paarung wie die Hunde auf der Gasse und die Katzen im Garten oder auch die anderen Tiere aus den Büchern, die er sich immer wieder ansah.

Ein Jahr später steckte ihn seine Mutter in ein Waisenhaus. Sie lachte und flirtete mit dem Taxifahrer, während dieser sein Gepäck einlud und ihn aus der Stadt brachte. Beim Abschied drückte sie ihn an sich und redete auf ihn ein. Die Berührung widerte ihn an. Es kribbelte in seinen Händen, und er verspürte das brennende Verlangen, ihr den Hals umzudrehen, bis sie aufhören würde zu reden. Sie hatte kein einziges Mal um seinen Vater getrauert.

Trotzdem waren es im Laufe der Jahre nicht sehr viele Opfer gewesen, denn er konnte es sich nicht erlauben, seine Bedürfnisse allzu oft zu befriedigen.

Er dachte über jedes Opfer reiflich nach, nahm sich Zeit für seine Beobachtungen, stillte sein Verlangen durch Zuschauen sowie durch anonyme Anrufe und kostete den Vorgeschmack auf sein Ritual aus, wie ein Kind, das mit gespannter Erwartung dem Weihnachtsfest entgegenfiebert. Leider war der eigentliche Moment der Tat derart kurz, dass er niemals ganz zufrieden war. Dennoch erlebte er diese flüchtigen Begegnungen in seiner Vorstellung mit großem Vergnügen und fühlte sich wie der Fürst einer längst unter-

gegangenen Hochkultur, wenn er deren originales Opferwerkzeug benutzte und es somit seinem eigentlichen Verwendungszweck zuführte. Es war dieser vorzügliche Genuss, menschliches Fleisch zu durchschneiden und es im Tode zu berühren, der ihm Macht und Befriedigung verschaffte.

Sein erstes Opfer hatte er im Anthropologischen Museum in Trier kennengelernt. Damals war er mindestens zwei Mal in der Woche dorthin gegangen und hatte sich die antiken Kostbarkeiten angesehen. Sie war ihm aufgefallen, weil sie, so wie er, den frühen Nachmittag für ihre Besuche bevorzugte.

Beim dritten Aufeinandertreffen hatte er sie nach ihrem Namen gefragt.

„Constanze", hatte sie geantwortet und ihm erzählt, dass sie Archäologie studierte.

„Ein schöner Name", hatte er gesagt und bemerkt, dass sie sich nach Komplimenten sehnte. Anfangs zierte sie sich noch, mit ihm auszugehen, aber das war nichts weiter als ein Spiel gewesen. Er hatte die erwartungsvollen Blicke in ihren Augen gesehen. Nur dass sie später nicht mehr so erwartungsvoll dreinblickte, als es ihm endlich gelungen war, sie in sein kleines Apartment zu locken und ihr vorgeschlagen hatte, sich auszuziehen. Sie wollte nicht splitternackt vor ihm stehen.

„Es funktioniert aber nicht, wenn du angezogen bist", hatte er ihr erklärt und gemeint: „Komm schon, es macht viel mehr Spaß, wenn du nackt bist."

Diesen Teil des Spiels hatte sie sogar noch ein wenig gemocht, hatte sich geschmeichelt gefühlt, als er ihr Komplimente über ihren Körper machte. Doch dann hatte er ganz langsam ein Nylonseil hervor gezogen, es blitzschnell um ihre Handgelenke geschlungen und sie am Kopfende des Bettes festgebunden. Der Blick in seinen Augen hatte sie irritiert.

„Ich möchte dir etwas Schönes zeigen", hatte er geflüstert und sich gleichzeitig auf ihre Füße konzentriert. Diese band er ebenfalls fest. Das mochte sie weniger. Besonders, als er vom Bett herunterkletterte, lüstern auf sie herabstarrte und im Zimmer auf und ab lief, um sie aus verschiedenen Positionen zu begutachten.

„Perfekt", hatte er freudig erregt gerufen und dabei seine Finger auf ihre Genitalien gelegt. Sie hatte versucht zurückzuweichen, doch es ging nicht.

„Mach mich sofort los", hatte sie gewinselt, und da hatte er auf sie eingeschlagen.

Von der Wucht des Schlages war ihr Kopf zur Seite geflogen. Sie hatte einen Schrei ausgestoßen, und er hatte gebrüllt: „Halt deine verdammte Klappe."

Ihre Augen hatten sich mit Tränen gefüllt und ihre Wange hatte gebrannt.

„Ich will das hier nicht mehr machen."

Mit einem Mal hatte sie Angst. Furchtbare Angst. Sie sah den zweiten Schlag kommen und drehte den Kopf auf die andere Seite. Er hatte nur den Holzrahmen getroffen, doch jetzt war er wütend. Sie hatte das Spiel vermasselt. Er versetzte ihr einen simplen Schlag mit der Handkante in den Nacken, einfach so, ohne richtig darüber nachzudenken. Sie hatte kein Wort mehr gesagt, sondern nur noch vor sich hin gewimmert. Da hatte er bemerkt, wie eine andere Stimme aus ihm sprach. Es war die Stimme seines Vaters, die ihn aufforderte, weiterzumachen und das Ritual zu vollziehen.

Er hatte sie erneut geschlagen, und zu dem Gefühl uneingeschränkter Macht hatten sich tiefe Befriedigung und Freude gesellt.

Er verspürte Freude darüber, dass er jetzt so nah bei seinem Vater war und dessen Werkzeug sein durfte. Sie hatte ein wenig geweint, was ihn wieder wütend machte. Also nahm er ein langes Küchenmesser aus der Schublade und schnitt ihr die Kehle durch. Danach blieb er eine Zeitlang neben ihr liegen und dachte, wie hübsch sie doch aussah, wenn sie schwieg. Er wusch sich die Hände und packte ihre Leiche in eine Decke. Es war schon weit nach Mitternacht, als er sie ohne allzu große Mühe in den Kofferraum seines Wagens hievte und in die Eifel fuhr. Dort ließ er sie in einem einsamen Waldstück zurück, verbrannte die Decke, ihre Sachen und fuhr nach Hause.

Es dauerte Monate, bis man sie fand, nur um danach als eine weitere unbekannte Tote in den Akten der Polizei zu landen. Die wenigen Verwandten, die sie hatte, lebten weit entfernt und an der Universität scherte sich kaum jemand um die Belange des anderen. Er hatte sie sorgsam ausgewählt, auch wenn ihm damals noch nicht klar war, was er tatsächlich mit ihr anstellen würde. Diese Frage stellte sich erst nach ihrem Tod, als er darüber nachdachte, wie perfekt alles geklappt hatte. Und spätestens da war er auf den Geschmack gekommen.

Er bestellte sich noch einen Espresso und sah, wie ein junger Polizist mit einem braunen Briefumschlag in der Hand an seinem Tisch vorbei eilte. Wie dem auch sei, er war sich sicher, dass der Inhalt nichts mit ihm zu tun haben konnte. Er hatte keine Spuren hinterlassen. Sie würden ihn niemals finden. Zwei Frauen mittleren Alters, die am Nebentisch saßen, debattierten heftig darüber, was wohl dort unten am Ufer des Vulkansees vor sich ging. Sie reckten die Hälse, um besser sehen zu können. Und nur er wusste: Bald, sehr bald schon würde es weitere Opfer geben …

Es war bereits 22 Uhr, als an einer anderen Stelle das Telefon klingelte.

„Was ist nun mit dem Gemälde?", fragte eine unfreundliche Stimme. Er zog nervös an einer Zigarette. „Das muss wieder in ihrem Geschäft sein. Bisher hatte ich noch keine Gelegenheit, die Ware herauszunehmen."

Panik machte sich in ihm breit. Er hörte, wie der Anrufer höhnisch lachte.

„So, hattest du nicht? Na, dann hol das gefälligst sofort nach! Die 48 Stunden sind bald vorbei. Oder hast du vergessen, worauf wir uns geeinigt haben? Jedenfalls habe ich der Kleinen schonmal einen Denkzettel verpasst!"

„Was? Aber die 48 Stunden sind doch noch gar nicht ... Ich werde die Ware holen, so bald wie möglich, ich verspreche es."

21. Kapitel

Eifel – Hinterweiler
Dienstag, 14. Mai 2013
08:30 Uhr

Sophie hatte die ganze Nacht durchgeschlafen. Am frühen Vormittag saß Roger bereits wieder in ihrer Bibliothek und studierte die Papiere. Dabei nahm er geistesabwesend die oberste Dokumentenmappe von dem Stapel, den er bereits sortiert hatte. Ein Blick auf die Uhr sagte ihm, dass sie seit zwölf Stunden schlief und solange sie schlief, hatte er Ruhe.

„Es war also geschehen. Wie wird sie reagieren, wenn sie erwacht?", fragte er sich und bemerkte ein unangenehmes Gefühl in sich aufsteigen, das fast an Angst grenzte. Wütend auf sich selbst, warf er die Mappe zurück auf den Schreibtisch.

„Roger?“

Er fuhr herum und sah Sophie in der Tür stehen. In ihrem roten Spitzen-BH und dem knappen Höschen sah sie einfach umwerfend aus. Roger spürte, wie seine Lust wieder erwachte. Sie erregte ihn bereits, wenn er sie bloß ansah, und genau das wusste sie auch. Es passte ihm ganz und gar nicht, wie sie jetzt vor ihm stand.

„Na, ausgeschlafen?“, fragte er.

„Und wie! Arbeitest du schon wieder?“

Roger runzelte die Stirn und folgte ihrem Blick zu dem Dokumentenstapel neben ihm.

„Ja. Ich dachte, ich könnte mich noch ein wenig nützlich machen, solange du schläfst.“

„Soll ich dir helfen?“

Sie merkte sehr wohl, dass ihre Bewegungen unbeholfen waren, als sie ein paar Schritte auf ihn zu machte.

„Ich weiß um die Unordnung in meinen Papieren. Seit dem Tod meines Vaters habe ich hier nichts mehr angerührt. Ich konnte es einfach nicht, verstehst du das?“

Roger stoppte ihren Redefluss, indem er sie in seine Arme nahm. „Du kannst noch in aller Ruhe duschen. Später fahren wir zu Kommissar Laubach nach Daun. Das ist ein alter Freund von mir. Er brennt darauf, deine Geschichte zu hören.“

„Ich mag es aber gar nicht, wenn du mich wie ein kleines Kind behandelst. Ich brauche nämlich keinen Aufpasser.“

„Oh doch, den brauchst du wohl!“

„Brauche ich nicht! Ich kann mich wehren!“

„Natürlich kannst du das. Wer sich nicht wehrt, der landet am Herd, was?“

„Chauvinist!“

„Das habe ich doch schon einmal irgendwo gehört. Aber Schluss jetzt damit. Tu einfach, was du willst.“

Er widmete sich wieder dem Papierkram und tat so, als sei damit die Sache für ihn erledigt.

„Ist ja schon gut. Bitte entschuldige, dass ich in solchen Dingen nicht so routiniert bin wie du.“ Die Empörung in ihrer Stimme zu hören freute ihn.

„Also gut, wenn du mir unbedingt helfen möchtest, dann kannst du ja das Katalogisieren übernehmen.“

Er deutete auf den Schreibtisch.

„Hier, ich hab schon damit angefangen, aber deine Handschrift ist sicher wesentlich besser als meine.“

„Wird gemacht, Chef, ich zieh mir nur schnell etwas über.“

Glücklich, ihren Willen durchgesetzt zu haben, spurtete Sophie in ihr Schlafzimmer, nur um wenige Minuten später wieder vor ihm zu stehen. Sie hatte sich in ihren Lieblingsmorgenmantel gewickelt und nahm dankbar ein paar lose Blätter von einem ordentlich aufgeschichteten Stapel.

„Ich nehme an, du möchtest alles alphabetisch geordnet haben, mit Datum versehen und so weiter …?“

„Ja, in etwa so stelle ich mir das vor. Ich nehme an, du hast schon mal etwas von doppelter Buchführung gehört?“

Sie nickte, notierte etwas in eine Liste und legte für die Blätter eine Mappe an.

„Sag mal, Roger, schreibst du nicht gerade an einem neuen Buch?“, fragte sie nach einer Weile und sah ihn nachdenklich an.

„Wie kommst du denn darauf?“

„Nun, ich dachte, du würdest vielleicht viel lieber an deinen Texten arbeiten, als hier aufzuräumen?“

Roger dachte an den ersten Teil, den er fast fertig geschrieben hatte. „Ich hab nun mal versprochen, dir zu helfen, also tu ich es auch. Aber dieses Chaos macht mir schon irgendwie zu schaffen. Wie viele Akten befinden sich eigentlich noch in den Kartons?"

Sophie zuckte hilflos mit den Schultern. „Ich habe ehrlich gesagt nicht die leiseste Ahnung, wie viel sich bei meinem Vater über die Jahre angesammelt hat. Unten im Keller stehen auch noch Kartons. Da fällt mir gerade ein, ich weiß überhaupt nicht, worum es in deiner neuen Geschichte geht. Wieder Abenteuer?"

Roger musste grinsen. „Nein, diesmal nicht! Es ist die Geschichte eines Künstlers, der in perfekter Form berühmte Gemälde kopiert, nachts in Museen eindringt und seine Kopien gegen die Originale tauscht. So etwas hat es tatsächlich schon gegeben. Ich habe recherchiert und deshalb kam mir auch dein Bild aus der Cuzcoschule etwas seltsam vor, du erinnerst dich?"

„Sicher, aber darüber ist noch nicht das letzte Wort gesprochen. Ich werde es analysieren lassen. Darf ich deine Geschichte lesen?"

„Na klar, wenn sie fertig geschrieben ist. Bisher sind es nur Notizen. Ich habe ja gerade erst angefangen."

„Ach komm schon, lass mich deine Texte lesen", sagte sie und formte mit ihren Lippen einen Schmollmund.

Er zögerte seine Antwort hinaus.

„Ich werde dich solange nerven, bis du einverstanden bist. Darin bin ich unschlagbar."

Er glaubte es ihr aufs Wort.

„Also gut", sagte er und wusste, dass er vor ihr kapitulieren würde. „Aber zuerst gehen wir zur Polizei. Ziehst du dich um? Ich bringe das hier noch schnell zu Ende, danach können wir fahren."

Knapp eine Viertelstunde war vergangen und Sophie war noch nicht wieder aufgetaucht. Also ging er sie suchen und fand sie in ihrem Schlafzimmer.

„Wie lange brauchst du denn noch?"

„Bin gleich fertig", säuselte sie. „Wenn du mir mal eben mit dem Reißverschluss helfen könntest ..."

Sie machte sich daran, ihre enge Goldkette zu schließen, während Roger mürrisch an dem Reißverschluss zerrte. Ratsch! Das Ding war kaputt.

„Verdammt Roger, pass doch auf! Musstest du so fest ziehen?"

„Warum takelst du dich auch so auf. Wir fahren doch nur ins Polizeirevier!"

Brüskiert drehte sie sich um und schob die Hände in seine Hosentaschen.

„Ich mag es, wenn du wütend bist", sagte sie lächelnd und schälte sich dann aus ihrem Kleid. Danach setzte sie sich auf das Bett und bearbeitete den Reißverschluss mit einer Pinzette. Ihr Magen knurrte laut, als sie wenig später in den Flur eilte, wo Roger auf sie wartete.

„Einen Moment noch", bat sie ihn. „Ich hol mir nur schnell ein Sandwich aus der Küche. Das nehme ich mit ins Auto."

Nur wenig später saß sie neben ihm, biss in ihr Sandwich und tätschelte sein Knie, während er den Anlasser betätigte und losfuhr. Sophie ließ ihre Hand dort liegen, wo sie war.

Polizeipräsidium Daun
14:30 Uhr

Die hellen Sonnenstrahlen ergossen sich über Kurt Laubachs Schreibtisch, aber es war das Klopfen an seiner Bürotür, das ihn dazu brachte, von seinen Berichten aufzublicken. Erstaunt stellte er fest, dass es bereits auf den offiziellen Dienstschluss zuging, auch wenn für ihn an Feierabend noch nicht zu denken war. Dieser Arbeitstag hatte es wirklich in sich, und noch immer liefen seine Techniker am Ufer des Vulkansees herum und suchten den Tatort nach Fingerabdrücken und anderen Spuren ab. Auch für sie wollte der Tag kein Ende nehmen. Seine Kriminaltechniker waren vereidigte Polizisten, die auf allen Gebieten der Beweissicherung geschult waren. Die sichergestellten Beweisstücke wurden direkt ins kriminaltechnische Labor gebracht. Die Gerichtsmedizin sowie quasi die gesamten Einrichtungen, die auf die eine oder andere Weise der öffentlichen Sicherheit dienten, befanden sich ebenfalls ganz in der Nähe.

Laubach hatte seine besten Männer nach Schalkenmehren geschickt, denn immerhin hatte es einen bestialischen Mord gegeben und er wollte nichts dem Zufall überlassen. Jetzt trafen nach und nach die ersten Ergebnisse bei ihm ein. Besonders Förster war ein verdammt guter Polizist, tat sich niemandem gegenüber wichtig und respektierte die Instinkte und Fähigkeiten anderer.

„Herein", rief er und Fräulein Hübscher trat zu ihm ins Dienstzimmer. Sie trug ein hellgraues Kostüm und schenkte ihm ein mütterliches Lächeln.

„Da draußen wartet Ihr Freund Roger auf Sie. Er befindet sich in Begleitung einer Dame. Anscheinend geht es um eine wichtige Aussage. Außerdem habe ich ein paar Briefe fertig, die von Ihnen unterschrieben werden müssen, damit ich sie noch in die Post geben kann. Soll ich die beiden hereinbitten?"

Laubach seufzte und ließ sich wieder hinter seinem Schreibtisch nieder. Er drehte das kleine Transistorradio leiser, welches er aus Gewohnheit auf Radio Erft eingestellt hatte. Anschließend brummte er: „Also los, worauf warten Sie noch …"

22. KAPITEL

Polizeipräsidium Daun
Dienstag, 14. Mai 2013
14:45 Uhr

„Ah, die beiden Augenzeugen, bitte nehmt doch Platz. Hallo Roger. Und Sie sind?"

„Sophie Böker."

„Angenehm, ich bin Kommissar Laubach. Mögen Sie einen Kaffee?"

„Gern!"

„Roger, du weißt doch, wo der Automat steht?"

„Geht klar. Ich besorge den Kaffee."

Roger schnappte sich das kleine Plastiktablett, welches auf Laubachs Ablage stand, und ging auf den Flur. Laubach und Sophie hörten ein Gemurmel und das Klingen von Münzen. Kurze Zeit später war Roger zurück. Auf dem Tablett standen drei Becher mit dampfendem Kaffee.

„Also gut", sagte Laubach. „Was könnt ihr mir über den Mord am Schalkenmehrener Maar erzählen?"

„Äh ..., wir sind eigentlich nur rein zufällig am Ufer des Vulkansees spazieren gegangen", begann Sophie zu erzählen. „Das Wetter war so schön und ich wollte mit dem Hund ..."

Laubach machte eine abweisende Handbewegung. „Bitte konzentrieren Sie sich auf das Wesentliche!"

„Also gut, da war ein Angler am gegenüberliegenden Ufer. Zumindest habe ich zunächst gedacht, dass es ein Angler war. Er hatte eine große Sporttasche bei sich, Herr Kommissar."

„Schon gut", brummte Laubach. „Und wann haben Sie festgestellt, dass es doch kein Angler war?"

„Als er ...", sie stockte. „A...als er mit der Waffe auf eine eingerollte Masse zielte, die vor ihm am Boden lag."

„Haben Sie die Waffe erkennen können, Frau Böker?"

„Ich glaube, es war eine Harpune."

„O.K., das deckt sich mit den Angaben der Spusi. Können Sie den Mann beschreiben?"

„Leider nur oberflächlich. Er war groß und schlank, ganz in schwarz gekleidet und trug einen Kapuzenpulli. Mehr konnte ich leider nicht erkennen."

„Sein Gesicht haben Sie nicht gesehen?"

„Nein, dazu war er zu weit entfernt. Und er trug ja diesen ..."

„Kapuzenpulli, ich habe Sie verstanden. Aber Sie haben gesehen, wie er sein Opfer getötet hat?"

Sophie fing an zu schluchzen und nickte vorsichtig. „Wenn ich zu diesem Zeitpunkt bereits geahnt hätte ... Ich dachte, er hätte ein Tier erledigt."

„Sie haben also gesehen, wie er mit der Harpune einen Pfeil abgeschossen hat?"

„Ja, und wie er den Pfeil wieder herauszog."

Laubach machte sich Notizen. „Was ist danach geschehen, Frau Böker?"

„Danach hat er seine Sporttasche geöffnet, einen Gegenstand herausgeholt und mit ruckartigen Bewegungen etwas abgeschnitten. Was es war, konnte ich nicht erkennen. Ich habe nur gesehen, dass etwas neben ihm auf den Boden fiel." Sie fröstelte. Also war ihre Vorahnung doch richtig gewesen. Bei der schwarzen Masse hatte es sich nicht um ein Tier, sondern um einen Menschen gehandelt. Sie wiederholte die Einzelheiten, die sie aus der Ferne beobachtet hatte und erwähnte im Anschluss daran, dass der Mann ganz plötzlichen verschwunden sei.

„Ich hab's aufgeschrieben", meinte Laubach. „Nur, was ich nicht ganz verstehe, ist die Sache mit dem Schuss. Roger sagte am Telefon, es sei auf Sie geschossen worden?"

„Auch das ist leider wahr."

„Aber falls da noch ein zweiter Mann war, so muss der Mörder ihm praktisch direkt in die Arme gelaufen sein?"

„Das ist nicht gesagt. Ein wenig Zeit war schon vergangen. Ich meine, bis Sophie mich gefunden hat. Danach haben wir uns unterhalten, und sie wollte mir etwas zeigen, was sie am gegenüberliegenden Seeufer gesehen hat", erklärte Roger, der auch gehört werden wollte.

„Das Ganze ergibt überhaupt keinen Sinn. Warum sollte jemand ausgerechnet auf Sie beide schießen?"

„Das wüssten wir auch gern!"

„Jedenfalls haben wir einen Schuss gehört. Er kam aus dem kleinen Wäldchen, von dem aus man zum Seeufer gelangt. Und dann habe ich eine helle Spiegelung gesehen. Etwa so, wie wenn Sonnenstrahlen auf glänzendes Metall treffen. Ich wollte den Kerl suchen, aber er hat mich niedergeschlagen."

„Immer mit dem Kopf durch die Wand, was Roger? Ist es denn sicher, dass der Mörder nicht auch der Schütze gewesen ist?"

„Absolut sicher, Herr Kommissar. Zuerst habe ich gesehen, wie er weglief und kurz darauf gehört, wie ein Motor gestartet wurde und ein Auto losfuhr."

„Danke", sagte Laubach nachdenklich und drückte mitfühlend Sophies Arm, ließ ihn aber sofort wieder los. Sicher verdrängte sie bereits alle Eindrücke, die ihr die Szene geboten hatte, aus ihrem Gedächtnis. In jedem Fall schienen hier mehrere Täter am Werk gewesen zu sein, auch wenn er die Angelegenheit unvoreingenommen betrachten musste. Er wusste, ein guter Ermittler ließ immer den Tatort und die Beweise erzählen, was sich zugetragen hatte. Sobald er zu reden begann, anstatt zuzuhören, würde er den unverstellten Blick auf die Fakten verlieren und damit die Chance, das Verbrechen frühzeitig aufzuklären. Der Mord am Seeufer ging eindeutig auf das Konto des Ritualmörders, aber warum zum Teufel hatte jemand auf Sophie und Roger geschossen?

„Vielleicht besteht ein Zusammenhang mit dem, was mit meinem Vater geschehen ist?", sagte Sophie zögerlich und seufzte.

Laubach sah sie an. Er verstand nicht so ganz.

„Wieso? Was ist denn mit Ihrem Vater geschehen?"

„Man hat ihn umgebracht. Auf ähnliche Art und Weise wie den armen Kerl in Schalkenmehren", antworte Roger schnell.

Laubach glaubte, er habe nicht richtig gehört. „Ist das wahr?“, fragte er, dann schlug er mit den Händen auf den Schreibtisch. „Natürlich! Ferdinand Böker! Der Name Böker kam mir doch gleich so bekannt vor. Das tut mir wirklich sehr leid, Frau Böker. Jetzt erinnere ich mich. Ich hatte damals die Akte aus Remscheid auf meinem Tisch. Günter Mäurer war der ermittelnde Beamte, richtig? Ich habe damals einige Zeit mit ihm zusammengearbeitet. Wegen den Parallelen zu den Fällen hier in der Eifel.“

„‚Ermittelnder Beamter‘ halte ich für ziemlich übertrieben“, antwortete Sophie. „Ich halte ihn nicht für besonders fähig. Er hat bis heute nichts Konkretes herausgefunden.“

Laubach schaute sie nachdenklich an.

„So, dann bin ich ja noch weniger fähig. Schließlich befinden sich in meinen Akten drei ungeklärte Morde und dazu kommt jetzt noch dieser neue Fall von Schalkenmehren. Es geht leider nicht immer so, wie man es sich wünscht. Trotzdem werde ich alles tun, was in meiner Macht steht, um diesen Wahnsinnigen hinter Schloss und Riegel zu bringen. Das können Sie mir wirklich glauben, Frau Böker.“

Er griff zu seinem Telefon. „Fräulein Hübscher?“

„Ja, Chef?“

„Wo steckt denn eigentlich der Schwarzenegger?“

„Ist nach Kelberg gefahren, Chef. Dort wurde ein Traktor gestohlen.“

„Scheiße! Als ob wir im Augenblick nichts Wichtigeres zu tun hätten. Verbinden Sie mich mit Förster!“

„Sofort, Chef!“

„Kurt? Förster hier, was kann ich für dich tun?“

„Hallo Gerd. Sag mal, ihr habt doch auch das kleine Wäldchen kurz vor dem Seeufer abgesucht, nicht wahr?“

„Selbstredend, Kurt."

„Habt ihr Fußabdrücke gefunden oder vielleicht sogar die Kugel eines Gewehres?"

„Mit Letzterem kann ich leider nicht dienen, aber Fußspuren haben wir eine ganze Menge gefunden."

„Von mehreren Personen?"

„Absolut, Kurt!"

„Also gut, ich habe gerade zwei Augenzeugen hier. Die schicke ich gleich runter zu dir. Dann kannst du ihre Fußabdrücke nehmen und mit den anderen vergleichen. Vielleicht hilft uns das weiter."

„Gute Idee, Kurt. Ich bin noch etwa eine gute Stunde im Haus."

Laubach legte auf.

„Ihr habt ja gehört", sagte er zu Sophie und Roger. „Am besten, ihr geht gleich runter zur Spusi. Der Kollege Förster wird eure Fußabdrücke nehmen."

„Gibt es sonst noch etwas, was uns Hoffnung machen könnte?", wollte Roger wissen. Laubach schüttelte seinen Kopf. Seine Miene war voller Zorn. Er drückte seine Finger durch, bis sie knackten.

„Bisher leider nicht. Der Mistkerl scheint seine Spuren fein säuberlich verwischt zu haben und den Rest hat das Wasser erledigt."

„Du musst diesen Bastard schnellstmöglich finden."

„Das werde ich auch, Roger. Und wenn es das Letzte ist, was ich hier tue. Ich werden dieses Monster zur Strecke bringen, darauf kannst du Gift nehmen."

23. KAPITEL

Remscheid – Küppelstein
Dienstag, 14. Mai 2013
17:30 Uhr

Roger öffnete die Tür von Sophies Landhaus. Es war ein unerfreuliches Gespräch gewesen. Laubach hatte sie mit seinen Fragen gelöchert, ohne wesentliche Fakten auf den Tisch zu legen. Noch nicht einmal den Namen des Opfers von Schalkenmehren wollte er herauslassen, oder war es möglich, dass er ihn selbst noch gar nicht wusste? Danach war Sophie noch in ihr Geschäft nach Bad Münstereifel gefahren, auch wenn er dagegen opponiert hatte. Schließlich hatte sie wieder einmal ihren Willen durchgesetzt. Und trotzdem musste er ihr versprechen, dass er bei ihr Zuhause auf sie warten würde. Er stieß die Tür auf und ging in den Flur. Jetzt freute er sich auf ein kühles … abrupt blieb er stehen.

Ein Mann, elegant gekleidet, hatte es sich in einem der Korbsessel bequem gemacht und lässig seine gekreuzten Beine auf das Beistelltischchen gelegt. Seine hochwertigen Lederschuhe glänzten vor Politur.

„Wer zum Teufel sind Sie und was machen Sie hier?“, schnauzte Roger den Mann an. Dann erst erkannte er, wen er vor sich hatte.

„Ich verbitte mir den Ton, Herr Peters. Immerhin habe ich einen guten Grund, hier zu sein. Erzählen Sie mir lieber, was Sie noch in diesem Haus zu tun haben?“

„Das ist eine lange Geschichte, Herr Wagner. Sophie und ich waren auf dem Polizeirevier und danach wollte sie noch unbedingt in ihr Geschäft.“

„Polizeirevier?"

„Auf uns ist geschossen worden, aber keine Sorge, Sophie ist okay."

„Geschossen? Wieso das denn? Und jetzt spielen Sie den Aufpasser?"

„Nicht ganz. Sophie hat mich gebeten, ihr weiterhin unter die Arme zu greifen und die Sache mit dem Schuss ... nun, am besten, Sie sprechen mal mit Kommissar Laubach in Daun darüber. Der weiß über alles Bescheid."

„Na, dann wollen wir mal hoffen, dass es nur bei dem unter die Armen greifen bleibt. Ich wünsche Ihnen noch einen schönen Abend, Herr Peters."

Mit diesen Worten stand er auf, legte die Fingerkuppen gegeneinander, bog die Hände durch und marschierte zur Tür. Ehe er nach draußen ging, drehte er sich noch einmal um. „Äh, Sie wissen nicht zufällig, ob sich das Ölgemälde noch hier im Haus befindet?"

Roger zuckte mit den Schultern.

„Soviel ich weiß, hat Sophie das Bild mit in ihr Geschäft genommen."

„Ah, dann ist ja gut. Ich werde sie selbst danach fragen. Da sie nicht hier ist, mache ich halt noch einen Umweg über Bad Münstereifel, bevor ich dann zurück nach Köln fahre."

Er verbeugte sich steif und ging hinaus. Roger knallte die Tür hinter ihm zu. Er wollte diesen Kerl so schnell wie möglich vergessen. Doch das sollte ihm nicht so leicht gelingen.

Es war fast 21 Uhr, als Sophie nach Hause kam. Sie war ziemlich wortkarg, deutete nur an, dass sie sich mit Felix gestritten habe und wollte direkt zu Bett gehen. Roger ließ sie gewähren und wartete, bis er sicher sein konnte, dass sie fest eingeschlafen war, ehe er damit begann, sich noch einmal im unteren Stockwerk umzusehen. Später würde er neben ihr im Bett liegen, ohne dass sie überhaupt etwas von seiner nächtlichen Aktion mitbekommen hätte. Sorgfältig untersuchte er die Schlösser und Riegel der Türen und Fenster. Das ganze Haus war vollgestopft mit wertvollen Antiquitäten, die Sophie mit einfachen Schlössern zu sichern glaubte. *„Kein Wunder, dass hier jeder nach Belieben herein und wieder heraus spazieren kann. Ich muss unbedingt dafür sorgen, dass sie sich richtige Sicherheitsschlösser einbauen lässt."* Wenigstens hatte er sie noch vor dem Schlafengehen dazu überreden können, Arthur ins Haus zu holen. Der Labradorrüde lag jetzt vor der Hintertür, die in den Garten führte, auf dem nackten Fußboden und schnarchte leise vor sich hin. Roger rüttelte zur Probe an der Tür, aber der Hund rührte sich nicht.

„Du bist mir eine schöne Hilfe", sagte er zu dem Tier, ließ ihn jedoch weiterschlafen. Vorsichtig schlich er zurück und setzte sich für einen Moment in einen der Rattansessel, die jetzt völlig im Dunkeln lagen. Er genoss die Stille. Mehr konnte er sowieso nicht tun, auch wenn es ihn noch so in den Fingerspitzen kribbelte, etwas zu unternehmen. Weitere Gedankengänge dieser Art blendete er aus. Er wurde schläfrig und wusste, dass er unbedingt ein paar Stunden Schlaf benötigte, um wieder richtig fit zu sein. Leise schlich er zurück und drehte an dem Türknauf zu ihrem Schlafzimmer. Sophie saß mitten in ihrem Bett, atmete heftig und keuchte wie eine Asthmakranke, die um Luft rang. Sie wollte gerade aufschreien, hielt aber inne, als sie ihn erkannte. Mit drei Schritten war Roger bei ihr und drückte sie an sich. Auf ihrem Gesicht glänzte eine Mischung aus Tränen und Angstschweiß. Sie zitterte am ganzen Körper.

„Was ist los mit dir?", fragte er.

„Ich habe furchtbare Sachen geträumt. Ein Mann war hinter mir her, er hatte ein Messer. Dann bin ich aufgewacht, habe neben mich gegriffen, aber du bist nicht da gewesen."

Behutsam strich er ihr die Strähnen aus ihrem Gesicht. „Ich war unten und wollte nur nachsehen, ob alles in Ordnung ist, aber jetzt bin ich wieder bei dir. Ist doch kein Wunder, dass du völlig fertig bist mit den Nerven."

„Komm endlich ins Bett", forderte sie ihn auf. Roger legte sich neben sie und zog sie dicht an sich. Diesmal spürte er kein dringendes Verlangen, sie zu besitzen. Sophie lag einfach nur ganz still da, versuchte sich zu beruhigen und hörte, dass sein Atem bereits tief und regelmäßig kam. Es war bereits weit nach Mitternacht, bis auch sie endlich eingeschlafen war.

Irgendwo in Köln
Mittwoch, 15. Mai 2013
00:30 Uhr

Das Schrillen des Telefons riss den Mann aus einem unruhigen Traum. Schweißtropfen perlten auf seiner Stirn, als er nach dem Hörer griff. Er fürchtete sich davor abzuheben, aber noch mehr vor den Konsequenzen, wenn er es nicht tat.

„Hallo?"

„Deine Zeit ist abgelaufen!"

„Ich kann wirklich nichts dafür. Bitte geben Sie mir noch ein paar Tage, es ist nicht so leicht, daran zu kommen. Ich habe es vor kurzem versucht und wäre beinahe erwischt worden", sagte er schnell, um sich sein Entsetzen nicht anmerken zu lassen.

„Das ist doch nicht mein Problem, wenn du so unvorsichtig bist!“

Er versuchte auf Zeit zu spielen, griff nach einer Zigarette, um seine flatternden Nerven zu beruhigen. Er musste besonnen handeln, wenn er die Sache noch ausbügeln wollte. Tief inhalierte er den Zigarettenqualm. „Übermorgen“, sagte er. „Bis dahin habe ich es bestimmt!“

Das eisige Seufzen am anderen Ende der Leitung ließ nichts Gutes verheißen.

„Ich werde aber nicht mehr warten! Hast du heute schon die Nachrichten gehört?“ Er machte eine Pause, um seine Worte wirken zu lassen.

Sie wirkten sofort. Seine zitternde Hand klammerte sich fester um den Hörer. Natürlich hatte er von dem Mord am Schalkenmehrener Maar gehört.

„Morgen“, flüsterte er in seiner Verzweiflung. „Ich werde die Ware umgehend besorgen!“

Mit Zufriedenheit registrierte der Anrufer das keuchende Schnaufen am anderen Ende.

„Das kann ich nur für dich hoffen. Das nächste Mal werde ich besser zielen …“

Er verstand zwar nicht genau, was der Anrufer damit meinte, aber die Geschichte von Schalkenmehren hatte ihm einen riesigen Schrecken eingejagt.

„Sie können sich ganz auf mich verlassen, nur bitte lassen Sie Sophie …“

„Darüber unterhalten wir uns später. Zuerst will ich die Ware haben, verstanden!“

Es folgte ein leises Klicken, die Verbindung war unterbrochen.

24. Kapitel

Polizeipräsidium Daun
Mittwoch, 15. Mai 2013
09:00 Uhr

Die Medien befanden sich in einem selbsttragenden Rausch und überboten sich gegenseitig mit Schlagzeilen. Der grausame Mord am Ufer eines Vulkansees war wie ein gefundenes Fressen für die Presseleute. Im Kontrast dazu stand die friedliche Bilderbuchlandschaft der Vulkaneifel.

Reporter aus ganz Rheinland Pfalz waren inzwischen in Daun eingetroffen und hatten Position bezogen. In einem ersten Versuch, die Dinge zu beruhigen, hatte Laubach einer Pressekonferenz zugestimmt. Daraufhin hatte sich ein gutes Dutzend Reporter im Polizeipräsidium versammelt.

Ein Journalist der Eifelzeitung fragte: „Herr Kommissar, haben Sie irgendeine Ahnung, wer für die Tat verantwortlich ist?"

Laubach stand an einem kleinen Pult und antwortete geduldig: „Wir vermuten, dass es sich um einen narzisstischen Täter handelt, der ein ganz bestimmtes Ziel verfolgt. Es zeichnet sich ab, dass er für mehrere Taten verantwortlich ist."

Die Reporter gaben eifrig etwas in ihre Laptops ein.

„Können Sie etwas zum Tathergang sagen?", wollte jemand wissen.

„Nur so viel: Das Opfer ist mit einem Messer getötet worden. Wir dachten sofort an eine Hinrichtung, aber mittlerweile gehen wir von einem Ritualmord aus."

Für einen Moment lang herrschte Schweigen.

„Können Sie uns das bitte näher erklären, Herr Kommissar? Was verleitet Sie zu dieser Annahme?“, fragte ein Reporter vom Trierer Volksfreund.

„Tut mir sehr leid, aber zu diesem Zeitpunkt kann ich keine weiteren Angaben zu unseren Ermittlungsergebnissen preisgeben, aber ich versichere Ihnen, dass die hiesige Polizei alles tun wird, was in ihrer Macht steht, um den Täter zu finden und dingfest zu machen.“

„Herr Kommissar, es gibt Berichte über ein besonders brutales Vorgehen. Wollen Sie dazu etwas sagen?“

Genau dies war Laubachs wunder Punkt, wusste er doch, dass es die Wahrheit war. Selten zuvor hatte er eine solche Grausamkeit erlebt. Er nickte, vorsichtig zustimmend.

„Gibt es Anzeichen über eine Verwicklung des organisierten Verbrechens in diesem Fall?“

Laubach konterte sofort.

„Für welche Zeitung schreiben Sie bitte?“

„Ich bin von der Rheinzeitung“, antwortete der Fragesteller.

„Dann möchte ich Sie bitten, besser zuzuhören! Wie ich bereits erwähnt habe, gehen wir derzeit von einem narzisstisch geprägten Einzeltäter aus. Gnade Ihnen Gott, wenn ich später etwas anderes in Ihrer Zeitung lese!“

Allgemeines Gelächter.

„Kennt die Polizei bereits den Namen des Opfers?“

Diesmal war es eine junge Dame, die die Frage stellte.

„Leider nein. Daher möchte ich Sie bitten, in Ihren Artikeln daraufhin zu weisen, dass die Polizei dringend Zeugen sucht, die etwas beobachtet haben.“

„Herr Kommissar, ich habe gehört …" Jetzt unterbrach Laubach die Veranstaltung.

„Vielen Dank, meine Damen und Herren. Das ist im Moment alles, was ich Ihnen sagen kann. Man wird Sie zu einem späteren Zeitpunkt über die weitere Entwicklung informieren."

Er nickte allen Anwesenden noch einmal freundlich zu und verließ das Pult, an dem er gestanden hatte. Vereinzelt blitzten ein paar Lichter auf, dann drängelten sich die Journalisten aus dem Polizeigebäude. Laubach ging hinüber zu seiner Sekretärin, die am Ausgang stand und die Meute beobachtete. Ungläubig schüttelte er seinen Kopf.

„Wenn diese Blutsauger nun unsere schöne Heimat in der Wahrnehmung der Öffentlichkeit als unsicher und gefährlich darstellen, können wir den Rest der Feriensaison getrost vergessen."

In Wirklichkeit hatte Laubach keinerlei Interesse an der Meinung seiner Sekretärin. Was ihn tatsächlich beunruhigte, war die Tatsache, dass er den Presseleuten aber auch rein gar nichts hatte anbieten können.

Köln
10:11 Uhr

Die Meldung kam am Ende der Morgennachrichten. Big Franky hörte sie im Bad. Abrupt ließ er die Rasierklinge fallen und drehte den Radiowecker lauter. Völlig verblüfft betrachtete er sich in dem großen Badezimmerspiegel, während er der Stimme des Sprechers lauschte. Der Mann sprach in typischem Eifel-Dialekt und rasselte seinen Text ungeheuer schnell herunter.

„Am Ufer des Schalkenmehrener Maares wurde gestern die Leiche eines etwa 50 jährigen Mannes gefunden. Zeugen, die etwas beobachtet haben, wenden sich bitte an Kommissar Laubach von der Kripo Daun."

Frank drehte das Radio ab. Deshalb also hatte er Heinz heute Morgen nicht erreichen können. Wie immer, wenn er angestrengt nachdachte, ließ er die Unterlippe über die Oberlippe gleiten. Bewegungslos stand er vor seinem Spiegel und blickte in ein paar ausdruckslose Augen. „Aber wieso denn einen Toten? Er sollte doch nur ..."

Entschlossen ging er auf seine Dachterrasse, weil er der Meinung war, dass man Gespräche, die von hier geführt wurden, nicht abhören konnte. Er hatte sich extra zwei Telefone anbringen lassen, um seine wichtigsten Anrufe von hier oben aus erledigen zu können. Auf einem kleinen Tischchen, welches er sich ebenfalls hatte hinauftragen lassen, stand bereits sein Frühstückstablett mit Eiern, Schinken, Toast, Orangensaft und Kaffee. Die neuste Ausgabe der Eifelzeitung lag daneben.

Nachdenklich strich sich Franky über seinen Dreitagebart, nahm den Hörer eines der beiden Telefone ab und wählte die Nummer von Michaels Kneipe.

„Morgen, Mike. Hast du schon die Nachrichten gehört?" Er nannte ihn immer Mike.

„Irgendetwas ist da schief gelaufen, in Schalkenmehren. Sie faseln dauernd etwas von einem Toten. Heinz hat es gründlich verbockt. Wenn du ihn siehst, so bestell ihm, er soll mich umgehend anrufen! Es ist dringend, hast du verstanden?"

Am anderen Ende der Leitung rieb sich Michael den Schlaf aus den Augen. Es gelang ihm kaum, ein Gähnen zu unterdrücken.

„Wird gemacht, Chef", sagte er, nur um zu beweisen, dass alles in Ordnung war. Danach musste Frank noch zwei weitere Anrufe erledigen. Der erste galt Holger Ahrens, seinem Börsenmakler.

„Morgen, Holger, was gibt's Neues …?", erkundigte er sich. Es folgte eine kurze Pause.

„Ah, Rohstoffe, sagst du …"

Wieder eine Pause.

„Kaufen …?"

Ein kurzes Zögern.

„In Ordnung, ich nehme zehntausend Anteile zu 19,10 Euro, bis später."

Danach rief er seine Sekretärin an. Sie war gerade auf dem Weg ins Büro.

„Hallo Anita, Schätzchen. Sei doch so lieb und mache einen Umweg über ein Blumengeschäft … Ja … einen großen Strauß! Der Heinz hat Mist gebaut. Im Radio sprechen sie bereits davon. Sieh zu, dass du die Adresse des Opfers von Schalkenmehren herausbekommst. Wenn ich mich nicht irre, so handelt es sich dabei um irgend so einen Reiseschriftsteller aus Köttelbach. Soll die ganze Zeit mit der Böker zusammen gewesen sein. Das hat er nun davon, der Trottel. Also, wenn du die Adresse hast, dann schick bitte die Blumen an seine Familie. Anonym, versteht sich. Ich bedanke mich später bei dir dafür … du weißt schon …"

Er hörte, wie sie kicherte. Es war seine Art, Anteilnahme zu zeigen, auch wenn er keine Hinrichtungen befohlen hatte. Der Einfachheit halber ließ er die meisten kleineren Aufträge von Anita erledigen. Sie war seine Privatsekretärin, saß in seinem Büro in der Innenstadt und bildete quasi die Zentrale seiner Unternehmungen, denn er liebte es, an irgendeinem See zu liegen und den Bauch in die Sonne zu halten, während die anderen Leute in ihren Büros schwitzten.

Er nippte an seinem Orangensaft und telefonierte noch einmal mit Holger. Es ging um ein Aktienpaket, dass er unbedingt abstoßen wollte. Das hatte er vorhin ganz vergessen. Überhaupt konnte er sich an diesem Morgen nicht richtig auf seine Geschäfte konzentrieren. Die Frühnachrichten waren ihm gewaltig auf den Magen geschlagen.

25. KAPITEL

Eifel – Hinterweiler
Mittwoch, 15. Mai 2013
10:20 Uhr

Mehr beiläufig schaute Sophie auf den goldenen Reisewecker, der auf ihrem Nachttisch stand. Sie hatte in jedes der Schlafzimmer eins dieser Schmuckstücke gestellt. In verschiedenen Farben natürlich. Daneben lag ein Stapel mit Manuskriptblättern von Rogers angefangenem Roman. Der Kaffee, den er ihr ans Bett gebracht hatte, war schon fast kalt. Sie saß aufrecht in ihrem Bett, reckte und streckte sich vor dem Spiegel.

An dem Tag, als sie das Haus kaufte, hatte sie einem befreundeten Architekten gesagt, sie wolle viele Spiegel, beigefarbene Fliesen, Messingleuchter und diese niedlichen, kleinen Rattanstühle mit den geschwungenen Beinen haben. Genauso war es dann auch geschehen. Sophie war sehr zufrieden mit dem Ergebnis gewesen. Jetzt streckte sie sich und genoss den Anblick ihres perfekten, zierlichen Körpers. Die Brüste standen wie eine Eins. Zum wiederholten Male fragte sie sich, ob sie sich das Schamhaar ganz abrasieren sollte? *„Was wohl Roger dazu sagen würde?"*

Sie drehte sich um und überprüfte ihre Rückansicht. Der wohlgeformte Po. Alles war noch perfekt. Dann wandte sich wieder um, ließ die Finger durch ihren verwuschelten Schopf gleiten, griff nach den losen Blättern und las. Die Worte flossen dahin. Es war keine harmlose Geschichte, dafür waren seine Charaktere zu menschlich. Der Inhalt war gut recherchiert und man merkte, dass sich der Autor lange mit dem Thema beschäftigt hatte. Nachdem sie den Prolog gelesen hatte, verschlang sie förmlich das erste Kapitel, griff dann automatisch zum nächsten Blatt und stellte erstaunt fest, dass der Stapel bereits zu Ende war und sie alle Seiten durchgelesen hatte.

Bevor sie seine Geschichte las, war sie sich nicht sicher gewesen, was sie beim Lesen empfinden würde. Jetzt brauchte sie noch etwas Zeit, um zu entscheiden, inwiefern ihre Gefühle für ihn bei der Beurteilung eine Rolle spielten. *Überhaupt nicht,* stellte sie umgehend fest. Schon nach dem ersten Kapitel vergaß sie bereits, warum sie diesen Roman unbedingt hatte lesen wollen. Die Geschichte war gut. Sehr gut sogar und Kunstfälschung war ein aktuelles Thema.

Sie stand auf, schlüpfte in Rogers Hemd, ging zur Tür, steppte auf den Flur hinaus und die Treppe zum ersten Stock hinunter. Roger saß bereits an ihrem Schreibtisch und machte sich irgendwelche Notizen. An seiner Schulterhaltung und der Art, wie er den Kopf geneigt hatte, konnte sie sehen, dass er in eine tiefe Konzentration versunken war. Weil sie ihn nicht stören wollte, blieb sie ein Weilchen im Türrahmen stehen und beobachtete ihn. Seine Kaffeetasse war leer.

„So könnte es doch immer sein", dachte sie. *„Er könnte hier arbeiten und ich würde mich weiterhin um den Laden kümmern. Na ja, und Felix … irgendwie war die Beziehung sowieso eingeschlafen."*

Mit einem ärgerlichen Seufzer hörte Roger plötzlich auf zu schreiben. Nachdenklich rieb er sich den verspannten Nacken. Was immer ihn auch angetrieben haben mochte, es war vorüber. Automatisch griff er nach seiner Kaffeetasse, nur um festzustellen, dass sie leer war. Während er noch darüber nachdachte, ob er in die Küche gehen sollte, um sich neuen zu holen, kam Sophie auf ihn zu. Zärtlich legte sie ihre Arme um seinen Nacken und küsste ihn auf den Mund.

„Deine Geschichte hat mich wirklich beeindruckt", säuselte sie. Nicht sicher, ob er die Bedeutung der Worte, die er gerade gehört hatte, richtig deutete, fragte er: „Und wie viel davon hast du schon gelesen?"

„Alles, was du mir dagelassen hast und das war längst nicht genug. Wann wirst du endgültig mit dem Buch fertig sein?"

Er blickte auf die kleine Gestalt, die in seinem Hemd vor ihm stand und entgegnete: „Wow, ich glaube, ich könnte mich an diesen Anblick gewöhnen, aber mir wird jetzt erst richtig klar, was ich angerichtet habe! Ich meine, indem ich dich das Manuskript lesen ließ …"

„Wieso denn angerichtet?", wiederholte sie erstaunt. „Nun ja, ich weiß nicht, ob ich noch weitergeschrieben hätte, wenn deine Beurteilung negativ ausgefallen wäre."

„Ist sie aber nicht, du Dummkopf. Deine Geschichte ist genial. Das wird dir dein Agent sicher bereits bestätigt haben. Du hast doch einen Literaturagenten, nicht wahr?"

„Klar habe ich einen, aber bisher bin ich noch zu keinen Reichtümern gekommen. Man hat ein paar Abenteuergeschichten von mir veröffentlicht und er tut sein Bestes, um mein neustes Werk an den Mann, beziehungsweise an den Verlag zu bringen."

„Au fein. Und wenn dein Buch erst auf dem Markt ist, werde ich die erste sein, die es liest, versprochen?"

Roger fühlte ein süßes Kribbeln in sich aufsteigen, als Sophie langsam begann, an seinem Ohrläppchen zu knabbern.

„Weißt du?", säuselte sie mit einem verführerischen Lächeln weiter: „Ich habe mir gerade überlegt, wie es wäre, wenn mich Marita heute im Laden vertreten würde? Dann hätten wir noch ein wenig Zeit füreinander, du könntest später weiter an deinem Roman schreiben und ich würde sofort deine nächsten Kapitel lesen können ..."

„Hört sich vielversprechend an. Dann treffen wir uns in zehn Minuten unten zu einem Brunch?", meinte Roger mit einem breiten Grinsen. Auf ihren bitterbösen Blick hin floss sein Grinsen noch mehr in die Breite. Er wusste genau, dass sie etwas anderes geplant hatte, und es kostete ihn seine ganze Kraft, um ihr zu widerstehen.

„In zehn Minuten also", wiederholte er und trabte ins Bad. Sophie bedachte ihn mit einem vernichtenden Blick über die Schulter und knallte die Tür hinter sich zu. Erst draußen ließ sie ihrem eigenen Grinsen freien Lauf. *„Dir werde ich es noch zeigen, du Super-Macho."*

Später krochen für Sophie die Stunden im Schneckentempo dahin. Der Gedanke an ihren Laden bescherte ihr nur einen dumpfen, quälenden Kopfschmerz. Sie hatte

Roger versprochen, heute nicht zur Arbeit zu gehen und ihre physische Erschöpfung brachte sie allmählich an einen Punkt, wo ihr alles gleichgültig zu werden schien. Und wie sie es hasste, sich so zu fühlen. Normalerweise bekämpfte sie ein Unwohlsein damit, dass sie es ignorierte und einfach weitermachte.

Die staubige Bibliothek und die eintönige Sortierarbeit, die sie von Roger übernommen hatte, nagten bereits an ihrem Nervenkostüm. Seufzend warf sie den Kugelschreiber über den Schreibtisch und sprang auf.

„Mir reicht's", sagte sie mit einer weit ausholenden Geste. „Ich halte es hier nicht mehr aus. Ich muss unter Menschen. Lass uns in eine Bar, Cafeteria, Diskothek oder was weiß ich gehen. Hauptsache, ich komme hier raus." Ärgerlich verließ sie die Bibliothek.

Roger wusste nur zu gut, dass schlafend der einzige Zustand war, in dem Sophie ein langes Warten durchstehen würde, ohne den Verstand zu verlieren. Und er wusste auch, wie sehr er sie begehrte. Und doch gab es da diese Mauer zwischen ihnen. Ganz dünn nur, aber sie existierte. Es war ihre Beziehung mit Felix, die er nur vergaß, wenn er sie in seinen Armen hielt. Hastig stolperte er ihr nach. Noch auf dem Flur bemerkte Sophie seine Gemütsschwankung und schlang fest ihre Arme um ihn.

„Pssst ..., sag jetzt nichts."

Ihre Lippen erstickten jedes weitere Wort und je länger der Kuss dauerte, desto dünner wurde die Mauer zwischen ihnen.

„Sophie", sagte er. „Wir müssen ..."

Sie zuckte zusammen und Roger fluchte leise, als die Haustürglocke schellte.

„Ich mach schon auf", sagte sie, aber da war er schon wieder bei ihr und drückte sie an sich.

„Lass es doch klingeln. Du erfährst noch früh genug, wer etwas von dir ...", begann er, dann spazierte Felix Wagner durch das Foyer.

„Hallo Liebes", grüßte er sie und ging, Rogers Anwesenheit ignorierend, auf sie zu und nahm sie in den Arm.

„Du siehst wirklich blass aus. Ich habe gedacht, ein wenig Ablenkung würde dir gut tun. Daher wollte ich dich in einen Biergarten einladen. Wir müssen sowieso noch die Details für den Verkauf des Hauses deines Vaters besprechen. Die Maklerin hat mich vorhin angerufen."

Sophie lächelte, doch ihre Finger krampften sich zusammen.

„Ich bin in Ordnung, Felix, aber vielen Dank für die Einladung. Ich komme gerne mit, auf ein Bier ..." Sie brach ab, um Roger einen raschen Blick zuzuwerfen. Spontanem Begreifen folgten ein Aufglimmen von Zorn und Ablehnung und schließlich sogar eine Art von Akzeptanz. Roger zuckte mit den Achseln. *„Soll sie sich doch ruhig ein bisschen amüsieren"*, dachte er, *„Und es ist ganz und gar nicht meine Aufgabe, ihr vorzuschreiben, was sie zu tun oder zu lassen hat ..."*

Mit einer stummen Bitte auf den Lippen wandte sie sich an ihn: „Mein lieber Roger, ich habe dich schon zu lange von deiner Arbeit abgehalten ... und zum Schreiben bist du auch den ganzen Tag noch nicht gekommen."

Er sah sie an und tat so, als sei es ihm egal.

„Ich verstehe schon, kein Problem. Das Schreiben hole ich heute Abend nach."

Mürrisch ging er zurück in ihre Bibliothek. *„Müssen Frauen immer ihren Willen durchsetzen?"*

26. KAPITEL

Polizeipräsidium Daun
Mittwoch, 15. Mai 2013
14:30 Uhr

Kommissar Laubach fühlte sich unwohl. Ihm war übel und sein Kopf schmerzte. Er saß an seinem Schreibtisch und studierte die Akten jener Mordfälle, die er dem Ritualmörder zuordnete. Obwohl er alle Daten auch im Computer hätte abrufen können, bevorzugte er doch die Papierform. Für das Abfragen der Vermisstenmeldungen allerdings war der kleine Kasten unabdingbar.

Er rieb sich seine pochende Schläfe und zog das Foto des toten Ferdinand Böker aus der Mappe. Es war bei weitem kein schöner Anblick und außerdem erinnerte es ihn daran, dass er im Mordfall Schalkenmehren bisher noch zu keinem Ergebnis gekommen war. Nach einer Weile gelang es ihm, diese Gedanken zu verdrängen und er verglich das Foto mit den neuesten Aufnahmen vom Tatort am Ufer des Vulkansees, die seine Sekretärin bereits für ihn einsortiert hatte.

„Hunger, Chef?"

Als er die ihm bekannte Stimme vernahm, blickte er auf.

Rainer Siggismund stand in der Tür und hielt eine braune Papiertüte in der Hand. Der Aufschrift nach zu urteilen, musste der Inhalt aus der kleinen Imbissbude an der Straßenecke stammen.

„Endlich bringst du mal etwas Positives mit", sagte Laubach nicht wenig erleichtert über die unerwartete Ablenkung. Schwarzenegger setzte sich auf die Schreibtischkante und riss die Tüte auf.

„Dachte ich's mir doch, dass Sie sich noch nicht einmal die Zeit genommen haben, um sich etwas zu holen. Viel zu tun, was, Chef?"

Mit seinen fleischigen Fingern holte er zwei Frikadellen heraus, die beide mit Salat, Remoulade und reichlich Senf garniert waren. Eine davon hielt er Laubach hin. Danach begannen sie genüsslich zu schmatzen, frei nach dem Motto: *„Freten es jet herrlijes, tusamen freten es noch schöner ..."*

„Hat sich in der Zwischenzeit irgendeine Spur von dem Wahnsinnigen gefunden?", fragte Schwarzenegger zwischen zwei kräftigen Bissen gebratenem Gehackten.

„Leider Fehlanzeige! Stell dir vor, dieser Mistkerl sucht sich eine abgelegene Stelle am Schalkenmehrener Maar aus, begeht ein abscheuliches Verbrechen, steigt in seinen Wagen und fährt einfach so davon. Und kein Mensch nimmt Notiz von ihm. Niemand hört oder sieht etwas. In welcher Zeit leben wir bloß, Schwarzenegger?"

In Gedanken versunken blätterte Laubach seine Notizen durch, um sich zu vergewissern, dass ihm nichts entgangen war. Schließlich schüttelte er den Kopf.

„Es gibt keine vernünftigen Hinweise."

Schwarzenegger nippte an seinem Instantkaffee, den er sich vorher am Automaten gezogen hatte.

„Was meinen Sie, Chef, ob das Schwein hier irgendwo in der Nähe lebt?"

„Könnte sein, könnte auch nicht sein. Vorher hat er jedenfalls in Remscheid zugeschlagen. Roger war hier, mit einer Zeugin. Rate mal, um wen es sich handelt?"

„Brigitte Bardot?"

„Hab selten eine dämlichere Antwort gehört, Schwarzenegger!"

„War doch bloß Spaß, Chef. Also, wer war es denn?"

„Sophie Böker. Die Tochter des ermordeten Kunstsammlers Ferdinand Böker. Sie wohnt übrigens in Hinterweiler."

„Das ist ein Ding. Wer nicht alles hier in der Eifel wohnt, was, Chef?"

Laubach hatte genug. „Weißt du was, Schwarzenegger? Durchleuchte mir doch mal alle männlichen Einwohner aus der Umgebung, die älter als fünfzehn sind. Vielleicht bringt das was."

Schwarzenegger trank noch einen Schluck Kaffee.

„Der Kerl glaubt tatsächlich, dass er ein perfektes Verbrechen begehen kann. Und was zeichnet ein perfektes Verbrechen aus?", fuhr Laubach fort.

„Dass der Täter nicht überführt werden kann", antwortete Schwarzenegger.

„Ausnahmsweise mal richtig. Und dabei geht er immer nach demselben Schema vor. Er hält sich für schlau und gerissen, arbeitet und plant sorgfältig. Und vor allem, er lässt sich viel Zeit mit der Ausführung seiner Taten."

„Sie glauben, er wird es wieder tun, Chef?"

„Ja, das glaube ich. Wenn nicht hier in der Eifel, dann irgendwo anders. Und das Frustrierendste daran ist, er hat bisher keinerlei Spuren hinterlassen, die uns irgendwie weiterbringen würden. Bis auf die Wahl des Tatortes gibt es eindeutige Parallelen zum Mordfall Böker."

Nachdenklich kaute Schwarzenegger auf den Resten seiner Frikadelle.

„Der Kerl ist arrogant und will uns zeigen, dass er der Bessere ist. Außerdem scheint er seine Bedürfnisse außergewöhnlich gut im Griff zu haben, was ihn noch unberechenbarer macht."

Laubach blickte seinen Kollegen erstaunt an.

„Mensch, Schwarzenegger, solch einen Geistesblitz bin ich von dir ja gar nicht gewöhnt, oder war da etwas drin, in der Frikadelle?"

Schwarzenegger zog eine Grimasse und stand auf. „Was wir brauchen, sind stichhaltige Indizien, Chef. Nur wissen wir nicht, ob und wann er wieder zuschlagen wird."

Laubach hörte ihm mit offenem Mund zu und Schwarzenegger setzte noch einen oben drauf.

„Was, wenn es doch eine direkte Verbindung zwischen den beiden Opfern gibt ...?"

„Du meinst zwischen Ferdinand Böker und dem Opfer von Schalkenmehren?"

„Könnte doch sein."

Das Telefon klingelte. Laubach erhob sich und beugte sich über seinen Schreibtisch.

„Ja ...? ... Ah, Fräulein Hübscher, was gibt's? ... Okay, legen Sie los. Ich notiere ..."

Schwarzenegger blickte ihn neugierig an.

„Wenigstens etwas, danke, Fräulein Hübscher."

Er ging zu den Fenstern und öffnete die Oberlichter.

„Wo waren wir stehen geblieben?"

„Bei den beiden Opfern, Chef."

„Ach so, ja. Also, der alte Böker war Kunstsammler, seine Tochter handelt mit Antiquitäten und unser Toter hier ... warte mal. Der Anruf von Fräulein Hübscher! Jemand hat sich auf den Zeitungsaufruf gemeldet und Angaben zu dem Toten gemacht. Demnach handelt es sich bei dem Opfer von Schalkenmehren um einen gewissen Hermann Schulte aus Prüm. Von Beruf ist er Professor für Ethnologie an der

Uni Trier mit dem Spezialgebiet: ‚Die frühen Kulturen Südamerikas'. Klingelt da etwas bei dir, Schwarzenegger?"

„Das ist ein echter Hammer, Chef!"

„Also, du weißt, was du zu tun hast?"

„Jawohl, Chef! Ich lasse alle männlichen Bewohner der Eifel sausen, befrage das Umfeld des Toten und sammele Indizien."

„Genauso ist es. Na, dann mal los! Je früher du damit anfängst, desto besser!"

Eifel – Hinterweiler
23:50 Uhr

Kurz vor Mitternacht ging Roger systematisch von Zimmer zu Zimmer, ohne richtig zu wissen, wonach er suchte. Er hatte den ganzen Abend auf einen Anruf von Sophie gewartet und gehofft, sie würde ihn bitten, sie irgendwo abzuholen. Doch der Anruf war nicht gekommen. Sie schien stattdessen ihre Streitigkeiten mit Felix überwunden zu haben und sich bestens zu amüsieren.

Roger verfluchte alle Frauen. Und noch etwas stand ihm jetzt glasklar vor den Augen. Er hatte Sophie viel zu nahe an sich heran gelassen.

Der gute Arthur lag schnarchend vor der Hintertür zum Garten und rührte sich nicht. Es gab absolut nichts Ungewöhnliches und wenn er die Fenster überprüft hatte, würde er in die Bibliothek gehen und weiter an seinem Roman schreiben. Später wollte er schlafen gehen, und zwar allein.

Er war gerade auf dem Flur, als er bemerkte, wie sich auf einmal der Knauf an der Haustür drehte. Rasch trat er einen Schritt zurück in den Schatten und wartete …

Die Tür öffnete sich leise. Zunächst sah er nur eine Silhouette, dann blendete ihn der Strahl einer Taschenlampe. Automatisch sprang er nach vorn und griff zu.

Heiner wirbelte erschrocken herum und fluchte.

„Mensch, haben Sie mich vielleicht erschreckt. Was treiben Sie denn hier im Stockfinsteren?"

Roger war von der Reaktion des Eindringlings so überrascht, dass er zunächst nicht wusste, was er sagen sollte. „Ich überprüfe die Schlösser", gab er leichthin zu verstehen und wartete ab, welche Geschichte ihm sein Gegenüber nun auftischen würde. Heiner stand lässig vor ihm und versuchte erst gar nicht, nach einer glaubhaften Erklärung zu suchen.

„Ich dachte, Sophie würde bereits schlafen und mit Ihnen habe ich weiß Gott nicht gerechnet. Es gibt da ein Problem mit dem Gemälde aus der Cuzcoschule und ich wollte …"

„Lass es einfach, Heiner! Komm, wir gehen in den Salon, da spricht es sich besser. Wieso hast du überhaupt einen Schlüssel?"

„Das äh … möchte ich lieber nicht sagen", entgegnete Heiner.

„Auch gut."

Roger ging an den Barschrank, goss jeweils einen Schluck Whiskey in zwei passende Gläser, reichte eines davon seinem späten Besucher und kippte seinen eigenen mit einem Zug hinunter.

„Ist mir auch schon fast egal, was ihr so untereinander ausbaldowert. Jedenfalls weiß ich von der Fälschung", erklärte er mit tonloser Stimme.

„Fälschung? Also, mal ehrlich …"

„Ich sagte bereits, lass es! Ich weiß es eben."

Die Farbe war aus Heiners Gesicht gewichen, während er sich hektisch umsah.

„Es ... es war ein Versehen", stotterte er vor sich hin und suchte verzweifelt nach einer Erklärung. „Sie müssen mir glauben, dass ich Sophie niemals in so etwas hineinziehen wollte. Dummerweise habe ich ihr das falsche Bild geliefert."

Er warf Roger einen flehenden Blick zu.

„Und den Fehler wolltest du jetzt ausbügeln? Mitten in der Nacht? Woher stammt das Gemälde eigentlich?"

„Es gibt da einen Kunstsammler in Köln, für den ich seit Jahren arbeite. Manchmal steckt er mir das ein oder andere ausgefallene Stück zu, das ich dann an Sophie weiterverkaufe. Natürlich erwartet er als Gegenleistung einen kleinen Gefallen von mir ..."

„Gefallen, soso. Welcher Art sind diese Gefallen genau?"

„Darüber darf ich nicht sprechen! Nur so viel, er bekommt seine Gemälde nicht immer auf legale Art und Weise."

„Du meinst, er stiehlt sie?" Roger konnte nicht glauben, was er da zu hören bekam. Heiner nickte vorsichtig.

„Aber das muss doch jemandem auffallen?"

„Eben nicht! Er lässt täuschend echte Kopien in Südamerika anfertigen. Hat dafür wohl einen Spezialisten an der Angel."

„Ich werde verrückt. Und die tauscht er dann gegen Originale aus. Das ist ja genauso wie in meinem neuen Roman."

Heiner fuhr sich nervös mit den Fingern durchs Haar, verschüttete die Hälfte seines Whiskeys und kippte den Rest hinunter.

„Er kannte natürlich die Familie Böker und wusste von Sophies Geschäft und ihrem untadeligen Ruf ..."

Der Whiskey schien ihn zu beruhigen. Er hatte seine Stimme wieder in der Gewalt. „Für ihn waren das ideale Bedingungen, und ich steckte mittlerweile schon viel zu tief in der Sache drin. Bitte, es ist auch das letzte Mal. Ich habe ihm bereits gesagt, dass ich nicht mehr weitermachen will, doch das Gemälde muss ich ihm noch zurückgeben und dann verlasse ich das Land …"

„Dies ist mit Sicherheit dein letztes Mal, aber zurückgegeben wird hier gar nichts mehr! Ich nehme das Gemälde an mich, bis Sophie zurück ist, und du gehst zur Polizei und stellst dich."

Heiner riss die Augen auf. „Dann kann ich mir gleich 'ne Kugel geben. Er hat mir immer angedroht, er würde mich kalt machen, falls ich nur ein Sterbenswörtchen über die Geschichte mit den Gemälden ausplaudere."

Roger blickte in sein angsterfülltes Gesicht. Heiners Atem kam jetzt in hektischen Stößen.

„Also gut", sagte er. „Aber nur Sophie zuliebe. Du kannst gehen und tun, was du für richtig hältst, aber das Gemälde bleibt hier!"

„Sie schuldet mir aber noch einen Batzen Geld."

„Es reicht wirklich, Heiner! Wenn du abhauen willst, rate ich dir, dich zu beeilen. Ich werde mit Sophie sprechen, und sie wird dann selbst entscheiden, was zu tun ist. Mir ist es ziemlich gleich, was ihr beiden geschäftlich ausgemacht habt, aber das, was du hier tust, ist ein großangelegter Betrug und dafür kannst du in den Knast wandern."

Mehr sagte er nicht, sondern wartete darauf, dass Heiner noch etwas erwidern würde. Tat er aber nicht, sondern schob sich ohne ein Wort zu sagen an ihm vorbei durch die Haustür. Roger wartete, bis er sie ins Schloss fallen hörte, dann goss er sich noch einen Whiskey ein. In diesem Fall gab es kein Wenn und Aber. Er musste unbedingt mit Sophie sprechen. Mittlerweile war es fast halb eins. So langsam dürfte sie wirklich nach Hause kommen.

27. KAPITEL

Polizeipräsidium Daun
Donnerstag, 16. Mai 2013
09:00 Uhr

Das zweimal wöchentlich stattfindende Treffen der Polizeibeamten vom Morddezernat gehörte zu den Pflichten, die Kommissar Laubach weniger gern erledigte. Mit der Zeit hatte er zu akzeptieren gelernt, dass jedes Meeting irgendwann auf einen Kompetenzkampf hinauslief, doch das hieß ja nicht, dass ihm dies gefallen musste. Der einzig positive Aspekt daran war heute, dass Stephanie von Kampen, die Polizeipsychologin, daran teilnahm, denn insgeheim hatte er darauf gehofft, sie zu sehen. Sie war eine gute Mitarbeiterin, ausgesprochen kollegial und professionell und ging auf die Belange ihrer Mitarbeiter ein. Dazu war sie auch noch ausgesprochen sexy. Daher rutschte er nervös auf seinem Stuhl hin und her und versuchte, sie nicht näher zu beachten. *„Konzentriere dich auf den Fall"*, sagte er sich. *„Er ist ungemein wichtig."*

Als er gerade dabei war, seinen Bericht zu den bisherigen Ergebnissen abzuliefern, klopfte es an die Tür des Konferenzzimmers. Fräulein Hübscher kam herein, mit einem Blatt Papier in der Hand.

„Das ist gerade hereingekommen, Chef“, sagte sie. Laubach zog seine Augenbrauen in gespielter Missfallensbekundung in die Höhe und bemerkte, wie Stephanie ihm ein kleines, mitfühlendes Lächeln schenkte.

„Ausgerechnet jetzt?“, sagte er und griff nach dem Blatt. „Was ist das überhaupt?“

„Die Zeugenaussage eines Anrufers, Chef. Der Mann will vergangene Nacht etwas Wichtiges beobachtet haben.“

„Und das hat nicht Zeit bis später?“

„Am besten, Sie lesen es selbst, Chef.“

Und genau das tat er auch. Der Anrufer hatte erzählt, er sei mitten in der Nacht aufgewacht und aufgestanden, weil er Durst verspürte. Dabei habe er aus dem Fenster geschaut und gesehen, dass bei seinem Nachbarn noch alles beleuchtet war.

„Welch ein Blödsinn“, grunzte Laubach in die Runde. „Da sieht jemand bei seinem Nachbarn zu später Stunde noch Licht und beobachtet, wie der ein paar Sachen in seinen Transporter lädt. Dann kippt ihm ein Müllbeutel um, unser Anrufer erkennt eine Harpune, sieht rot und vermutet direkt, dass sein Nachbar etwas im Schilde führt. Das ist wieder mal typisch Eifel.“

„Wird wohl deshalb sein, Chef. Sehen Sie sich das hier einmal an.“

Schwarzenegger war aufgesprungen und reichte Laubach die Tageszeitung. Mit dem Zeigefinger deutete er auf die Titelseite.

„Ist ja schon gut, Schwarzenegger. Ich schaue ja hin.“

Auf der Titelseite befand sich ein Artikel über den Mord am Schalkenmehrener Maar. Die Überschrift lautete: „Ist unsere Eifel noch sicher?“

Darunter stand in allen Einzelheiten, dass der Tote am Ufer des Vulkansees mit einer Harpune getötet und danach geköpft worden war.

„Scheiße, ich verstehe", brummte Laubach und gab seinem Kollegen die Zeitung zurück.

„Der Nachbar des Anrufers hat also bis gestern eine Harpune besessen ..." Laubach lachte kurz auf. „Wenn das nicht völlig absurd ist. Da glaubt doch wirklich jemand, sein Nachbar sei ein Mörder, nur weil er eine Harpune besessen hat. Habt ihr nichts Besseres?"

Jetzt meldete sich ein junger Polizist, der normalerweise beim Betrugsdezernat Dienst tat, aufgrund der Dringlichkeit des Mordfalles jedoch kurzerhand Laubachs Einheit zugeteilt worden war. Er hieß Freddy Pilcher.

„Vielleicht habe ich noch etwas, Herr Laubach. Das Betrugsdezernat hat seit Längerem einen raffinierten Kunstbetrüger im Visier. Ich möchte Ihnen die Einzelheiten ersparen, nur so viel: Es geht um perfekt gefälschte Gemälde, die dann gegen Originale ausgetauscht werden. Dabei sollen auch fragwürdige Objekte an Antiquitätengeschäfte verkauft worden sein."

„Ja und? Wir haben hier einen Mordfall, wenn ich Sie daran erinnern darf, Herr Pilcher!"

„Genau das meine ich ja. Ich habe mir die Akte zu dem Mordfall durchgelesen und bin auf einen Namen gestoßen, der auch bei uns im Betrugsdezernat im Zusammenhang mit den Fälschungen gefallen ist."

Laubach horchte auf. „Los weiter, nun sagen Sie schon. Um wen geht es denn?"

„Der Name lautet Sophie Böker."

Laubach sah ihn ungläubig an.

„Sie meinen wirklich meine Zeugin Sophie Böker, die Tochter des ermordeten Kunstsammlers Ferdinand Böker?"

„Ja, genau die meine ich, Herr Laubach. Allerdings scheint es weniger um sie direkt zu gehen, sondern um einen ihrer Mitarbeiter namens Bertram. Der Mann steht in dringendem Verdacht, zumindest an der Ausführung der Austauschaktionen beteiligt zu sein. Der eigentliche Drahtzieher muss irgendwo in Köln sitzen. Auch da besteht bereits ein berechtigter Verdacht."

Jetzt meldete sich Schwarzenegger zu Wort. „Na, das ist doch vielleicht was, Chef. Die unschuldige Sophie. Ist die nicht sogar eine Freundin von Roger Peters?"

„Genug jetzt, Schwarzenegger. Das hier ist doch kein Kaffeekränzchen! Also, Fräulein Hübscher, raus hier. Und Ihnen ganz herzlichen Dank für den Hinweis, Herr Pilcher. Ich glaube, ich werde der Dame gleich mal auf den Zahn fühlen. Hat sonst noch jemand etwas zu dem Thema beizutragen?"

Laubach blickte in die Runde, aber niemand sagte ein Wort.

„Also gut, dann machen wir Schluss für heute. Los, Schwarzenegger, wir fahren nach Hinterweiler."

Sophie hatte in weiter Ferne ein scharfes Klingeln registriert. Das war dann jedoch sofort abgebrochen. Dass Roger aufstand, frische Sachen für den Tag aus dem Kleiderschrank nahm und ins Bad huschte, bekam sie schon gar nicht mehr mit. Sie war wieder eingenickt. Ein zweites scharfes Klingeln riss sie genau um zehn Uhr aus einem unruhigen Schlaf. Diesmal brach es nicht ab. Ihr Wecker war das reinste Folterinstrument und zu allem Überfluss hatte sie das Ding auf der Fensterbank stehen lassen. So musste sie aufstehen, um das nervtötende Geräusch abzustellen. Dazu fühlte sie sich reichlich benommen. Kopfschmerzen von zu viel Wein hatte sie seltsamer Weise nicht, nur Durst. Der Abend war schön gewesen und sie hatte sich mit Felix so gut verstanden wie schon lange nicht mehr. Manchmal half tatsächlich eine kräftige Aussprache.

Im Salon war alles für sie vorbereitet. Die kleine Kaffeemaschine auf dem Sideboard verfügte über eine Zeitschaltuhr. Sie musste nur eine Tasse füllen und die Frischhaltefolie von ihrem Frühstücksteller ziehen. Roger hatte wirklich an alles gedacht: Vollkornbrot mit rohem Schinken, ein hartgekochtes Ei, zwei Gewürzgurken und frisch gepresster Orangensaft. Neben dem Teller lag ein Zettel, auf den er das wichtigste notiert hatte: Kommissar Laubach wollte nachher vorbeikommen und mit ihr sprechen. Roger selbst war nach Köttelbach gefahren und wollte auf dem Rückweg noch ins Einkaufscenter.

„Was mag bloß der Kommissar von mir wollen?", rätselte sie, ließ sich aber nicht aus der Ruhe bringen, sondern frühstückte gemütlich, trank zwei Tassen Kaffee, duschte ausgiebig und zog sich an. Sie befand sich gerade im Foyer ihres großen Hauses, als das Telefon läutete. Sie rechnete mit einem Anruf von Roger, der ihr mitteilte, wann er zurückkommen würde. Ein Blick auf das Display zeigte ihr allerdings, dass der Anruf aus Köln kam. Da sie ihre Nummer für alle Marketing-Firmen hatte sperren lassen, wusste sie nicht, wer sie aus Köln anrufen sollte.

„Hallo …?"

Schweigen beantwortete ihren Gruß. Sie probierte es erneut, diesmal nur ein bisschen lauter. „Hallo …?"

Es folgte ein Klicken, dann das gewohnte Tuten. Verärgert drückte sie die Aus-Taste und legte den schnurlosen Apparat auf den Tisch.

„*Aufgelegt*", sagte sie zu sich selbst und zuckte mit den Achseln. Kurz darauf klingelte die Türglocke und Kommissar Laubach stand mit einer seltsamen Type vor ihr. Er wirkte müde, und Sophie hätte schwören können, dass sein Haar heute wesentlich grauer aussah als bei ihrer letzten Begegnung.

„Guten Tag, Frau Böker", sagte er und hielt mitten in seiner Bewegung inne.

„Kommen Sie doch herein, Herr Laubach."

Es war offensichtlich, dass sein Besuch sie nicht überraschte. Ihr Blick wanderte zu seinem Begleiter, der gerade die Gläser seiner Sonnenbrille polierte.

„Was kann ich für Sie tun?"

„Das ist mein Kollege Schwarz … äh, Frau Böker. Wir müssen Ihnen ein paar Fragen zu einem Ihrer Angestellten stellen."

„Meine Angestellten? Sie meinen wohl meine Aushilfe, Marita. Hat sie etwas angestellt?"

„Ich meine einen gewissen Heiner Bertram."

Seine Miene wirkte angespannt, während er versuchte, irgendeine Reaktion auszumachen.

„Ach so, den Heiner meinen Sie. Der ist aber kein Angestellter. Man könnte ihn eher als Lieferanten bezeichnen. Manchmal taucht er bei mir auf und bringt mir irgendwelche Raritäten. Zugegeben, dabei handelt es sich meistens um sehr ausgefallene Stücke."

„Wie lange kennen Sie ihn schon?"

„So lange ich mein Geschäft besitze. Eines Tages kam er an, in durchlöcherten Jeans und mit völlig zerzaustem

Haar und bot mir einen goldenen Kero an. Wissen Sie, was das ist, Herr Kommissar?"

Laubach schüttelte den Kopf. Davon verstand er nichts.

„Ein Kero ist ein Opfergefäß der Inkas und der, den er mir brachte, war echt und aus purem Gold. Er sprach von meinem Vater und seiner Sammlung und fragte, ob ich solche Objekte ankaufen würde?"

„Und kaufen Sie?"

„Nun, zunächst war ich eher skeptisch und sehr vorsichtig. Ich habe nach der Herkunft gefragt, aber dazu wollte er mir keine Auskunft geben. Er hat nur gesagt, dass, falls Interesse bestünde, wir öfters ins Geschäft kommen könnten. Also habe ich mich mit meinem Vater beraten, und wir haben ihm den geforderten Betrag bezahlt."

„Worüber Sie natürlich nur ungern genauere Angaben machen möchten, nicht wahr, Frau Böker?"

„Das ist richtig. Jedenfalls stand er ein paar Tage später wieder bei mir auf der Matte und brachte mir eine Sammlung zeremonieller Opferinstrumente. Vater war völlig aus dem Häuschen. Er hat die Stücke angekauft und ihnen einen besonderen Platz in seiner Sammlung eingeräumt. Von da an kam Heiner regelmäßig und bot mir Antiquitäten an."

„Wussten Sie nicht, dass Herr Bertram gesessen hatte?", fragte Schwarzenegger dazwischen.

Sophie zuckte mit den Schultern.

„Über seine Vergangenheit ist mir nichts bekannt. Aber was ist eigentlich los? Hat er etwas verbrochen?"

„Sagen wir mal so. In den letzten Jahren haben sich in ganz Deutschland eine Flut von Kunstdiebstählen ereignet ..."

Der abrupte Themenwechsel verblüffte Sophie so sehr, dass ihr die Überraschung deutlich ins Gesicht geschrieben stand. Doch sofort brachte sie ihre Züge wieder unter Kontrolle, hob eine Augenbraue und schwieg.

„Schwere Diebstähle, überwiegend aus Museen und Privatsammlungen", fuhr Schwarzenegger fort. „Wir haben Grund zur Annahme, dass Herr Bertram darin verwickelt ist."

Er gab Sophie die Gelegenheit etwas zu erwidern, doch als sie weiter schwieg, erklärte er: „Angeblich wurde die gestohlene Ware eine Zeitlang zwischengelagert und dann an Antiquitätengeschäfte weiterverkauft. In diesem Fall sprechen wir von Hehlerei, Frau Böker!"

Sophies Gesicht erblasste. Immer noch sagte sie kein Wort.

„Allerdings gibt es da noch einige Ungereimtheiten", ergänzte Laubach, ohne seine Ungeduld zu verbergen. Dabei schüttelte er eine Zigarette aus seiner Packung.

„Uns liegen weder konkrete Beweise vor, noch ist die Identität des Auftraggebers eindeutig geklärt. Und dennoch ist die Angelegenheit nicht ohne …"

Zum ersten Mal seit Betreten des Hauses zeigte Laubach Anzeichen von Nervosität. Er zündete sich die Zigarette an, nahm zwei tiefe Züge und drückte sie dann wieder aus.

„Eines der Antiquitätengeschäfte, das angeblich in diese Machenschaften verwickelt sein soll, gehört nämlich Ihnen."

Sophies Augenbrauen hoben sich, doch die Augen darunter gaben keine Gefühlsregung preis.

„Mir?", fragte sie ungläubig.

„Ja, Ihnen! Natürlich gehen wir davon aus, dass Sie nichts davon wissen, aber selbst das Schild der Unkenntnis wird Sie nicht schützen können, sollte sich tatsächlich herausstellen, dass in Ihrem Geschäft illegale Machenschaften abgewickelt werden."

„Allerdings ..." Ein Lächeln zupfte an seinen Augenwinkeln. „Sollten Sie sich kooperativ zeigen, werden wir selbstverständlich von Ermittlungen gegen Ihre Person Abstand nehmen ..."

Jetzt war heraus, was die beiden Polizeibeamten von ihr wollten und diese Unterhaltung gefiel ihr immer weniger.

„Sagen Sie mir einfach, wie ich Ihnen helfen kann, Herr Kommissar."

Jetzt lächelte Laubach über sein ganzes Gesicht. Die Unsicherheit in ihrer Stimme behagte ihm ebenso wie ihre Direktheit.

„Nehmen Sie Einfluss auf ihn. Herr Bertram hört doch sicher auf Sie. Machen Sie ihm klar, dass er mit uns zusammenarbeiten muss und sagen Sie ihm, er soll sich stellen. Wir wollen den Mann im Hintergrund, verstehen Sie?"

Sophies Augen hatten sich während Laubachs lässig vorgebrachter Ausführung immer weiter verdunkelt.

„Also gut, ich werde mit ihm sprechen ...", begann sie. Diesmal war es Schwarzenegger, der sie unterbrach.

„Hören Sie gut zu, Frau Böker. Die Sache ist sehr ernst. Herr Bertram könnte in Gefahr sein."

Er merkte ihr an, wie sehr sie mit sich kämpfte. Schließlich nickte sie und gab ihm Heiners Telefonnummer und eine Adresse in Adenau.

„Na geht doch", sagte Schwarzenegger und nahm den Zettel entgegen. Nur flüchtig ermahnte ihn Laubach mit einem scharfen Blick.

Das Telefon läutete schon wieder. Sophie ging dran, weil die beiden Polizeibeamten bereits im Begriff waren zu gehen. Automatisch warf sie einen Blick auf das Display und wollte sich schon fragen, wen sie in Köln kannte, aber da hatte sie auch schon auf die Sprechtaste gedrückt.

„Hallo …?“

Nichts. Sie wiederholte das Ganze, rief aber diesmal lauter als zuvor: „Hallo?“

Danach legte sie auf.

„Komisch“, sagte sie zu den beiden Polizeibeamten, die sich noch einmal zu ihr umgedreht hatten und sie jetzt verwundert ansahen.

„Das ist heute schon das zweite Mal. Ich kenne niemanden in Köln. Beim ersten Mal wurde auch sofort aufgelegt.“

Als ob er ihre Aussage bestätigen wollte, kam Laubach auf sie zu und warf einen Blick auf das Display. „Vielleicht war es auch nur jemand mit einer dieser billigen Anrufkarten. Diese Anrufe werden oft über eine Großstadt wie Köln geleitet.“

„Wer es auch ist, die Person schmeißt in jedem Fall ihr Geld zum Fenster raus“, entgegnete Sophie und verabschiedete sich von den beiden Beamten. Der Tag fing ja prima an …

28. KAPITEL

Eifel – Hohe Acht
Donnerstag, 16. Mai 2013
18:00 Uhr

Der Mann trug eine in ein Leichentuch gehüllte Last durch den Tannenwald bis zur Spitze des Hangs hinauf. Er hatte diese Stelle vor langer Zeit sorgfältig ausgewählt, war über abgelegene Straßen gefahren, hatte etliche Wanderungen unternommen, bis er endlich den passenden Ort gefunden hatte.

Während er dahin schritt, umgab ihn eine fast schon gespenstige Stille. Das Gewicht in seinen Armen ließ ihn schwer atmen. Manchmal musste er absetzen und eine Pause einlegen. Die Zweige der Nadelbäume knackten im Wind. Er bewegte sich mit leisen, knirschenden Schritten auf dem Pfad entlang in Richtung Hohe Acht, bis er die Stelle fand, wo die Höhle war. Dort legte er seine Last ab und wickelte sie aus dem Leichentuch.

Heute hatte er sich noch nicht einmal die Mühe gemacht, sich zu rasieren und so fuhr seine Hand fast automatisch hinauf zu seinem Kinn, um über die Bartstoppeln zu streichen. Sein Opfer atmete noch, war aber unfähig, Gegenwehr zu leisten. Der Mann schmückte sich selbst mit einer seltsamen Krone aus exotischen Federn, griff ohne zu zögern in seine Jackentasche, entnahm ihr ein seltsames Schneidewerkzeug und schnitt seinem Opfer die Kehle durch. Dabei achtete er sorgsam darauf, dass der Kopf sauber vom Rumpf abgetrennt wurde, ehe er ihn in Richtung Osten drehte.

Als er fertig war, packte er seine Ritualien zusammen, verließ die Höhle und kletterte den Abhang hinunter, bis er den Pfad fand, auf dem er hergekommen war. Ein Trio schwarzer Vögel wurde von dem Geräusch aufgeschreckt und stieg, einer Vorsehung gleich, schnatternd in den Himmel auf. In den Wäldern der Eifel war es niemals ganz still, aber die Geräusche der Natur besaßen eine beruhigende Wirkung auf ihn. Das Gezwitscher der Vögel, das Rascheln kleinerer Tiere im Unterholz, das Knacken von Ästen und

Zweigen oder das der Wurzeln, auf die er mit seinen Schuhen trat. Mit diesen Geräuschen konnte er gut umgehen. Es war der Lärm der Stadt, dem er zu entkommen versuchte. Dann fuhr er in seinem Geländewagen davon und achtete akribisch darauf, dass die Anhöhe in seinem Rückspiegel endlich ganz verschwinden würde. Erleichtert näherte er sich der Bundesstraße 412, von der im Osten nahe Siebenbach die nach Adenau führende Landstraße 10 abzweigt, und war wieder ganz er selbst.

„Auftrag ausgeführt, Vater", sprach er zu sich selbst und trat kräftig auf das Gaspedal. *„Jetzt muss ich nur noch einen kurzen Anruf tätigen."*

Eifel – Hinterweiler
19:00 Uhr

Leise schwang die Haustür auf. *„Eigenartig, es ist viel zu still hier"*, dachte Sophie. Da war kein Mensch, der ihr die Tür öffnete, kein Hund, der auf sie zu stürmte. Nichts. Mit dem Fuß trat sie gegen die ehrwürdige Tür, deren Risse und Sprünge noch aus ihrer Vergangenheit stammten. Wie oft hatte sie die Geschichte des Vorbesitzers gehört, der diese Tür aus dem Südwesten Polens per Schiff nach Deutschland hatte bringen lassen, als er das Landhaus hier aufbauen ließ, erinnerte sie sich.

„Niemand da?", rief sie, als sie über den mit Parkettboden und Teppichen ausgelegten Boden der Eingangshalle schritt und dabei achtlos ihre dunkelgrünen Pumps abstreifte.

Tatsächlich war es totenstill im Haus. Das Echo der Türglocke war inzwischen verklungen. Niemand antwortete ihr, dabei sollte Roger schon längst zurück sein, während sie nur schnell in ihr Geschäft gefahren war, um dort nach dem Rechten zu sehen. Auf Strümpfen ging sie noch einmal nach draußen.

An ihrem dunkelgrünen Mini Cooper vorbei, den sie unachtsam schräg in der Auffahrt hatte stehen lassen, blickte sie über den gepflegten Rasen hinweg auf den üppigen Garten, der bis an das Nachbargrundstück grenzte. Weit und breit war keine Menschenseele zu sehen. Vorsichtshalber drückte sie heftig auf den Klingelknopf. Nichts rührte sich. Gedankenversunken zeichnete sie mit den Fingern die Kerben der alten Holztür nach und betrat das Haus. Im Flur standen antike Möbel und kleine Vitrinen mit ethnischen Objekten. Sie ging weiter, bis sie an das lebensgroße Porträt ihrer Großmutter kam, das den hinteren Teil des Flures schmückte.

„Du hast auch niemanden gesehen, oder?“

Sophie besaß das gleiche, volle Haar wie die besorgt dreinblickende Dame in dem hellgrünen Satinballkleid auf dem Bild. Nur von der Statur her schlug Sophie mehr nach ihrer Mutter. Immer noch auf Strümpfen, tappte sie jetzt leicht nach rechts, durchquerte den Salon und spähte in die Küche. Immer noch nichts …

Gelangweilt blätterte sie die Post durch. Rechnungen, Einladungen und ein Werbeprospekt. Neugierig nahm sie es in die Hand. Auf Hochglanzpapier war ein tropischer Strand abgebildet und übergroße Wörter versprachen ein Inselparadies. Sophie schlug den Prospekt auf und sah Fotos von einem rustikalen Hotel, von idyllischen Gärten, von farbigen Frauen, die exotische Drinks servierten und von jungen, sonnengebräunten Pärchen, die sich unentwegt anlächelten. *Buchen Sie zum Ortstarif,* stand in roten Lettern darüber geschrieben. Was wohl Roger dazu sagen würde?

Nicht gerade animiert legte sie den Prospekt wieder auf den Hocker, kehrte in den Flur zurück und rief etwas ins obere Stockwerk hinauf. Doch auch diesmal bekam sie keine Antwort. Trotzdem ging sie nach oben, durchstreifte die Bibliothek und sah Rogers braune Wildlederjacke neben einem Stapel von Papieren auf einem Hocker liegen.

„Also muss er hier irgendwo sein", dachte sie erleichtert. Dem war aber nicht so.

Roger fuhr in seinem grünen MG durch eine ebenfalls grüne Eifellandschaft, hörte Rock Oldies aus dem leiernden Kassettenrekorder, der kaum jüngeren Datums als sein Fahrzeug war und dachte über seine Beziehung zu Sophie nach. *„Ich bin schon viel zu lange in ihrem Haus, gefangen von Gefühlen, die mich nirgendwo hinführen. Was habe ich mir damit nur angetan? In Kürze wird meine Arbeit beendet sein und dann? Wie lange werde ich die Gedanken an das Danach noch hinauszögern können? Ich muss endlich wieder anfangen, mein Leben selbst in die Hand zu nehmen."* Mit diesem fest umrissenen Plan im Kopf fühlte er sich jetzt erheblich besser.

Als er durch Hinterweiler fuhr und sich ihrem Haus näherte, wehte ein scharfer Wind, der leise heulend durch die Bäume pfiff. Hinter einigen Fenstern brannte Licht. Im Salon und in ihrem Schlafzimmer. Doch dort erlosch es, noch während er auf das Fenster starrte. *„Vielleicht hat sie sich umgezogen",* dachte er und zog die Schultern hoch. *„Ich hätte gar nicht erst herkommen dürfen",* kam es ihm in den Sinn. Noch während er darüber nachdachte und aus dem kleinen Roadster stieg, flog die Haustür auf. Er hörte

Sophies unbeschwertes Lachen, sah sie durch die Tür stürmen und erwischte sie gerade noch, ehe sie ihn umarmte. Und in diesem Augenblick, nahm alles, was er zu vergessen versuchte, wieder Gestalt an: Die Erinnerung, wie sie duftete, wie sich ihre Haut anfühlte und wie ihre Lippen schmeckten.

Das Kleid, das sie trug, war von einem kräftigen Dunkelgrün, eng anliegend und tief ausgeschnitten. Es war seitlich an einer Hüfte gerafft und lief dann nach unten in einem langen Schlitz aus, der sich beim Gehen öffnete und schloss.

„Anfangs habe ich nur vermutet, dass du eine Hexe bist", murmelte er. „Aber jetzt bin ich mir sicher …"

Sophie nahm ihm die Einkaufstaschen ab und vollführte eine Pirouette. „Gefalle ich dir so?", fragte sie kess.

„Und ob", erwiderte Roger ohne zu zögern, nahm ihr die Einkaufstasche wieder ab, stellte sie auf den Boden und zog sie in die Arme. Seine Lippen suchten die ihren, zu einem langen, tiefen Kuss, der nach viel mehr verlangte. „Mir drängt sich gerade die Versuchung auf …", murmelte er heiser.

„Oh nein, mein Lieber." Sophie wehrte lächelnd ab und löste sich aus seiner Umarmung. „So billig kommst du mir nicht davon. Du wolltest mich mit einem feinen Essen überraschen und darauf bestehe ich jetzt, denn wenn ich es mir recht überlege, ist mein Leben, seit ich dich kenne, ein einziges Chaos und …"

„Hey, Moment mal. Ich kann doch gar nichts dafür!", entgegnete er mit gespielter Entrüstung.

„Aber sicher doch. Du bist ein Ärger-Magnet", sagte sie und schlenderte zur Tür. „Bevor du bei mir aufgetaucht bist, war mein Leben ruhig und friedlich."

Natürlich ging er ihr nach.

„Du hast wirklich eine seltene Gabe, die Dinge völlig auf den Kopf zu stellen."

Sie wollte gerade lachend etwas erwidern, als das Telefon läutete. Instinktiv griff sie, ohne erst auf das Display zu sehen, nach dem Hörer. *„Beim nächsten Mal holt dich Atahualpa"*, hörte Sophie ein bösartiges Flüstern, dann klickte es, und die Verbindung war getrennt.

Apathisch starrte sie das Telefon an. Hatte sie wirklich gehört, was sie gehört zu haben glaubte?

„Beim nächsten Mal holt dich Atahualpa? Was zum Teufel soll das bedeuten? Wer erlaubt sich da einen solch dämlichen Scherz mit mir? Oder war das als Drohung gemeint?"

Atahualpa, der letzte Inkakönig, war von den Spaniern ermordet worden. Gab es hier einen Zusammenhang zu ihrer Tätigkeit beziehungsweise zu der Sammlung ihres Vaters? Das würde die Geschehnisse in ein ganz anderes Licht führen. Eines, das ihr nicht so recht gefallen wollte.

Roger bemerkte Sophies verstörten Gesichtsausdruck und war sofort bei ihr.

„Jemand hat mich gerade angerufen", stammelte sie. „Ein Mann sagte: ‚Beim nächsten Mal holt dich Atahualpa.'"

„Wie bitte?", sagte er und sie hörte, wie etwas raschelte. Roger hatte eine Seite aus seinem Notizbuch gerissen.

„Sag das bitte noch einmal." Er kramte nach einem Stift, den er normalerweise immer bei sich trug.

„Er sagte, ‚Beim nächsten Mal holt dich Atahualpa'", wiederholte sie gehorsam.

„Hast du die Nummer auf dem Display erkannt?"

„Leider nein. Ich war so schnell am Telefon, dass ich nicht darauf geachtet habe, was es angezeigt hat."

Einen Moment fiel kein Wort. Dann fragte er: „Bist du sicher, dass der Anrufer genau das gesagt hat?"

Sophie dachte darüber nach und versuchte, die Worte noch einmal in ihrem Kopf zu hören.

„Er hat zwar nur geflüstert, aber genau so hat es sich angehört."

Komischerweise stellte Roger keine weiteren Fragen, äußerte sich auch nicht zu dem Anruf, sondern befahl ihr nur, den Anrufbeantworter einzuschalten.

Gott sei Dank kamen keine weiteren Anrufe, und Sophie begann sich einzureden, dass Scherze am Telefon schließlich nichts Neues waren.

29. KAPITEL

Eifel – Hinterweiler
Freitag, 17. Mai 2013
07:30 Uhr

Als früh morgens der Wecker läutete, versuchte Sophie ihn auszuschalten, bevor Roger wach wurde, hatte aber keinen Erfolg damit. Er begann stöhnend die Decke zurückzuwerfen, aber sie gab ihm einen Kuss auf die Wange und drückte ihn sanft in die Matratze zurück.

„Schlaf nur weiter", sagte sie. „Ich muss in den Laden."

Roger Peters brummte etwas vor sich hin, dass sie als Einverständnis annahm, wühlte sein Gesicht ins Kissen und war wieder eingeschlafen, bevor sie auch nur aus dem Bett klettern konnte. Sie hatte sich am Vorabend im Bad ausgezogen und zog sich auch dort wieder an. Anschließend nahm sie die Zahnbürste und Zahnpasta mit nach unten, wo sie sich nach dem Frühstück die Zähne putzen wollte. Schade, dass Marlies jetzt woanders arbeitete. Die gute Seele hätte bereits alles vorbereitet. Sophie blieben zwanzig Minuten, um zu frühstücken.

Danach putze sie sich ihre Zähne in der Gästetoilette, schnappte sich ihr grüne Strickjacke und verließ das Haus durch die Hintertür, die direkt zu ihrem Garten führte. Arthur sollte wenigstens auch noch ein paar Streicheleinheiten bekommen.

Der Morgen war relativ kühl, sodass sie die Strickjacke überzog und zuknöpfte. Leicht bibbernd eilte sie um das Haus herum und entriegelte den Mini mit Hilfe ihrer Fernbedienung. Dann stieg sie ein und fuhr los. Auf den Straßen war so gut wie kein Verkehr und irgendwie gefiel ihr die morgendliche Stille. Für die Strecke nach Bad Münstereifel benötigte sie nur 45 Minuten. Als sie auf den Stellplatz neben ihrem Laden einbog, leuchteten die mit Bewegungsmeldern gekoppelten Strahler auf. Diese neue Errungenschaft hatte sie erst kürzlich in Auftrag gegeben, nachdem Roger sie darauf hingewiesen hatte, wie dunkel es abends auf dem Parkplatz war. Diese Dunkelheit hatte sie vorher nie gestört und außerdem besaß sie eine kleine LED-Lampe an ihrem Schlüsselanhänger, mit der sie zumindest die Türschlösser beleuchten konnte und damit war sie bisher bestens ausgekommen.

Jetzt freute sie sich, weil Marita ihr erklärt hatte, sie würde sich sicherer fühlen, wenn sie wusste, dass nun die Lichter angehen würden, sobald sie den Parkplatz betrat, um in ihr Auto zu steigen.

„*Apropos Marita*“, dachte Sophie für einen Moment. „*Ich muss ihr noch beibringen, dass sie mich in den nächsten Tagen hier im Geschäft vertreten muss, wenn ich die Besichtigungstermine in Remscheid habe.*“ Sie schloss ihren Laden auf und ging durch die Räume, um überall die Beleuchtung einzuschalten. Eine halbe Stunde später erschien bereits der erste Kunde. Es war ein silberhaariger Herr, der sich für altes Porzellan interessierte.

Auch sonst war dieser Freitag ein anstrengender Tag für sie, da sie zusätzlich die halbe Monatsabrechnung erledigen musste. Sie fand kaum Zeit, einen Apfel zu essen, da sie auch noch zur Bank fahren und das Geld einzahlen wollte, welches eigentlich schon am Montag fällig gewesen wäre. Gegen Mittag jedoch bot sich ihr die Gelegenheit, schnell in die Stadt zu fahren und sich in der deutsch-französischen Bäckerei ein paar Backwaren zu kaufen. Diesmal war der Verkehr dichter als sonst, weil die Pendler durch die Stadt zogen und sich auf die anstehende Mittagspause freuten.

Sie wartete als letzte auf der Linksabbiegerspur in Richtung Apothekenmuseum, als sie etwas metallisch Graues in ihrem Rückspiegel aufblitzen sah. Automatisch blickte sie nach hinten. Ein dunkelgrauer Geländewagen saß quasi auf ihrer Stoßstange und das so dicht, dass sie die Marke nicht erkennen konnte. Der Fahrer trug eine Baseballkappe und Sonnenbrille. Er grinste unverschämt.

Sophie ließ den Mini Cooper so weit vorwärts rollen, dass sie das Markenemblem auf der Kühlerhaube erkennen konnte. Es war ein Mitsubishi. Augenblicklich setzte der Fahrer mit seinem Wagen nach und blieb noch dichter hinter ihr als vorher. Fast kam es ihr so vor, als würde er den kleinen Mini vor sich herschieben wollen. Ihr Magen verkrampfte sich, obwohl sie niemanden kannte, der ein solches Fahrzeug fuhr, oder gab es da jemanden in ihrem Bekanntenkreis …?

Sie ließ den Gedanken sofort wieder fallen, als sich die Autoschlange langsam in Bewegung setzte. Im Rückspiegel sah sie, dass der Fahrer des Geländewagens beide Hände am Lenkrad hatte, was so aussah, als würde er absichtlich so dicht auffahren. Mit einer Reflexbewegung gab sie Gas, bog rechts ab und danach gleich wieder rechts. *„Leide ich bereits an Verfolgungswahn"?* Das Ganze war extrem schräg.

Bevor sie wieder auf die Wertherstrasse fuhr, sah sie sich ausgiebig um und entdeckte gleich drei verschiedene Geländewagen. *„Wenn man darauf achtet, dann sind diese Dinger tatsächlich überall."* Diesmal schien sie keiner der Fahrer zu beachten, sodass sie sich wieder in den Verkehr einfädelte und geradewegs zurück zu ihrem Laden fuhr. Aber da …

Ein grauer Geländewagen parkte auf der anderen Straßenseite, schräg gegenüber von ihrem Kundenparkplatz. Auf dem Fahrersitz saß ein Mann und blickte unentwegt in den Außenspiegel. Sophie bemerkte, wie seine Sonnenbrille im Spiegelglas reflektierte und ihr sackte der Magen in die Knie.

Mit quietschenden Reifen fuhr sie auf ihren Parkplatz, hechtete aus dem Auto und rannte zu ihrem Laden, während sie gleichzeitig das Handy aus ihrer Handtasche zerrte und die Wahlwiederholungstaste drückte. Sie wollte gerade etwas in das kleine Gerät schreien, als der Geländewagen aus seiner Parklücke bog und ohne besonders zu beschleunigen davon tuckerte.

„Hallo", ertönte eine ihr wohlbekannte Stimme.

„Ich bin es - Roger, Sophie ... Hallo Sophie, was ist denn ...?“ Weiter kam er nicht, denn da redete sie wie ein Wasserfall auf ihn ein.

„Jemand verfolgt mich, Roger. Was soll ich bloß tun? Jemand in einem dunkelgrauen Geländewagen.“

„Hast du dir das Kennzeichen aufgeschrieben?“, fragte Roger, der sofort hellwach war.

„Nein. D...der Wagen ist gerade weggefahren. Aber er war die ganze Zeit hinter mir, ich schwöre es dir.“

Er ging erst gar nicht darauf ein.

„Wie meinst du das, er ist gerade weggefahren?“

„Nun, der Wagen parkte schräg gegenüber von meinem Laden und jetzt ist er gerade weggefahren.“

„Du meinst, die Person ist dir bis zu deinem Laden gefolgt?“

„Nein, ich bin mehrmals vorher abgebogen und habe ihn abgeschüttelt, aber als ich an meinem Geschäft ankam, stand der Geländewagen bereits auf der anderen Straßenseite.“

Sie hielt inne und begriff sofort, wie lächerlich das alles klingen musste, auch wenn die Stille am anderen Ende der Leitung das nicht laut und deutlich verkündigte.

„Er kennt mich und weiß, wo ich arbeite“, erklärte sie verblüfft.

Roger fragte: „Wer denn, Sophie? Hast du den Fahrer des Geländewagens erkannt?“

„Nun ja. Seine Baseballkappe und die Sonnenbrille waren alles, was ich sehen konnte. Das Fahrzeug hatte getönte Scheiben.“

Roger ließ eine Seufzer los und meinte dann ungeduldig: „Ich fürchte, es hat nicht viel Zweck, Kommissar Laubach zu informieren. Wenn du dir wenigstens das Kennzeichen gemerkt hättest."

„Beim nächsten Mal", antwortete sie höflich.

„Kommst du klar im Laden? Ansonsten würde ich zu dir kommen, aber ich habe hier noch alle Hände voll zu tun. Schließlich möchte ich ja auch mal irgendwann fertig werden. Pass einfach gut auf dich auf und ruf mich an, wenn etwas anliegt, hörst du?"

„Jawohl, Chef." Sie lachte zaghaft, dann legte sie auf.

18:00 Uhr

Roger schaffte es nicht, in den Laden zu kommen, bevor sie abschloss und er war auch nicht bei ihr zu Hause, als sie dort ankam. Sie hatte leichte Gewissensbisse, weil sie ihn mit dem fragwürdigen Vorfall belastet hatte und war irgendwie erleichtert, dass er nicht zu Hause war.

Sie schloss die Haustür auf, verriegelte sie dann hinter sich und fühlte sich trotzdem in ihren eigenen vier Wänden nicht mehr ganz sicher. Und das gefiel ihr wiederum ganz und gar nicht. Ihr Heim sollte eigentlich ein sicherer Ort sein, an dem sie sich entspannen und ruhig schlafen konnte.

Sie hatte gerade geduscht, als sie das Klappern der Tür hörte. Ihr Herz begann schneller zu schlagen. Roger war da! Eilig lief sie nach unten. Er war im Salon und trank einen Likör. Sein Jackett hing über einer Sessellehne, sein weißes Hemd war schlaff und zerknittert, da er es den ganzen Tag getragen hatte.

Ihr wurde ganz warm ums Herz, als sie ihn ansah.

Als er sie bemerkte, setzte er das Glas mit einem dumpfen Schlag auf den Tisch, kam auf sie zu, baute sich vor ihr auf und sagte: „Wie kann ich hier in Ruhe meine Arbeit tun, wenn du mir ständig mit neuen, hirnverbrannten Ideen kommst? Ich kann ja verstehen, dass die Verfolgung Spuren bei dir hinterlassen hat, aber nun siehst du wirklich Gespenster! Du darfst dich nicht so gehen lassen. Zuerst waren es merkwürdige Telefonstreiche und nun auch noch Verfolger in Geländewagen ... Wo soll das Ganze denn noch hinführen?"

Roger Peters hatte die Zähne zusammengebissen, was kein gutes Zeichen war. Automatisch wich sie einen Schritt zurück. *„Hirnverbrannt?"* Das alles war doch keine Einbildung. Jemand in einem grauen Geländewagen hatte sie tatsächlich verfolgt, auch wenn sie weder das Kennzeichen, noch einen konkreten Hinweis auf den Fahrer hatte. Es gab vieles, was sie hätte sagen sollen, aber sie konnte es einfach nicht. Stattdessen sagte sie: „Ich möchte, dass du heute Abend irgendwohin fährst. Ich muss einfach einmal alleine sein und nachdenken."

Eine peinliche, lange Minute sah es nicht so aus, als ob er gehen würde, dann jedoch drehte er sich um, griff nach seinem Jackett und eilte mit langen Schritten hinaus. „Du kannst den Mini nehmen", rief sie ihm noch nach, aber da war er schon durch die Tür verschwunden, schmetterte sie aber noch nicht einmal hinter sich zu.

Sophie brach nicht auf dem Boden zusammen und lief auch nicht heulend nach oben in ihr Schlafzimmer. Stattdessen schenkte sie sich einen Whiskey ein und trank das halbe Glas in einem Zug leer.

Irgendwann löste sie sich aus ihrer Erstarrung und ging wie in Zeitlupe von Tür zu Tür, um sich zu überzeugen, dass alle verschlossen waren.

Und sie waren es. Daraufhin löschte sie alle Lichter im Erdgeschoss und stieg dann mühsam die Treppe hinauf. Sie ging ins Bett, machte aber nicht das Licht aus, sondern blieb aufrecht in den Kissen sitzen und versuchte, ins Leere starrend ihre Gedanken zu ordnen.

Das Telefon läutete.

„Roger!“, war ihr erster Gedanke, doch warum sollte er sie gerade jetzt anrufen? Sie wartete ab.

Erst als es zum dritten Mal klingelte, griff sie zum Hörer, nicht um abzunehmen, sondern um sich die Nummer auf dem Display anzeigen zu lassen. Es war schon wieder dieser merkwürdige Anschluss aus Köln.

Genervt legte sie das Telefon aus der Hand, ohne das Gespräch angenommen zu haben. Nach dem vierten Läuten würde sich sowieso der Anrufbeantworter einschalten. Sekunden später läutete es wieder. Noch einmal Köln. Wieder ließ sie den Anrufbeantworter angehen, aber wieder erfolgte keine Nachricht.

Als dann der dritte Anruf folgte, wurde sie richtig sauer. Sie nahm den Hörer in die Hand und schrie hinein: „Lassen Sie mich gefälligst in Ruhe!“

Klick, wieder nichts. Einige Minuten später läutete es wieder. Und wieder stand die Nummer aus Köln auf dem Display. Sophie sah rot. Sie öffnete das Batteriefach und nahm die beiden Batterien aus dem Gehäuse. Nun war Ruhe und endlich würde sie wieder klar denken können.

Ein Punkt stimmte hier definitiv nicht. Sie hatte sich nichts eingebildet. Ein grauer Geländewagen hatte sich tatsächlich heute an ihre Stoßstange geheftet und war hinter ihr her gefahren. Und es war derselbe Wagen, der wenig später in der Nähe ihres Ladens geparkt hatte. Trotzdem ließ sie ihre Fantasie im Stich, wenn es darum ging, sich vorzustellen, warum jemand sie verfolgte.

30. KAPITEL

Eifel – Hinterweiler
Samstag, 18. Mai 2013

Sophie wachte auf, als Roger neben ihr ins Bett schlüpfte. Sie hatte ihm einen eigenen Schlüssel gegeben, damit er sie nicht aufwecken musste, wenn er ins Haus wollte, aber er weckte sie trotzdem auf, weil er sie an sich zog. Die roten Leuchtziffern des Weckers standen auf 1:05 Uhr.

„Lass uns den dummen Streit von gestern vergessen", sagte er mit einer Fahne, die nach Alkohol roch. Dabei zog er den Saum ihres Pyjamas nach oben, ließ seine Hand automatisch über sie hinweg wandern, umfasste ihre Brust und strich mit dem Daumen über ihre aufstehenden Warzen, bevor er die Hand zwischen ihren Beinen verschwinden ließ. Fast kam es ihr so vor, als müsse er sich vergewissern, ob noch alles vorhanden sei, auch wenn er keine Zeit fand, davon Gebrauch zu machen. Er seufzte laut und schlief neben ihr ein. Sie tat es ihm gleich.

Mit den ersten Sonnenstrahlen am Morgen war die Versuchung, sich einfach in seine Arme zu werfen und alles zu vergessen, fast übermächtig. Sophie wandte den Blick von seinen Augen ab, um den Kontakt zu brechen und dabei stach ihr das blinkende Rotlicht der Basisstation ihres Telefons ins Auge. Wie gewohnt reckte sie hinüber, um die Nachricht abzuhören. *„Atahualpa weiß, wann du alleine bist."*

Das Flüstern war kaum zu hören, aber es zerrte an ihren Nerven und sie sprang zurück, als hätte sich der Anrufbeantworter in eine Giftschlange verwandelt.

„Wer ist denn dran?", fragte Roger, der von seiner Position aus die Nachricht nicht hatte komplett verstehen können. Ein erster Impuls sagte ihr, ihm nichts zu verraten. Verletzter Stolz war so eine Sache für sich. Trotzdem deutete sie wortlos auf den Anrufbeantworter. Roger drückte auf die Abspieltaste und das Flüstern wiederholte sich.

„Atahualpa weiß, wann du alleine bist."

Seine Miene blieb fest und verschlossen. Das Display nannte Datum und Uhrzeit des Anrufes. Die Nachricht stammte von einem Anschluss aus Köln und war um Punkt 24 Uhr eingegangen.

„Wie lange geht das schon?", fragte Roger mit besorgter Stimme.

„Du weißt doch genau, wie lange das schon geht", antwortete sie kühl. „Seit du dich bereit erklärst hast, für mich zu arbeiten. Bitte rufe dir in Erinnerung, dass es sich um dieselbe Stimme handelt, die ‚Atahualpa wird dich holen' in mein Telefon geflüstert hat. Zu jenem Zeitpunkt hast du allerdings noch an einen schlechten Scherz geglaubt."

Roger nickte und tippte eine Nummer in die Tastatur des Telefons.

„Frau Hübscher?"

„Fräulein bitte!"

„Also gut, Fräulein Hübscher. Hier spricht Roger Peters. Ist Kommissar Laubach bereits in seinem Büro? ..."

„Ja, er ist gerade gekommen. Einen Moment, ich verbinde ..."

„... ist gut, ich warte." Mit dem freien Arm drückte er Sophie fest an seine Seite.

„Laubach, Morddezernat ..."

„Hallo Herr Kommissar. Ich bin's, Roger. Wie es scheint, haben wir hier ein Problem. Jemand ruft andauernd bei Sophie an, legt danach auf oder flüstert wirres Zeug. Möglicherweise wird sie sogar von dieser Person verfolgt."

Er verstummte und sah sie an.

„Verfolgt", seufzte sie, denn bei dieser Vorstellung verließ sie ihr ganzer Mut.

„Ja, die haben wir. Auf dem Anrufbeantworter", hörte sie Roger sagen.

„Es handelt sich um ein digitales Gerät. Also gut, ich bringe es vorbei."

Er legte auf, zog den Telefonstecker ab und wickelte das Kabel um den Apparat. Dann beugte er sich über sie, drückte beide Hände auf die Armlehnen, womit er sie gefangen hielt. Sein Blick war hart und funkelnd, als er sagte: „Sophie, du wirst mir jetzt genau zuhören! Ich bedauere mein Verhalten dir gegenüber, okay? Du bist keineswegs paranoid. Ich hätte besser auf dich hören sollen. Es besteht immerhin die Möglichkeit, dass dich der Verrückte überwacht. Woher hätte er sonst wissen sollen, dass du gestern Abend alleine warst? Dennoch stellen diese merkwürdigen Anrufe höchstens eine Belästigung dar, und ich bezweifle stark, dass Kommissar Laubach daraufhin aktiv wird. Trotzdem bringe ich ihm gleich den Apparat vorbei, vielleicht können seine Techniker etwas mit der Aufnahme anfangen. In der Zwischenzeit benutzt du bitte nur dein Handy, und falls jemand an der Tür läutet, öffnest du auf keinen Fall, verstanden?"

„Kein Problem", maulte Sophie. Sie war eingeschnappt, weil sie nur eine Belästigte sein sollte. „Ich bin sowieso gleich außer Haus. Ich muss nach Remscheid und bin wahrscheinlich erst spät am Abend zurück."

„Wieso denn nach Remscheid?"

„Weil sich für heute Interessenten angesagt haben, die sich die Villa anschauen möchten."

„Dafür hast du doch eine Maklerin!"

„Ja, aber ich möchte gern dabei sein und die Leute persönlich kennenlernen. Schließlich geht es um mein Elternhaus."

„Ah, ich verstehe. Und was ist mit deinem Geschäft? Bleibt das heute geschlossen?"

„Nein, Marita vertritt mich. Sie weiß Bescheid und hilft mir gerne aus. Wahrscheinlich ist es eh besser, wenn du alleine nach Daun fährst. Schließlich ist Kommissar Laubach ein alter Freund von dir."

„Wenn du meinst", sagte er. Sein Einverständnis ließ sie vermuten, dass ihm der gleiche Gedanke gekommen war.

31. Kapitel

Eifel – Adenau
Samstag, 18. Mai 2013
09:00 Uhr

Das Apartment von Heiner Bertram befand sich im Souterrain eines Dreifamilienhauses, das schon einige Jahre auf dem Buckel hatte. Wilde Sträucher streckten ihre Zweige aus, um die nachbarlichen Hecken zu berühren. Rainer Siggismund warf noch einmal einen prüfenden Blick auf den Zettel mit der Adresse, die ihm Kommissar Laubach gegeben hatte. Die Adresse stimmte, er hatte sich nicht geirrt. Es war allerdings niemand zu sehen. Der Fußweg vor dem Haus bröckelte an manchen Stellen ab und der Rasen sah so aus, als müsste er dringend einmal gemäht werden. Auch der Putz musste dringend erneuert werden und einer der großen Fensterläden hing schief und fiel fast aus seiner Verankerung. Zwei leere Steinkrüge, die wohl einmal irgendwelche Pflanzen beherbergt hatten, flankierten die Haustür.

Siggismund wartete einen Moment. Als niemand kam, benutzte er den Türklopfer aus Eisen. Nichts rührte sich. Auch auf dem Parkstreifen stand kein Fahrzeug. Im zweiten Stockwerk öffnete sich ein Fenster und das Gesicht einer älteren Frau zeigte sich im Fensterrahmen. Sie blickte kurz auf Siggismund herab und sagte: „Es tut mir leid, aber ich kaufe nichts von Hausierern. Bitte versuchen Sie es woanders."

Siggismund schluckte. „Ich bin von der Polizei, gnädige Frau. Vielleicht können Sie mir behilflich sein? Dürfte ich wohl für einen Moment hereinkommen?"

„Polizei?", wiederholte die Frau erschrocken.

„So ist es. Es geht um Herrn Bertram. Der wohnt doch hier, nicht wahr?"

„J...ja sicher. Hat er etwas angestellt?"

„Nun ja. Das wissen wir noch nicht so genau. Könnten wir ...?"

„Selbstverständlich! Ich komme sofort runter und öffne Ihnen die Tür."

Kaum eine Minute später war sie bei ihm. Klein, rundlich und misstrauisch, wirkte sie wie eine Zwergin, als sie vor ihm stand. Sie deutete ihm an, er möge ihr folgen und Siggismund folgte ihr. Dabei sah er sich unauffällig um. Ihre Wohnung war gemütlich eingerichtet und trug eine eindeutig weibliche Handschrift.

„Geht es auch dort? Ich bin nämlich im Augenblick mit der Zubereitung des Frühstücks beschäftigt", sagte sie und deutete auf die Küche, die sie vom Flur aus sehen konnte. Siggismund war einverstanden und folgte ihr dorthin. Es sah so aus, als gäbe es zum Frühstück eine in der Pfanne aufgewärmte Speise vom Vortag mit Brot. Sie griff nach dem Messer und schnitt Scheiben von einem Laib Brot ab.

„Sie wohnen schon lange hier, Frau …?"

„Hirschfeld ist mein Name. Das kann man wohl sagen. Fast schon mein ganzes Leben. Das Haus hat meinen Eltern gehört, aber ich bewohne nur die mittlere Wohnung. Die anderen habe ich vermietet. An Studenten oder Einzelpersonen, die sich keine teure Miete leisten können."

Siggismund räusperte sich.

„Sie haben von dem Mord am Schalkenmehrener Maar gehört?"

Die alte Frau hielt in ihrer Bewegung inne. Angst schlich sich in ihren Blick. „Ja, natürlich! Sind Sie etwa deswegen …?"

„Eher indirekt. Aber ich habe Grund zu der Annahme, dass ihr Untermieter in einen großangelegten Kunstbetrug verwickelt ist und möglicherweise sogar selbst in Gefahr sein könnte."

Frau Hirschfeld rutschte das Messer aus der Hand. Es landete scheppernd auf dem Fußboden. Wortlos ging sie zur

Küchentür, öffnete sie und spähte hinaus. Wollte sie sich vergewissern, ob jemand auf dem Korridor stand und lauschte?

„Kunstbetrug? Wie kommen Sie denn auf den Gedanken?“ Sie wandte sich wieder ihrem Besucher zu.

Siggismund überging die Frage mit einer Gegenfrage: „Ist Ihnen in der letzten Zeit irgendetwas Ungewöhnliches aufgefallen? Sonderbare Freunde, unbekannte Fahrzeuge oder nächtliche Machenschaften?“

„Nein, da war nichts desgleichen.“

„Bitte denken Sie noch einmal gründlich nach, Frau Hirschfeld. Irgendein Gesicht vielleicht, das Sie schon anderswo gesehen haben? Oder ein Gefühl, von jemandem beobachtet zu werden?“

„Entschuldigen Sie bitte, Herr Kommissar, aber ich muss mich erst einmal hinsetzen.“

Sie zog einen Hocker hervor und ließ sich darauf nieder. „Nein, ich glaube nicht“, antwortete sie schließlich. „Ich kann mich an niemanden erinnern.“

„Sind Sie vielleicht von jemandem angesprochen worden?“

„Na ja. Da war mal jemand, der hat sich nach Heiners Transporter erkundigt. Wollte ihn wohl für einen Umzug mieten oder so etwas. Ich kann mich nicht mehr genau daran erinnern. Sagen Sie mir doch bitte, wieso Sie glauben, Heiner könnte in dunkle Machenschaften verwickelt sein? Er ist doch so ein guter Junge!“

„Leider darf ich Ihnen keine Einzelheiten zu laufenden Ermittlungen nennen, Frau Hirschfeld. Nur so viel: Wir gehen davon aus, dass auf sein Konto bereits mehrere Kunstdiebstähle gehen und dass es Hintermänner geben muss. Hatte Herr Bertram öfters in Köln zu tun?“

„Ja, das stimmt. Daran kann ich mich erinnern. Und dass es meistens dann sehr spät geworden ist, bis er heimkam."

„Alle Achtung, Frau Hirschfeld. Sie sind eine gute Beobachterin. Was ist Ihnen noch aufgefallen?"

Frau Hirschfeld presste nachdenklich ihre Lippen zusammen.

„Heiner ist seit einigen Tagen nicht nach Hause gekommen und seinen Transporter habe ich auch nirgendwo gesehen. Ich dachte, er wäre bei irgendeinem Mädchen."

„Hat er denn eine Freundin?"

„Das weiß ich leider nicht so genau, Herr Kommissar."

„Ich verstehe. Aber bitte seien Sie von jetzt an besonders wachsam. Ich schicke nachher einen Techniker vorbei. Der kann sich dann seine Wohnung ansehen. Sie besitzen doch sicher einen Zweitschlüssel, nicht wahr, Frau Hirschfeld?"

Sie nickte und zwinkerte ein paar Mal. Es sah beinahe so aus, als kämpfe sie gegen Tränen an.

„Entschuldigen Sie, aber ..."

„Ist schon gut, Frau Hirschfeld. Wenn Ihnen noch etwas einfällt, dann rufen Sie mich bitte im Polizeipräsidium an. Am besten, Sie notieren sich gleich die Telefonnummer."

„Das werde ich sofort tun. Wie, sagten Sie, war noch gleich Ihr Name, Herr Kommissar?"

„Am besten, Sie fragen nach Kommissar Laubach."

Frau Hirschfeld begleitete ihn zur Tür. Auch wenn es draußen noch nicht dunkel war, sie schaltete trotzdem die Außenbeleuchtung ein.

Plötzlich blieb Siggismund stehen und drehte sich noch einmal zu ihr um.

„Frau Hirschfeld, äh ... mir ist da gerade noch etwas eingefallen. Wie haben Sie Ihren Untermieter eigentlich kennengelernt?“

„Warten Sie mal, Herr Kommissar. Das war auf einer Gartenparty, anlässlich einer Kunstausstellung. Eine Freundin von mir verkehrt in diesen Kreisen.“

„Erinnern Sie sich zufällig noch an den Namen des Gastgebers?“

„Blöker oder Bröker. Nein, jetzt hab ich's: Böker. Irgend so ein bekannter Kunstsammler im Bergischen Land. Ich verstehe ja nicht viel von Kunst, Herr Kommissar. Aber es war ein sehr unterhaltsamer Nachmittag. Und all die feinen Leute, die auf der Party waren. So etwas bekommt unsereins ansonsten ja überhaupt nicht zu sehen.“

Siggismund fiel die Kinnlade runter. „Wahrscheinlich nicht. I...ich danke Ihnen für das Gespräch. Möglicherweise werde ich doch noch einmal mit einem Kollegen vorbeikommen.“

Erst jetzt bemerkte sie den irritierten Gesichtsausdruck in seinem Blick. „Kein Problem. Und wenn Sie vorher anrufen, dann habe ich auch Kaffee und Kuchen im Haus.“

„Na, da wird sich mein Chef aber freuen. Auf Wiedersehen, Frau Hirschfeld.“

„Auf Wiedersehen, Herr Laubach.“

Trotz des unguten Gefühls, etwas übersehen zu haben, musste Siggismund grinsen. Die Alte hatte ihn doch glatt für den großen Kommissar Laubach gehalten. Sei's drum. Endlich bekam er die Ehre, die ihm eigentlich zustand. Der richtige Kommissar würde vielleicht Augen machen, wenn sie anrief. Falls sie es tat?

Er stieg in den blauen Dienstpassat und machte sich auf den Weg nach Daun ins Polizeipräsidium. Er war kaum losgefahren, als ihm ein grauer Geländewagen hinter sich auffiel.

„Solch eine Karre könnte sich die Bereitschaft auch mal anschaffen", dachte er und behielt das Fahrzeug im Auge, das stets einen gleichbleibenden Abstand zu ihm wahrte. Siggismund wurde langsamer, damit der andere überholen konnte, doch der verringerte ebenfalls sein Tempo. Kurz vor Pützborn sprang die Ampel auf Gelb, aber anstatt abzubremsen, gab Siggismund in letzter Sekunde Gas und überquerte die Kreuzung, unmittelbar bevor das rote Licht aufleuchtete.

Im Rückspiegel sah er, dass er seinen möglichen Verfolger dazu gezwungen hatte, an der Ampel stehen zu bleiben. Er bog an der nächsten Ecke ab, kurvte durch kleine Seitenstraßen bis zur Gerolsteinerstraße in Richtung Innenstadt und erst, als er niemand mehr hinter sich entdeckte, fuhr er weiter auf die B 257 und über die Berlinerstraße zum Polizeipräsidium. Dort übergab er den Passat an die Fahrbereitschaft und ging hinauf in sein Büro. Kommissar Laubach war ausgeflogen. Siggismund ging zum Fenster und blickte in den frühen Abend hinaus.

„Da bist du ja endlich, Schwarzenegger! Ich fürchte, es wird leider ein langer Samstag werden heute. Wir haben wieder eine Leiche rein bekommen", brummte ihn eine ihm wohlbekannte Stimme an. Siggismund zuckte zusammen und wollte sich gerade umdrehen, als er den Wagen sah, der langsam an dem rechteckigen Gebäudekomplex vorbei fuhr. Es war ein grauer Geländewagen, vom Modell her identisch mit dem, der ihn die ganze Zeit verfolgt hatte.

32. Kapitel

Daun
Samstag, 18. Mai 2013
11:00 Uhr

Es war immer ein Problem, auf dem Gelände der Polizei in Daun einen Parkplatz zu finden. „*Warum zum Teufel haben sie hier kein Parkhaus gebaut*“, fragte sich Roger, während er zum vierten Mal um den Block kurvte. Schon wollte er seinen MG im Halteverbot abstellen, als ein Mann mit einem Dutzend Akten unterm Arm auf einen kleinen roten Polo zuging, die Dokumente auf den Beifahrersitz legte und dann den Platz freigab. Roger grüßte freundlich, manövrierte den kleinen Sportwagen in die Parklücke, griff nach dem Telefon auf dem Beifahrersitz, stieg aus und ging hinüber zum Hauptportal des Polizeipräsidiums.

Als er Sekunden später durch das Gebäude trat, traf er auf zahlreiche, uniformierte Beamte, die sich angeregt über einen Mordfall unterhielten. Roger blieb kurz stehen und lauschte. Dabei tat er so, als begutachtete er die Fotos, die an der Pinnwand hingen.

„Schon wieder eine Leiche“, hörte er einen der Beamten sagen.

„Hab ich auch gehört. Und diesmal draußen an der hohen Acht. Der Alte springt im Sechseck. Möchte nicht in seiner Haut stecken …“

Roger hatte genug gehört. Anscheinend hatte es wieder einen Toten gegeben. Und er wollte Laubach mit diesem scheiß Telefon belästigen. Genau darüber dachte er nach, während er die Treppen zum zweiten Stock hinaufging.

Oben angekommen, betrat er zunächst das Büro von Fräulein Hübscher. Laubachs Sekretärin war gerade mit ihrer Handtasche beschäftigt.

„Ich müsste mal mit Kommissar Laubach sprechen", sagte Roger und versuchte, eine möglichst unschuldige Mimik aufzusetzen. Die unscheinbare Frau blickte von ihrer Handtasche auf, in der sie krampfhaft versuchte, einige Dinge zu verstauen.

„Sehr schlechter Zeitpunkt, Herr Peters. Der Kommissar befindet sich zurzeit außer Haus und hat außerdem eine Menge zu tun. Hier ist der Teufel los, wenn Sie verstehen, was ich meine. Am besten lassen Sie sich einen Termin geben."

Sie wandte ihre Aufmerksamkeit wieder ihrer riesigen Handtasche zu, in der sie jetzt versuchte, eine Essensbox unterzubringen.

„Hören Sie! Ich muss aber mit jemandem sprechen. Es geht um anonyme Anrufe."

Fräulein Hübscher hob den Kopf und stieß einen Seufzer aus, als ob sie daran gewöhnt sei, dass man sie ständig belästigen wollte.

„Sie bekommen anonyme Anrufe, Herr Peters?"

„Nein. Nicht ich, sondern Frau Böker."

„Ach so, ich verstehe. Also schön, dann werde ich mal hören, ob ich jemanden erreichen kann. Nehmen Sie bitte Platz." Dabei deutete Sie auf einen vergilbten Stuhl, der in der Nähe des Empfangsbereiches stand. Roger hockte sich auf die Kante des unbequemen Holzstuhls und beobachtete, wie Laubachs Sekretärin mit gespielter Anstrengung nach dem Telefon griff, den Hörer an ihr Ohr presste und ihm dann demonstrativ den Rücken zukehrte. Minuten später drehte sie sich wieder zu ihm hin, schüttelte den Kopf und legte auf.

„Es tut mir wirklich leid, Herr Peters. Im Moment ist niemand im Haus. Selbst Herr Siggismund ist unterwegs."

„Ist es wegen der Leiche bei der Hohen Acht?" Roger ließ die Frage betont gleichgültig klingen, aber Fräulein Hübscher verdrehte die Augen.

„Sie wissen bereits davon?"

„Natürlich! Die ganze Stadt spricht bereits darüber."

„Na ja, dann kann ich es Ihnen ja bestätigen. Man hat tatsächlich oben im Naturschutzgebiet einen weiteren Toten gefunden."

„Wieder der Ritualmörder?"

„Sieht ganz danach aus. Kann ich noch etwas für Sie tun?"

„Äh ja, das hier!" Er legte Sophies Telefon auf ihre Ablage. „Bitte geben Sie das dem Kommissar, wenn er wieder zurück ist. Mit einem schönen Gruß von mir. Er weiß Bescheid."

Fräulein Hübscher blickte ihn ungläubig an. In ihrem Büro herrschte eine unheilvolle Stille, als Roger ohne ein weiteres Wort zu sagen den Raum verließ. Diesmal fuhr er mit dem Aufzug nach unten. Im Erdgeschoss standen noch immer Polizisten zusammen und tuschelten. Roger ging nach draußen. Der Himmel über dem Polizeipräsidium war pechschwarz. In Kürze würde es ein heftiges Gewitter geben. Die fröhlichen, bunten Neonschilder der Geschäfte kamen ihm wie ein Hohn vor. Er versuchte nicht daran zu denken, dass Kloppe Laubach irgendwo dort draußen steckte und einen weiteren geköpften Leichnam begutachtete.

Eifel – Hohe Acht
11:40 Uhr

Laubach stellte seinen Wagen neben Försters Kombi auf dem kleinen Waldparkplatz ab. Um Platz für die Einsatzfahrzeuge zu schaffen, hatten seine Leute bereits die Zufahrtsstraße zu dem Naturschutzgebiet Hohe Acht großräumig absperren lassen. Wenn es ein Waldstück in der Eifel gab, in dem man Leichen fand, dann war es dieses hier.

Als er Siggismunds Dienstfahrzeug die Serpentinen hinauffahren sah, stieg er aus seinem Mercedes, hielt noch einen Becher Kaffee zum Mitnehmen in der Hand und fand sich inmitten eines lauen Frühlingstages wieder. Vor kurzem war hier noch ein kräftiger Platzregen heruntergegangen, aber jetzt schien die Sonne auf die beiden Polizisten herab und ließ das Thermometer in die Höhe schnellen. Der Klimawandel brachte sogar zu dieser Jahreszeit bereits sommerähnliche Temperaturen in die nicht gerade sonnenverwöhnte Eifel.

Siggismund parkte den Passat neben Laubachs altem Mercedes, griff nach seinen Zigaretten und gesellte sich zu Laubach.

„Wäre doch ein herrlicher Tag für ein Picknick, nicht wahr, Chef?"

Laubach sah ihn einfach nur an, ohne ein Wort zu sagen.

„Ich meine, so richtig zum Grillen und Biertrinken", meinte Siggismund weiter.

Jetzt warf ihm Laubach einen strengen Blick zu.

„Das hier ist leider kein Wunschkonzert, Schwarzenegger. Also, wollen mal sehen, was es diesmal gibt."

Er ging ohne ein weiteres Wort zu sagen auf die Absperrung zu und trug sich beim ersten uniformierten Polizisten, den er auf dem abgesperrten Gelände erwischte, in die Liste der Anwesenden ein. Siggismund stand noch immer in unmittelbarer Nähe zu den abgestellten Fahrzeugen und rauchte eine seiner fürchterlichen Zigaretten. Laubach gab ihm einen Wink. Diesmal beeilte er sich und tat es seinem Chef gleich.

Tatorte im Freien waren immer problematisch für die Spurensuche. Die Witterung konnte wichtige Spuren unbrauchbar machen und den Verwesungsprozess beeinflussen. Dazu gab es Tiere, die sich je nach Spezies schon mal an einer Leiche zu schaffen machten.

„Siehst gar nicht gut aus, Kurt", begrüßte ihn Förster, sein Techniker.

„Vielen Dank für die Blumen, Gerd", erwiderte Laubach zerknirscht. „Muss wohl an dem Job liegen. Er ist einfach grässlich. Wie soll man dabei seinen Schönheitsschlaf bekommen?"

Er war ziemlich überrascht, dass sein Gegenüber daraufhin amüsiert lächelte.

„Wo du Recht hast, hast du Recht."

Laubach ignorierte seine Bemerkung. „Und?", fragte er seinen Techniker.

„Unser spezieller Freund hat wieder zugeschlagen. Bei dem Toten handelt es sich um einen gewissen Heiner Bertram. So steht es zumindest in seinem Führerschein. Seine Leiche liegt oben bei den Höhlen. Stell dir vor, er hatte sogar noch seine Geldbörse bei sich."

Laubachs Gesicht wurde blass und blässer. „Scheiße", sagte er. Mehr nicht.

Stattdessen meldete sich Siggismund zu Wort. „Und, ist noch Geld drin?“, fragte er.

„Ja, aber der Betrag ist nicht der Rede wert“, antwortete Förster. *Also konnten sie Raub ausschließen.*

„Sonst noch etwas?“

„Ja. Sieht so aus, als hätte er noch gelebt, als er hierher gebracht wurde und dann wieder diese gezielten Schnitte und ... Am besten, ihr schaut ihn euch selber an.“

Der Weg zum oberen Teil des Hangs führte durch leicht erhöhte Baumreihen, die aus dichten Tannen und dürrem Gestrüpp bestanden. Kleine Zweige und trockene Blätter knackten unter ihren Füßen. Laubach und Siggismund kletterten die Schräge hinter den Bäumen bis zu der Höhle hinauf. Ein uniformierter Polizist stand Wache und grüßte die beiden mit einer kurzen Geste. Ein Blick auf das Opfer genügte Laubach, um Försters Aussagen bestätigt zu wissen.

Der verrückte Ritualmörder hatte tatsächlich wieder zugeschlagen. Er musste schlucken, um nicht von seinen aufkeimenden Schuldgefühlen überwältigt zu werden. Schuldgefühle, weil er den Mistkerl nicht nur immer noch nicht gefasst, sondern ihm die Gelegenheit gegeben hatte, weiter zu morden. Aber auch an diesem Tatort hatten seine Techniker keine Indizien gefunden. Es war vielmehr der Neugierde eines Terriers zu verdanken, dass der Kadaver überhaupt entdeckt worden war. Er hatte die kleine Höhle genauer unter die Lupe nehmen wollen und mit anhaltendem Gebell seinen Besitzer alarmiert. Ansonsten wäre der Tote wahrscheinlich monatelang unbemerkt dort liegen geblieben und langsam verwest. Der Mörder schien sich seiner Sache ziemlich sicher gewesen zu sein, hatte er sich doch noch nicht einmal die Mühe gemacht, ein Grab zu schaufeln oder den Kadaver zu verstecken.

Und trotzdem glaubte Laubach, den Täter zu kennen. Wenigstens vom Profil her. Nicht umsonst hatte er sich in den vergangenen Wochen mehr als eingehend mit dem Kerl beschäftigt. Er war klug und vorsichtig. Er plante seine Taten bis ins kleinste Detail und rühmte sich mit der Tatsache, dass er seine Verbrechen ganz ohne Gefühlsregung begehen konnte. Er schien seine Opfer zu beobachten, machte sich mit ihren Tagesabläufen vertraut und wartete dann den günstigsten Moment ab, um zuzuschlagen. Wann genau der Tod eingetreten war, würde nachher der Pathologe bestimmen können. Laubach ließ seinen Blick über die toten Körperteile gleiten und schüttelte sich. Der Kopf lag sauber abgetrennt neben dem Rumpf des Toten und blickte nach Osten.

„Ist ja schauderhaft", sagte er und machte anschließend Platz, damit die anderen ihre Arbeit fortsetzen konnten. Er kannte Heiner Bertram von den Fotos in seinen Akten. Ein Mann von stattlicher Größe, Ende dreißig, helle Hautfarbe, Augen und Haare braun. Wenn er Schwarzenegger doch bloß ein wenig früher losgeschickt hätte. Vielleicht wäre das hier noch zu verhindern gewesen.

Nach einer weiteren halben Stunde verließ er frustriert den Tatort. Es war eigenartig, von hier wegzugehen, ohne die Nachbarschaft befragen zu können oder nach möglichen Zeugen Ausschau halten zu müssen. Außer dem Spaziergänger und seinem Hund war hier keine Menschenseele vorbei gekommen.

33. Kapitel

Bad Münstereifel
Montag, 20. Mai 2013
09:00 Uhr

Sophies Antiquitätengeschäft hatte zwar geöffnet, war aber zurzeit noch ohne Kundschaft. Eine Frau, die Franky Schmitz für die Eigentümerin hielt und nicht persönlich kannte, hockte auf einem antiken Lehnstuhl hinter dem Ladentisch und blätterte in einem Stapel von Kassenbelegen herum.

Sie trug ein rot-weißes Sommerkleid, das um einiges zu eng für ihre Leibesfülle war. Dazu riesige, vergoldete Armreifen, passende Ohrringe und eine Brille mit vergoldetem Gestell. Sie erinnerte ihn irgendwie an eine auf jugendlich getrimmte, reife Dame, die sich die Kleider ihrer heranwachsenden Tochter angezogen hatte.

„Guten Tag." Ihre Stimme klang leise und melodiös und wollte so gar nicht zu ihrem Erscheinungsbild passen. Scheinbar mühelos erhob sie sich von ihrer Sitzgelegenheit und kam mit einem freundlichen Lächeln hinter dem Ladentisch hervor. Die Enden eines rosafarbenen Bandes, welches sie sich um ihr Haar gebunden hatte, folgten ihr wie eine Fahne im Wind.

„Ich heiße Marita. Herzlich Willkommen. Wünschen Sie, etwas Bestimmtes zu sehen?"

„Nun, eigentlich wollte ich gerne mit Frau Böker sprechen."

„Oh, das tut mir aber leid. Frau Böker ist leider unpässlich, aber vielleicht kann ich Ihnen weiterhelfen?"

„Nun ja, da ich schon mal hier bin. Es geht um dieses Gemälde …“ Franky hielt ihr ein Foto hin, das er mitgebracht hatte. „Hier, deswegen bin ich hergekommen.“

Marita zuckte zurück. „Also, dieses Bild befindet sich nicht hier im Laden. Die Chefin muss es mit nach Hause genommen haben. Darf ich Ihnen vielleicht etwas anderes zeigen?“ Nervös spielte sie mit ihrer Brille.

„Verdammt“, entfiel es Franky. „Äh … nein danke. Ich interessiere mich ausschließlich für …“ Er war sich gar nicht sicher, ob er ihr erklären wollte, warum er ausgerechnet dieses Gemälde sehen wollte.

„Mögen Sie vielleicht einen Kaffee?“, fragte Marita etwas unsicher. „Ich habe gerade frischen aufgesetzt, Herr …?“

„Gromberg ist mein Name. Heinz Gromberg.“

„Sie kommen nicht zufällig aus Köln?“

Jetzt war es an ihm, überrascht dreinzuschauen.

„In der Tat. Woher wissen Sie …?“

Doch Marita hob die Hand. „Warten Sie bitte einen Moment, ich bin gleich wieder da.“

Sie verschwand hinter einem dunklen Vorhang und Franky hörte ein Poltern und ein Murmeln. Kurz darauf kehrte sie wieder zurück und strich sich mit einer Hand über das Haar, obwohl ihre Frisur ganz und gar nicht den Eindruck machte, als habe sich auch nur ein Härchen von der Stelle gerührt. Ihre andere Hand trug einen Becher mit Kaffee sowie eine Broschüre.

„Bitte sehr!“

Sie stellte ihrem Besucher den Kaffeebecher auf den Ladentisch und wedelte mit dem kleinen Heftchen vor seinem Gesicht herum. „Sehen Sie nur. Das stammt von einer Ausstellung, die schon zwei Jahre zurückliegt.“

Franky erinnerte sich daran. Damals war ein Teil seiner Sammlung zusammen mit Bildern rheinischer Künstler in einer Galerie in der Kölner Altstadt ausgestellt worden. „Sie sehen heute anders aus und Ihr Name … warten Sie mal … damals hießen Sie Schmitz. Frank Schmitz. Jetzt erinnere ich mich genau. Im Allgemeinen habe ich ein gutes Gedächtnis, wenn es um Namen und Gesichter geht", meinte Marita und verglich sein wirkliches Äußeres mit dem kleinen Foto auf der Rückseite der Broschüre. Franky spürte, wie er leicht errötete.

„Na ja, Fotos …", sagte er skeptisch, doch Marita schüttelte nur den Kopf.

„Nein, nein. Sie sehen heute viel jünger aus."

Ihr Besucher lächelte vorsichtig. „Vielen Dank. Ab sofort bin ich Ihr Fan und das mit dem Namen müssen Sie entschuldigen. Ich meine, wenn ich als Einkäufer unterwegs bin und die Leute meinen wirklichen Namen hören, dann erhöhen sie sofort die Preise."

Wieder winkte Marita ab.

„Ach was, mir müssen Sie doch nichts erklären. War wirklich eine tolle Ausstellung damals in Köln. Ihre Sammlung gefiel mir sehr."

„Vielen Dank, das ist sehr freundlich von Ihnen."

Als Antwort klemmte sich Marita die Broschüre unter den Arm und fragte: „Also, wenn Sie in den nächsten Tagen noch einmal vorbeischauen würden, dann könnten Sie sich das Gemälde sicher ansehen. Ich werde Frau Böker von Ihrem Besuch erzählen. Oder besser noch, rufen Sie sie doch einfach an. Hier ist ihre Karte." Franky nahm die Visitenkarte entgegen, obwohl er Sophies Nummer kannte. Nun fiel es ihm auch leichter, Marita die ganze

Sache zu erklären. Er erzählte ihr eine Geschichte von wegen, dass er solch ein Gemälde schon ewig gesucht habe und es ausgezeichnet in seine Sammlung passen würde. Schließlich fragte er gezielt: „Woher bezieht Frau Böker eigentlich ihre Antiquitäten?“ Marita gab bereitwillig Auskunft: „Manches kauft sie als Konvolut bei Haushaltsauflösungen oder von Auktionshäusern. Einige Objekte werden uns auch direkt zum Kauf angeboten. Wir haben natürlich unsere Lieferanten, die uns regelmäßig mit ausgefallenen Stücken beliefern … Sie verstehen?“

„Aber selbstverständlich. Und das Gemälde befindet sich zu Hause bei Ihrer Chefin?“

„Ja, aber Sie dürfen bestimmt einen Blick darauf werfen, wenn Sie ihr sagen, dass Sie ein bekannter Kunstliebhaber sind.“

„Äh … ja, eine solche Bitte würde mir Frau Böker sicher nicht abschlagen.“

Er bedankte sich für Kaffee und Auskunft und war im Begriff, das Geschäft zu verlassen. Marita folgte ihm und fragte: „Wird Ihre Sammlung wieder einmal ausgestellt?“

Franky dachte an die „Art-Cologne“.

„Möglicherweise anlässlich der Kunstmesse“, sagte er.

„Oh, das wäre ja wundervoll.“ Überraschend laut klatschte Marita in die Hände.

„Kennen Sie zufällig einen jungen Mann namens Heiner Bertram?“, fragte Franky fast beiläufig.

„Natürlich, warum fragen Sie?“

„Einfach so. Hat mal eine Zeitlang für mich gearbeitet.“

Marita lächelte. „Wie klein die Welt doch ist, was für ein Zufall. Heiner arbeitet auch manchmal für uns.“

„Kennen Sie ihn gut?“

„Nein, nicht wirklich. Der Wareneinkauf ist ausschließlich Sache von Frau Böker. Warum interessiert Sie das?"

„Einfach nur so. Hat mich wirklich sehr gefreut, Sie kennenzulernen, Marita."

„Das Vergnügen ist ganz auf meiner Seite. Hoffentlich beehren Sie uns bald wieder."

„Worauf du dich verlassen kannst, du dumme Gans", dachte Franky, verbeugte sich freundlich und ging.

34. KAPITEL

Eifel – Hinterweiler
Montag, 20. Mai 2013
09:15 Uhr

Als Roger Peters am Morgen erwachte, bemerkte er, dass Sophie immer noch nicht nach Hause gekommen war. Für einen Augenblick nur, in der Übergangsphase zwischen Schlafen und Wachen, schien es ihm so, als wären die letzten Tage spurlos an ihm vorbeigegangen und als gäbe es nichts Dringenderes, als mit der Hand das Kopfkissen glattzustreichen. Doch langsam zerplatzte dieser traumähnliche Zustand wie eine Seifenblase. Er setzte sich mit klopfendem Herzen hin und blickte auf den Wecker. Sophie war vor mehr als 36 Stunden nach Remscheid gefahren. Unwohlsein stieg in ihm auf, als er wie benebelt ins Bad taumelte.

Das Gesicht, das ihm aus dem Spiegel entgegenblickte, war blass und fast nicht wiederzuerkennen. Tiefe, dunkle Schatten hatten sich unter seinen Augen gebildet. Er ging die Treppe hinunter in die Küche und kochte Kaffee, ganz so, als handele es sich um einen ganz normalen Tag.

Als der Kaffee fertig war, schenkte er sich ein und trank.

Mehr bekam er nicht hinunter. *„Verdammt, ich hätte sie nicht einfach gehen lassen sollen."*

In Gedanken versunken stand er auf, wanderte durch das Haus, fühlte sich nutzlos und ging aus reiner Verzweiflung in die Bibliothek. Es war ihm jedoch unmöglich, sich auf seine Arbeit zu konzentrieren, ohne an Sophie zu denken. Also flüchtete er auf den Flur und wollte gerade zurück in die Küche gehen, als er ein Geräusch an der Haustür vernahm. Für einen Augenblick glaubte er, sie sei zurückgekommen. Da war ein Schatten hinter dem Seitenfenster zu erkennen. Er riss die Tür auf, aber es war nur der Postbote, der sich bereits wieder vom Haus entfernte und zum Nachbargrundstück hinüber lief. Strähnen seines blonden Haars flatterten im Wind. Er hatte sich die Kapuze der blau-gelben Uniform über den Kopf gezogen, denn es sah nach Regen aus.

Die Enttäuschung hinterließ einen seltsamen Geschmack in seinem Mund. Er blieb auf der Türschwelle stehen und beobachtete mit starrem Blick, wie der Mann seinen Weg fortsetzte und die Post verteilte. Ein gelber Umschlag, der zwischen Rechnungen und Werbeprospekten steckte, riss ihn schließlich aus seinen Gedanken. Roger nahm ihn an sich und begutachtete ihn. Auf dem Umschlag stand weder ein Absender noch eine Empfängeradresse, jedoch war er zusätzlich mit einem Klebestreifen versehen worden. Neugierig schlitzte er ihn auf. Im Inneren des Umschlages fand er ein zusammengefaltetes Blatt und eine Plastikschatulle. Zuerst zog er das Blatt heraus und knickte es auseinander. Mitten auf der Seite stand ein kurzer Text.

„Kommen Sie mit dem Ölgemälde am Montagabend um 22 Uhr in Ihr Geschäft. Und keine Polizei, wenn Ihnen Ihr Leben etwas wert ist."

Das war alles. Roger grübelte kurz über das Schreiben nach und nahm sich dann die Plastikschatulle vor. Sie ließ sich leicht öffnen. Eine aufwendig verzierte Armbanduhr glitt heraus und wäre fast auf den Boden gefallen, wenn Roger nicht so blitzschnell reagiert und sie aufgefangen hätte. Nachdenklich betrachtete er die Uhr. Auf der Rückseite erkannte er eine Punze: 0750. Die Uhr war aus massivem Gold und er hatte das Gefühl, sie irgendwo schon einmal gesehen zu haben. Es dauerte eine Weile, bis er sich erinnerte. „*Die Fotos …!*" Die Uhr hatte Sophies Vater gehört.

Polizeirevier Daun
11:10 Uhr

Kommissar Laubach saß an seinem Schreibtisch und betrachtete seine Notizen. Er hatte es sich zur Gewohnheit gemacht, sämtliche Informationen auf Klebezetteln zu notieren. Sie waren für ihn wie die Teile eines Puzzles.

Ihm gegenüber hing Rainer Siggismund zusammengesunken auf einem Stuhl. Beide hatten gerade eine langwierige Besprechung mit den anderen Kollegen hinter sich gebracht. Mehr als eine Stunde lang hatten sie über ihre Fortschritte, beziehungsweise deren Ausbleiben, sowie über den jüngsten Mordfall diskutiert. Jetzt nahm er den Klebezettel, auf dem Heiner Bertram geschrieben stand, und zerknüllte ihn.

Heiner war nicht mehr länger im Rennen. Vor einiger Zeit hatte es interne Untersuchungen über ihn gegeben, nachdem Zusammenhänge von Kunstdiebstählen und seiner Gemäldesammlung aufgetaucht waren, aber man hatte ihm nie etwas nachweisen können. Schließlich waren die Ermittlungen eingestellt worden und nun kam das hier: *Heiner Bertram war auf grausamste Weise ermordet worden.* Nahm man den Mord an dem Kunstsammler Ferdinand Böker in Remscheid dazu, so waren es jetzt bereits drei Morde, die auf das Konto des Ritualmörders gingen. Doch wo war die Verbindung? Der kleine, rote Faden, der durch all diese Mordfälle ging und der sie vielleicht endlich auf die Spur des Täters bringen würde?

Laubach wusste, dass alle drei irgendwie mit Antiquitäten und alten Kulturen zu tun hatten. Aber diese Spur war verdammt dünn.

„Ist Ihnen eigentlich aufgefallen, Jefe, dass der Ritualmörder niemals eine Trophäe seines Opfers an sich nimmt?", unterbrach Siggismund die Stille und versuchte seinen Chef dadurch aufzuheitern, indem er ihn „Jefe" nannte, obwohl er wusste, dass Laubach die spanische Bezeichnung für Chef eigentlich gar nicht leiden konnte.

Aber diesmal ging Laubach erst gar nicht darauf ein, sondern machte sich weitere Notizen auf seinen berüchtigten Klebezetteln.

„... und damit überhaupt nicht zum Profil des typischen Serienmörders passt", fügte er nachdenklich hinzu. *„Er muss etwas mit den alten Objekten zu tun haben."*

Nach einer Weile gelang es ihm, diesen Gedanken zu verdrängen. Stattdessen sah er sich auch die anderen Fotos an und verglich sie mit den Aufnahmen des jüngsten Opfers. Das Telefon klingelte und er nahm gedankenverloren den Hörer ab, ohne den Blick von den Fotos zu nehmen.

„Kloppe?"

„Roger, du störst! Womit kann ich dir behilflich sein? Will die Böker ihr Telefon zurückhaben?"

„Da sagst du was, Kloppe. Wenn ich nur wüsste, wo sie steckt. Ich habe seit Samstag nichts mehr von ihr gehört und nach Hause gekommen ist sie auch nicht."

„Sie ist aber doch bereits erwachsen oder etwa nicht, Roger? Wird sich irgendwo ein schönes Wochenende gemacht haben."

„In Remscheid? Außerdem ist heute mit der Post so ein seltsamer Umschlag gekommen."

Laubach atmete tief durch.

„Was denn noch, Roger?"

„Darin befand sich ein Brief und eine Uhr."

„Mein Gott, Roger! Lass dir doch nicht alles aus der Nase ziehen."

„Also gut. Der Brief ist eine Drohung und die Uhr gehörte Sophies Vater."

„Was sagst du da? Sofort her damit!"

„Kein Problem, Herr Kommissar. Ich bin schon unterwegs." Roger grinste frech und legte auf.

35. KAPITEL

Polizeipräsidium Daun
Montag, 20. Mai 2013
11:45 Uhr

Roger Peters schaffte den Weg zum Polizeipräsidium in Daun in einer Rekordzeit. Dabei missachtete er sämtliche Stoppschilder sowie rote Ampeln und jagte den MG in den unteren Gängen hoch. Trotzdem kam es ihm noch zu langsam vor. Der Moment, seit er den Umschlag gefunden hatte, kam ihm vor wie eine Ewigkeit.

Er musste sich tatsächlich konzentrieren, um den kleinen Wagen einzuparken, wobei er im Rückspiegel einen Blick auf sich selbst erhaschte, sich in dem Typen mit dem gehetzten Blick jedoch kaum wiedererkannte. Etwas zu grob riss er den Zündschlüssel aus dem Schloss und spurtete mit dem Umschlag in der Hand die Stufen zum Polizeirevier hinauf. Ein älterer, diensthabender Polizist in Uniform zog die Augenbrauen in die Höhe, als Roger wie vom Blitz getroffen an ihm vorbeisauste.

„Nun mal schön langsam, junger Mann. Wo soll es denn so hingehen?"

„Ich muss dringend mit Kommissar Laubach sprechen, er erwartet mich schon."

„Halt, einen Moment mal. Sie können doch hier nicht einfach ...", weiter kam er nicht, denn Roger war schon bei der Treppe und hechtete hinauf in den zweiten Stock. Fräulein Hübscher telefonierte. Ihre rauen Finger spielten mit den Tasten des Telefons. Roger setzte sich wie beim ersten Mal auf den Holzstuhl, hielt es dann aber nicht mehr aus und begann stattdessen, in dem Raum auf und ab zu laufen. Laubachs Sekretärin beobachtete ihn mit verstohlenem Blick und trank zwischendurch immer wieder einen Schluck aus einer Flasche Cola Light, die sie neben dem Apparat stehen hatte. Als sie ihr Gespräch beendet hatte, trat sie mit einem gespielten Lächeln auf den Lippen auf ihn zu.

„Sie schon wieder?", fragte sie.

„Kommissar Laubach erwartet mich. Ich muss dringend zu ihm."

Das wirkte. Auf einmal änderte sie ihr Verhalten. „Äh ... ist in Ordnung, Herr Peters. Gehen Sie doch gleich durch. Herr Laubach erwartet Sie bereits."

„Na, warum denn nicht gleich so", dachte Roger und verschwand im Büro seines Freundes. Der nickte ihm zu und bat ihn, sich zu setzten. Ohne Umschweife schob ihm Roger den Umschlag und die Schatulle hin.

„Das hier war vorhin in der Post", sagte er. Laubach benutzte einen Kugelschreiber, um das Blatt Papier auf den Tisch zu drücken. So musste er es nicht berühren. Schweigend las er die Nachricht.

Roger wurde langsam ungeduldig.

„Irgendetwas stimmt hier nicht, Kloppe. Ich habe immer noch nichts von Sophie gehört."

Laubachs Gesicht war ausdruckslos. Er zog die Uhr mit der Spitze des Kugelschreibers zu sich herüber.

„Und die gehört wirklich dem verstorbenen Ferdinand Böker?", fragte er.

„Einhundert Prozent positiv, Kloppe. Ich habe die Uhr auf Sophies Fotos gesehen. Sie gehört ihrem Vater. Daran gibt es keinen Zweifel."

Laubach sah ihn an und betrachtete dann wieder die Uhr. Seine Langsamkeit brachte Roger fast um den Verstand.

„Das ist doch alles reine Zeitverschwendung", murrte er. „Willst du nicht endlich etwas unternehmen?"

„Wann genau hast du den Umschlag erhalten?"

„Das habe ich dir doch schon alles erklärt. Der Umschlag ist heute mit der Post gekommen."

Laubach erhob sich von seinem Tisch. „Bitte warte noch einen Moment. Ich muss mich erst mit meinem Kollegen in Remscheid besprechen."

„Aber … Kloppe! Uns läuft die Zeit davon. Sophie ist immer noch nicht nach Hause gekommen. Was, wenn der Ritualmörder sie geschnappt hat?"

Durch die offene Tür hörte er, wie Laubach etwas zu seiner Sekretärin sagte, konnte aber den genauen Wortverlauf nicht richtig verstehen.

„… und geben Sie das Foto des toten Bertram an alle Einheiten weiter", verstand er dann doch und stutzte. Eine Hand ging automatisch zu seinem Mund, als er spürte, wie ihm übel wurde.

Sie hatten Fotos von Heiner Bertram! Das konnte nur bedeuten, dass Sophies Lieferant nicht mehr am Leben war. Vielleicht befand sich Sophie dann doch nicht in der Gewalt des Ritualmörders. Aber wo zum Teufel war sie dann?

Roger stöhnte und presste sich eine Faust gegen den Brustkorb. *„Diese verdammte Ungewissheit bringt mich noch um meinen Verstand."* Und es war seine Schuld! Warum hatte er sie auch alleine nach Remscheid fahren lassen. Aber trotzdem durfte er nicht gleich in Panik verfallen. Damit würde er Sophie am wenigsten helfen. Außerdem hatte der Verfasser der Nachricht eine klare Bedingung gestellt. Er wollte das Gemälde aus der Cuzcoschule. Somit konnte er schlecht der Ritualmörder sein, oder hingen beide irgendwie miteinander zusammen?

Jetzt wurde die Tür aufgestoßen und Laubach kam zurück in sein Büro. Er ging zu seinem Schreibtisch, stützte sich auf den selbigen und sah seinen Freund an.

„Jetzt hat es auch noch den Bertram erwischt. Eine verdammte Schweinerei ist das, wenn du mich fragst."

„Wo genau habt ihr ihn denn gefunden?", wollte Roger wissen.

„Im Naturpark Hohe Acht. In einer Höhle."

„War es genauso wie bei den anderen Morden?"

Laubach nickte vorsichtig. „Dir ist schon klar, dass ich eigentlich nicht darüber sprechen darf?"

„Es geht um Sophie, Kloppe."

„Das ist doch noch gar nicht raus."

„Was du nicht sagst. Zuerst wurde Sophies Vater ermordet und jetzt Heiner Bertram, der noch kürzlich bei ihr im Haus war. Zähl einfach mal eins und eins zusammen!"

„Was hast du da gerade gesagt? Heiner Bertram war bei Sophie Böker?"

„Nein, bei mir. Aber in ihrem Haus! Und er hat mich nach dem gleichen Ölgemälde gefragt, dass jetzt auch in dem seltsamen Schreiben eine Rolle spielt."

„Das werden wir gleich haben", sagte Laubach, während er sich dünne Latexhandschuhe anzog, die Nachricht an einer Ecke anfasste und sie in eine Plastiktüte gleiten ließ. Die goldene Uhr verschwand in einer zweiten Tüte.

„Die muss sofort zu meinem Kollegen Mäurer nach Remscheid", erklärte er.

„Den Transport kann ich gerne für dich übernehmen, Kloppe. Ich wollte sowieso nach Remscheid fahren und nachsehen, wo Sophie bleibt."

Laubach nickte zwar, aber Roger war sich nicht sicher, ob es als Zustimmung gemeint war oder ob er damit nur anzeigen wollte, dass er sein Angebot zur Kenntnis genommen hatte.

„Was ist nun, gibst du mir Rückendeckung für heute Abend?", fragte er daher.

„Du meinst das konspirative Treffen zu nächtlicher Stunde in Sophies Laden?"

„Ist doch eine prima Gelegenheit, den Typen hopszunehmen. Ich stelle ihm eine Falle und du schnappst ihn dir."

„Wenn's denn sein muss, Roger?"

„Ja, es muss sein!"

„Dann bin ich um zehn in Bad Münstereifel."
„Ich verlass mich drauf, Kloppe, bis später."
Er stand auf und ging, sah aber noch genau, wie Laubach dem Stuhl, auf dem er gesessen hatte, einen Tritt verpasste.

36. KAPITEL

Bad Münstereifel
Montag, 20. Mai 2013
22:00 Uhr

Roger brauchte nicht lange, um das Schloss an der Ladentür zu knacken. Wenn Sophie wieder zurück war, würde er als erstes dafür sorgen, dass sie sich anständige Schlösser einbauen ließ. *„Es grenzt wahrlich an ein Wunder, dass man ihr bisher noch nicht den Laden ausgeräumt hat"*, überlegte er, während er durch den Verkaufsraum ins Hinterzimmer ging. Dort warf er seine Jacke über einen Stuhl. Im Dunkeln tastete er sich durch den kleinen Flur in den angrenzenden Raum, der gleichzeitig als Lager und Büro fungierte. Auf zwei wuchtigen Holzböcken lag der restaurierte Rahmen, der zu dem Gemälde aus der Cuzcoschule gehörte. Daneben befanden sich ordentlich gestapelte Päckchen mit Rechnungen und Lieferscheinen.

Er knipste eine der kleinen Tiffanylampen an. Im Lichtkreis der Lampe entdeckte er eine Notiz in fetten Großbuchstaben: FUTTER FÜR ARTHUR KAUFEN. Grinsend schüttelte er seinen Kopf. Sophies Auffassung von Organisation war wirklich eine Klasse für sich. Er wandte sich ab und trat vor den Aktenschrank, der hinter dem Schreibtisch in einer Ecke stand. Dort wollte er gerade die oberste Schublade öffnen, als er hörte, wie ein Auto vor dem Laden hielt. Mit der einen Hand knipste er das Licht aus, mit der anderen griff er nach einer Eisenstange, die neben dem Aktenschrank stand und Sophie wahrscheinlich dabei behilflich war, die Rollos aufzuklappen.

Das Fahrzeug der Fahrbereitschaft mit Kommissar Laubach und Rainer Siggismund raste die kurvige Landstraße entlang, die zu Sophies Laden führte. *„Wenn ich nur einen Funken Verstand besessen hätte"*, ärgerte er sich, *„… dann hätte ich Roger über mein Vorhaben unterrichtet."* Er wollte ihn als Lockvogel benutzen, doch das schien gehörig in die Hose zu gehen. *„Warum habe ich ihm nicht aufgetragen, so lange von dem Laden wegzubleiben, bis ich mit meinen Männern eingetroffen bin?"* Nervös warf er einen Blick auf seine Armbanduhr. *„Fünf nach Zehn. Verfluchte Scheiße"*, fluchte er vor sich hin. Was, wenn der Kerl, der Frau Böker dort treffen wollte, pünktlich war? Er trat noch härter aufs Gaspedal und fegte durch die nächste Kurve. Die Scheinwerfer eines entgegenkommenden Wagens blendeten ihn, sodass er vor Schreck das Lenkrad herumriss. Das Polizeifahrzeug geriet sofort ins Schleudern. Kieselsteine knallten scheppernd gegen die Kotflügel, doch dann brachte er den Wagen wieder zurück auf die Fahrbahn. Laut fluchend wischte er sich seine feuchte Hand an seiner Hose ab. *„Prima"*, dachte er. *„Fast hättest du alles verdorben. Denk nicht nach, fahr einfach weiter. Gleich haben wir ihn."*

Er hatte die Worte in Gedanken kaum ausgesprochen, da fing der Motor an zu stottern. Hektisch trat er noch mehr auf das Gaspedal. Der Wagen ruckte und blieb stehen.

„Verdammt, ausgerechnet jetzt!"

Laubach war außer sich. Wütend schlug er auf das Lenkrad ein. Die Nadel der Tankanzeige wackelte lahm hinter der Reservemarkierung. Diese Volltrottel von der Fahrbereitschaft hatten vergessen, den Wagen voll zu tanken. Wütend stieg er aus, drückte sich gegen die Tür und rief seinem Kollegen etwas zu. Einen Augenblick später ließen sie den Wagen mit eingeschalteten Scheinwerfern einfach am Seitenrand stehen und spurteten los.

22:11 Uhr

Roger Peters stand mit dem Rücken zur Tür, die zum Hinterzimmer führte. Er hörte das leise Klicken des Türgriffs, dann ertönte ein beherrscht geduldiger Seufzer.

„Frau Böker, seien Sie doch vernünftig! Es bringt doch nichts, sich zu verstecken, wenn Sie Ihren Wagen mitten auf dem Parkplatz geparkt haben. Schönes Cabrio übrigens, auch wenn ich mehr auf alte Ami-Schlitten stehe. Außerdem haben wir doch eine kleine Verabredung heute Nacht …"

Roger stieß beim Umdrehen mit der Schulter an den Schalter für die Deckenbeleuchtung, als er den Verkaufsraum betrat. In seinen Händen hielt er die Eisenstange.

„Wer sind Sie, und wo ist Sophie?", fragte er wütend.

Damit hatte er den nächtlichen Besucher ziemlich überrascht. Er fasste sich jedoch schnell wieder.

„Herr Peters, nehme ich an. Hätte mir ja auch gleich denken können, dass die Alte keinen Mumm hat, die Sache alleine abzuwickeln. Also gut, machen wir es kurz. Sie geben mir jetzt das Gemälde und ich verschwinde wieder. Es hat mich einfach nicht gegeben, verstehen Sie?"

22:15 Uhr

Atemlos legten Laubach und Siggismund die letzten Meter bis zu Sophies Laden zurück. Hinter den Rollos war Licht. Seine Gedanken auf die Situation konzentriert, stürmte Laubach in vollem Lauf durch die Tür. Mit einer Geschwindigkeit, die man ihm gar nicht zugetraut hätte, stürzte er sich auf den Mann und legte ihm blitzartig von hinten einen Arm um den Hals. Ehe dieser begriff, was mit ihm geschah, war es auch schon vorbei. Etwas Kaltes drückte gegen seine Schläfe.

„Mir scheint, das Spiel ist zu Ende, Herr Schmitz, habe ich Recht, oder soll ich Sie lieber Big Franky nennen?"

Ohne eine Miene zu verziehen, nahm Franky die Hände nach oben.

„Klasse, Chef, das war echt bühnenreif", applaudierte Schwarzenegger. Laubach ignorierte den Kommentar.

„Heiner Bertram hat für Sie gearbeitet, nicht wahr, Herr Schmitz? Wir hatten ihn in Verdacht … aber das ist ja jetzt auch egal. Sagen Sie mir lieber, was Sie mitten in der Nacht hierher führt und vor allem, wo sich Frau Böker befindet!"

„Lassen Sie mich gehen und ich sag es Ihnen."

„Er hat sie!", rief Roger dazwischen und zerrte an Frankys Arm. „Wo ist Sophie, du Schwein! Sag es mir sofort, oder ich prügele es aus dir heraus."

„Nein!" Das Wort floss wie warmer Honig von seinen Lippen. Noch ehe Roger Anstalten machen konnte, einen

Schritt in seine Richtung zu wagen, hielt ihn Laubach mit einem warnenden Blick in Schach.

„So geht das doch nicht, Roger!"

„Oh doch, genauso geht das." Er packte Big Franky beim Kragen und verstärkte noch nachträglich seinen Griff. Franky schnappte nach Luft. Im Grunde genommen war er ein Feigling.

„Tun Sie mir nichts", winselte er. „Ich weiß nicht, wo sie ist."

Im gleichen Augenblick setzte er zu einem Sprung an, stieß einen verzweifelten Schrei aus und stürzte sich auf Laubachs Arm, der die Pistole hielt. Roger hörte noch das Echo des Schusses, der sich löste, als er nach vorne stolperte, dann sackte er in sich zusammen. Er spürte den messerscharfen Schmerz in seiner Schulter, als er zu Boden ging, registrierte den eigenartigen Geschmack von Blut und Angst, während er sah, wie Laubachs Faust auf Franky zuflog. Der korpulente Mann schien noch im Fallen Stück für Stück auseinander zu brechen.

Da war Blut, sehr viel Blut. Laubach untersuchte die Wunde und stellte fest, dass es ein sauberer Durchschuss war. Die Kugel hatte zum Glück keinen Knochen getroffen, sondern war nur durch Muskelfleisch gedrungen.

Er zog sein Hemd aus und riss es in Streifen, um ihm einen Druckverband anzulegen. Das letzte, was Roger neben einem nicht enden wollenden Dröhnen in seinem Kopf hörte, war eine Flut von Flüchen und Verwünschungen, die der Kommissar auf ihn niederprasseln ließ.

37. KAPITEL

Köln
Dienstag, 21.Mai 2013
07:30 Uhr

Kaltes Wasser tropfte aus einem Duschkopf auf ihn herab. Felix saß in der Badewanne und wusste nicht so recht, was mit ihm geschah. *„Brrr …"* Das Wasser war kalt. Er rieb sich die Augen. *„Verdammt, ich muss eingeschlafen sein."* Langsam erhob er sich aus der Wanne, schlüpfte in ein großes Badetuch und fing an sich abzurubbeln. *„So ist es gut."* Ein Blick in den Spiegel zeigte ihm, dass er erbärmlich aussah. *„Meine Tabletten"*, kam es ihm in den Sinn. *„Am besten, ich nehme gleich zwei, dann fühle ich mich wieder besser."*

Seine rechte Hand öffnete den Spiegelschrank und griff nach der Plastikverpackung mit den Pillen, während seine linke den Wasserhahn aufdrehte. Rasch drückte er zwei Tabletten aus ihrer Verpackung und ließ sie in seinem Mund verschwinden, während er seinen Kopf unter den Wasserhahn hielt, etwas von dem kühlen Nass in sich aufnahm und dabei die Pillen schluckte. Kurz danach richtete er sich wieder auf, betrachte sich im Spiegel.

„Scheiße, was ist das denn?"

Auf seiner Schulter war ein dunkler Fleck.

„Muss wohl in der Badewanne passiert sein", dachte er, ließ etwas Wasser in seine hohle Hand laufen, bevor er sich damit über sein Gesicht fuhr.

„Gut, so müsste es gehen. Was liegt heute an?"

Er versuchte seine Gedanken zu sammeln, aber es gelang ihm nur sehr schwer, sich zu konzentrieren.

Er ging hinaus auf den Flur und sah, dass sein Handy blinkte.

„Komisch, ich hätte doch zumindest das Telefon klingeln hören müssen", wunderte er sich, bevor er auf die entsprechende Taste drückte, um das Band abzuhören.

„Sie haben drei Nachrichten", erklärte ihm der Apparat. Erste Nachricht:

„Hallo Felix, ich bin's, Sophie. Die Maklerin hat mich gerade angerufen. Sie ist bereits in Remscheid und ich stehe noch im Stau. Wärst du wohl so lieb und würdest hinaus zur Villa fahren und den Termin für mich wahrnehmen? Ich komme so schnell wie möglich nach. Aber nimm auf keinen Fall die A3. Am Kreuz Leverkusen ist alles dicht, hörst du!"

Zweite Nachricht:

„Hier spricht Tatjana Bähr von ‚Haus und Grund'. Ich habe soeben mit Frau Böker telefoniert. Sie hat mich darüber informiert, dass sie noch im Stau steckt und gesagt, ich solle mich an Sie wenden. Ich bin jetzt in Remscheid und erwarte die Kaufinteressenten in einer knappen halben Stunde. Würden Sie bitte so schnell wie möglich herkommen?"

Dritte Nachricht:

„Hallo Herr Wagner. Hier spricht Roger Peters. Wissen Sie zufällig, wo Sophie steckt? Ich kann sie leider nicht erreichen. Sollten Sie sie sehen, so richten Sie ihr bitte aus, dass ich mit ihrem Telefon bei Kommissar Laubach war. Leider habe ich ihn nicht angetroffen. In der Eifel ist wieder etwas passiert. Na ja … das erzähle ich ihr später. Sie soll gut auf sich aufpassen und sich bei mir melden."

„Ja, das hättest du wohl gerne … Aber der Besichtigungstermin in Remscheid. Auweia! Den hätte ich beinahe vergessen.

Also, wenn Sophie noch im Stau steckt, dann fahre ich am besten über die Bundesstraße. Wie spät ist es denn überhaupt?"

Remscheid – Küppelstein
09:00 Uhr

Der Morgen war kühl und nass, als Felix auf die B51 Richtung Wermelskirchen fuhr. Am Einkaufszentrum bog er rechts ab in Richtung Solingen und Schloss Burg. Danach kurvte er die Westhauser Straße hinauf, bis in den Remscheider Stadtteil Reinshagen. Sophies Elternhaus in Küppelstein lag dunkel und verlassen vor ihm. Ihr grüner Mini Cooper war nirgendwo zu sehen. Ein beklemmendes Gefühl machte sich in ihm breit. Wo waren die Maklerin und die Kaufinteressenten? Wo war Sophie?

Wenigstens hatte sie ihm den Zweitschlüssel gegeben. Er stieg die breite Steintreppe hinauf, streichelte den Kopf einer der glitzernden Steinskulpturen, ging zu der schweren Holztür, schloss sie auf und betrat den Flur.

„Sophie? Hallo, ist hier jemand?"

Keine Antwort.

Leise schritt er durch den Flur. Einer der zierlichen Plüschsessel lag umgestürzt auf seiner Rückenlehne. Felix hob ihn auf und stellte ihn wieder an seinen Platz.

„Die Maklerin", kam es ihm in den Sinn. *„Ich muss die Maklerin anrufen."*

Er nahm sein Handy aus der Jackentasche und gab ihre Nummer ein. Der bekannte Piepton ertönte, aber niemand antwortete.

Ratlos steckte er sein Handy zurück in die Jackentasche. *„Da ist ja etwas drin! Irgendwelche Papierschnipsel!"*

Er ließ sie durch seine Hand laufen. Jemand hatte sie mit einem Kugelschreiber beschrieben.

„Keine Ahnung, was das soll."

Sein Blick fiel auf die alte Standuhr. Sie war stehen geblieben. Die Zeiger standen auf 19.30 Uhr.

„Komisch, hatte Sophie die Uhr nicht unbedingt mit nach Hinterweiler nehmen wollen?"

Gedankenversunken kickte er gegen einen Ball, der vor der Uhr lag. Der Ball rollte bis zum Treppenansatz und blieb dort liegen.

„Ich werde nochmals versuchen, die Immobilientante zu erreichen."

Abermals holte er sein Handy hervor. Diesmal drückte er die Wahlwiederholungstaste. Wieder nichts. Es klingelte und klingelte, aber niemand ging an den verdammten Apparat.

„Da, was war das?" Felix horchte auf. *„Ein Geräusch. Es kommt aus dem Stockwerk über mir."*

Verwirrt sah er die Treppe hinauf.

„Hallo, ist da jemand?"

Keine Antwort. Jetzt war es still.

„Ich glaube, ich fange langsam an zu spinnen. Muss unbedingt noch eine Tablette nehmen."

Angespannt ging er ins Badezimmer, nahm wieder zwei Tabletten und hielt den Kopf unter den Wasserhahn.

„Ah wie gut tut das denn – Da! Schon wieder ein Geräusch."

Eine Tür knarrte. Jemand ging langsam über den Flur. Felix wollte sich gerade umdrehen und nachsehen, was es war, als ihm jemand auf die Schulter klopfte.

„Guten Tag, Herr Wagner."

Bum! Das Herz rutschte ihm in die Hose. Sein Puls raste. Vor ihm stand Roger Peters und starrte ihn an.

„W…was tun Sie denn hier?“, fragte Felix überrascht.

„Ich mache mir Sorgen um Sophie und da ich sowieso nach Remscheid musste, habe ich gedacht, ich fahre eben in Küppelstein vorbei und sehe nach, ob sie da ist. Aber ich sehe nirgendwo ihren Mini stehen. Wissen Sie vielleicht, wo sie steckt?“

Felix zuckte mit den Schultern. Dieser Peters hatte ihn vollkommen überrascht. Außerdem sah er ein wenig lädiert aus. Ein großer Verband zog sich von seinem Arm aus über seine Schulter und sah ganz und gar nicht wie ein Teil von ihm aus.

„Unfall gehabt?“, fragte er.

„Nein, da ist eine Kugel durchgegangen. In Sophies Laden hat es Ärger gegeben. Hören Sie, ich muss unbedingt wissen, wo sie ist. Ist alles in Ordnung zwischen Ihnen beiden?“

Felix schenkte ihm einen seltsamen Blick. „N…natürlich, warum fragen Sie? Sophie muss gleich kommen. Schließlich gibt es heute Besichtigungstermine.“

„So, und seit wann sind Sie hier?“

„Ich bin gerade erst gekommen.“

„Sollte der Termin nicht schon am vergangenen Samstag gewesen sein?“

„Heute ist doch Samstag.“

„Nein. Heute ist Dienstag! Sie sollten nicht so viele von diesen Pillen schlucken. Die wirken sich auf Ihr Unterbewusstsein aus, auf Ihre Realitätswahrnehmung. Helfen die Dinger überhaupt?“

„Ich denke schon. Warum möchten Sie das wissen?“

„Nur so. Vielleicht, weil Sie so viele davon nehmen. Ich denke, ich fahre jetzt erst einmal in die Stadt. Ich muss noch zu Kommissar Mäurer aufs Polizeirevier. Vielleicht komme ich auf dem Rückweg nochmal hier vorbei. Irgendwo muss Sophie doch sein. Sie kann sich ja schlecht in Luft aufgelöst haben. Nur seltsam, dass Sie auch nichts von ihr gehört haben."

„Sie hat mir auf die Mailbox gesprochen, wenn Sie es genau wissen wollen. Sie stünde im Stau, hat sie gesagt. Deswegen habe ich extra die B51 genommen."

„Stau? Auf der Autobahn war kein Stau. Ich bin zügig durchgekommen. Wann war denn der Anruf?"

„Warten Sie mal. Hier ist mein Handy."

Roger nahm ihm das Gerät aus der Hand und starrte auf das Display. Sophie hatte vergangenen Samstagnachmittag angerufen.

„Sie scheinen mir wirklich ein wenig durch den Wind zu sein. Also, ich schaue nachher noch einmal vorbei. Man sieht sich."

10:00 Uhr

Als Roger gegangen war, ging Felix zu der kleinen Hausbar im Wohnzimmer. Gott sei Dank war noch Whiskey im Haus. Er füllte sich das Glas bis zum Rand, setzte sich in einen der Plüschsessel und dachte nach. *„Was zum Teufel wird hier gespielt?"*

Plötzlich war wieder ein Geräusch zu hören. Diesmal war es eindeutig. Ein Ball plumpste die Treppe hinunter.

„Moment mal! Ich habe doch vorhin den Ball vor die Treppe gekickt." Wütend stand er auf und ging zur Treppe. Der Ball war nicht mehr da. Verwirrt lugte er die Treppe hinauf. Plötzlich war alles still. Felix blieb noch für einen kurzen

Moment an der Treppe stehen, kehrte aber alsbald mit seinem Whiskeyglas in den Flur zurück.

„Die Standuhr", kam es ihm in den Sinn. *„Ich könnte sie wenigstens richtig stellen."*

Er schaute auf seine Armbanduhr. Es war gerade fünf nach zehn. Dementsprechend stellte er die Uhr ein. Die Kette hatte sich verhangen. Kein Wunder, dass sie nicht lief. Im Stockwerk über ihm tat sich wieder etwas. Leise Schritte, ein Tapsen ...

„Verdammt, ich werde noch wahnsinnig!"

Auf einmal wusste er, was es war. *„Mäuse. Hatte sich Sophie nicht schon immer über die kleinen Nager beklagt?"*

Sofort wusste er, was zu tun war.

„In der Vorratskammer sollte noch eine Mausfalle sein."

Und genau da war sie auch. Felix ging in die Küche und suchte nach etwas Essbarem. Er fand einen Apfel, zerkleinerte ihn und klemmte ein Stückchen in die Falle. Mäuse liebten Apfelstückchen. Das hatte er mal im Fernsehen gesehen. Vorsichtig stieg er mit der präparierten Falle die Treppe hinauf. Oben war alles still. Er öffnete die Türen der einzelnen Zimmer und schaute sich um. Da war nichts. Auch keine Sophie. Er stellte die Mausefalle an einer zentralen Position ab und ging wieder nach unten. *„Puh, ist mir heiß!"*

Schwitzend ging er ins Badezimmer, drehte den Wasserhahn auf. Nichts tat sich. Nicht einmal ein Tropfen Wasser erschien.

„Verdammte Scheiße! Wahrscheinlich ist jetzt auch noch irgend so ein Rohr verstopft. Mir bleibt auch heute nichts erspart."

Er warf einen gehetzten Blick in den Spiegel. Der komische dunkle Fleck auf seiner Schulter war immer noch da.

Nur schien er jetzt ein wenig größer geworden zu sein. Genervt ging er durch die Zimmer im Erdgeschoss, suchte nach einem Werkzeugkasten, bis es ihm einfiel. Scheiße! Den hatte Sophie bereits mitgenommen.

Über ihm klopfte es. Das Geräusch war laut und deutlich zu hören.

„Jetzt reicht's mir aber!"

Felix ging in den Salon und holte sich ein Eisen aus dem Kaminbesteck. Langsam, das Eisen krampfhaft in den Händen haltend, stieg er wieder die Treppe hinauf. Klack ... klack. Das Geräusch war deutlich zu hören. Nochmals ging er durch alle Räume. In Sophies früherem Kinderzimmer stand ein Seitenflügel des Fensters auf und schlug gegen die Holzvertäfelung.

„Ach so, das verursacht den Krach. Warum ist mir das offene Fenster nicht bei meinem ersten Rundgang aufgefallen?"

Erleichtert schloss er das Fenster, wischte sich mit der Hand über seine feuchte Stirn und setzte sich für einen Augenblick auf Sophies Bett. In dem Regal zu seiner rechten standen noch Bücher. Felix stand auf, nahm sich eins heraus und setzte sich wieder auf das Bett.

„Sophies Poesiealbum."

Lustlos blätterte er darin herum, bis er die aufkommende Müdigkeit spürte. Für einen Moment nickte er ein. Es war allerdings nur für einen kurzen Moment, dann wurde er gestört. Er hörte, wie ein Ball die Treppe hinunter plumpste.

Sofort war er auf den Beinen, trat aus dem Zimmer, bewegte sich vorsichtig auf das Treppengeländer zu.

„Da, schon wieder etwas!" Unten huschte ein Schatten vorbei. Zumindest bildete er sich ein, dass es ein Schatten war, den er sah.

„Sophie, bist du das? Sophie?“

Keine Antwort.

Vorsichtig schlich er die Treppe hinunter. Unten war niemand. Nur der Ball lag dort, wo er ihn vorher hin gekickt hatte: Vor dem Treppenansatz.

Felix spürte eine nicht gekannte Nervosität in sich aufsteigen. Wie von Geisterhand schaltete sich auf einmal das Radio in der Küche ein.

„All by myself … yes I'm gonna be. All by myself …“

„Das ist doch Sophies Lieblingslied. Ich muss raus hier!“

Felix schnappte sich seine Jacke, rannte zur Hintertür und drückte auf die Klinke. Die Tür war unverschlossen. *„Verdammt! Was für einen Leichtsinn! Die Maklerin! Ich muss sie unbedingt erreichen. Sollte sie nicht längst schon hier sein?“* Abermals drückte er die Wahlwiederholungstaste.

Keine Verbindung.

„Auch das noch. Mein Handy spinnt!“

Irgendwo klingelte es tatsächlich. Felix zuckte zusammen. Ängstlich blickte er auf sein Handy. Das war es nicht. Der kleine Apparat blieb stumm. Aber es klingelte weiter.

„Verdammt, verdammt, verdammt. Ich glaube, ich halluziniere …“

Doch das Klingeln war eindeutig zu hören. Es kam aus dem Garten, besser gesagt aus einem Gebüsch in der Nähe des kleinen Holztores auf der Rückseite. Langsam ging er darauf zu, nicht sicher, was ihn dort erwarten würde.

„Sophie? Sophie“, rief er in die Richtung, aus der das Klingeln gekommen war. Und das verdammte Ding klingelte weiter. Als er unmittelbar vor dem Gebüsch stand, sah er, was es war. Ein kleines, weißes Smartphone von Samsung.

„Sophie besitzt doch solch ein Telefon!"

Mittlerweile hatte es aufgehört zu klingeln, nur von Sophie war weit und breit nichts zu sehen. Er bückte sich und nahm das Gerät an sich. Drei Nachrichten, sagte das Display. Felix drückte die kleine Taste. Nichts. Sophies Mailbox war leer.

11:00 Uhr

Es regnete. Felix schaute auf den verwaisten Pool und ging zurück ins Haus.

„Wann wollte die Maklerin noch mal vorbeikommen? Besser, ich nehme noch eine von den Pillen."

Er wollte Sophies Handy in seine Jackentasche stecken, aber darin befanden sich … die Papierschnipsel. Vorsichtig holte er einen nach dem anderen heraus und legte sie auf den Küchentisch. Sie ergaben eine DINA4 Seite. Jemand hatte einen Brief geschrieben.

„Für wen oder für was?"

Felix ließ die Papierschnipsel auf dem Tisch liegen, ging ins Badezimmer, drückte eine Tablette aus der Plastikverpackung, schob sie sich in den Mund und zerkaute sie. Der blöde Wasserhahn funktionierte immer noch nicht. Danach ging er zurück in die Küche und versuchte, die Zeilen auf den Schnipseln zu entziffern. Sie flossen vor seinen Augen dahin, sodass er nur einzelne Bruchstücke lesen konnte.

„Ehrlich … Liebe … nicht … enttäuscht … Schulden", war alles, was er erkennen konnte.

„Ach was, so ein Blödsinn", dachte er. In diesem Moment hörte er das Klicken, dann einen Schlag. Wieder kam es aus dem Stockwerk über ihm.

„Die Mausefalle hat zugeschnappt", kam es ihm in den Sinn und er ging nach oben, um nachzusehen. Die Falle war unberührt. Felix schüttelte den Kopf und ging zurück in Sophies Zimmer. Hier standen noch Fotos von ihr. Sie zeigten eine kleine Sophie in ihren Kindertagen, zusammen mit ihrem Vater. Außerdem sah er noch ihre Stofftiere und Puppen.

„Seltsam! Hier scheint sie noch gar nichts ausgeräumt zu haben?"

Ein Handy klingelte und Felix fuhr zusammen. Vorsichtig griff er in seine Jackentasche. Sein eigenes war es nicht. Stattdessen war es Sophies Handy, welches wieder klingelte. Und es schien überhaupt nicht aufhören zu wollen. Irritiert blickte er auf das kleine Gerät, nicht sicher, ob er antworten sollte. Er tat es aber doch.

„Hallo?"

„Sophie. Gott sei Dank, du bist es! Ich habe schon zigmal versucht ..." Die Stimme am anderen Ende stockte. „Hallo? Spricht da nicht Sophie?"

„Nein, hier spricht nicht Sophie, Herr Peters! Ich bin´s, Felix Wagner. Herr Peters ...?"

Die Verbindung war unterbrochen.

„Eine Störung? Das gibt es doch gar nicht."

Noch bevor er darüber nachdenken konnte, wurde er bereits von etwas Neuem abgelenkt. Aus dem Erdgeschoss tönte laute Musik zu ihm hinauf. „All by myself ... yes I'm gonna be ... All by myself ..."

„Verdammt. Ich habe das Radio doch vorhin erst abgestellt!" Genervt ging er die Treppe hinunter. Ein Blick auf die alte Standuhr ließ ihn zu Eis erstarren. Die Zeiger standen auf 19:30 Uhr.

38. Kapitel

Bad Münstereifel
Dienstag, 21. Mai 2013
12:00 Uhr

Auf der Wertherstraße in Bad Münstereifel war die Hölle los. In der Ferne hörte Laubach die Sirenen von Feuerwehr und Krankenwagen, die schnell näherkamen. Artig lenkte er seinen alten Mercedes rechts an den Straßenrand und ließ die Einsatzfahrzeuge passieren. Dem Aufgebot zufolge musste es sich um einen Großeinsatz handeln. Natürlich gab es hier auch exklusive Wohngegenden mit Häusern im Villenstil, abgeschottet von hohen Mauern, um die jeweiligen Besitzer vor den neugierigen Blicken ihrer Nachbarn zu schützen. Die erst kürzlich neu markierten Straßen waren makellos sauber und die Telefonboxen der Telekom strahlten auf Hochglanz.

Je weiter er in Richtung Zentrum fuhr, desto dunkler wurde der Himmel. Ein fürchterlicher Gestank nach brennendem Holz und verschmelzendem Plastik kam ihm entgegen. Vor der Johannisstraße, wo sich Sophies Laden befand, hatten Polizeibeamte die Fahrbahn weiträumig abgesperrt. Neugierige säumten gaffend den Bürgersteig, entlang dem gelben Absperrungsband mit der Aufschrift: „Halt, Durchfahrt verboten."

Als eine leichte Windböe für einen Moment die Rauchwolken lüftete, konnte Laubach die Flammen erkennen, die gerade dabei waren, sich in Sophies Laden auszubreiten. Hitze und Qualm verstärkten sich beängstigend schnell. Er stellte den Mercedes in einiger Entfernung ab, befand sich jedoch immer noch nahe genug an dem Brandherd, um seine enorme Hitze zu spüren. Als er ausstieg und sein Fahrzeug verließ, konnte er kaum glauben, was er da vor sich sah: Funken tanzten durch die Luft wie bei einem obszönen Feuerwerk und schwarzer Qualm schob sich durch den Verkaufsraum des Ladens.

In der Hitze hörte Laubach Glas platzen. Noch nie war er so nah an einem brennenden Haus gewesen. Als er aufblickte, sah er, wie ein Teil der Deckenkonstruktion in die lodernden Flammen stürzte und einen riesigen Feuerball bildete. Er schloss die Augen, in dem Moment, als eine Brise des Rauches sein Gesicht streifte. Die Struktur des Gebäudes zerstörte sich schnell. Von den einst vorhandenen Antiquitäten waren nur noch ein paar wenige übrig geblieben. Der Rest lag unter den Trümmern von Schutt und Asche begraben. Überall blinkten rote Lichter. Männer in gelben Einsatzjacken rannten hin und her, rollten dicke Schläuche aus und schlossen sie an Hydranten und Pumpen an.

Aus den anderen Häusern kamen Menschen auf die Straße gerannt, wo der Widerschein des Feuers und das Licht der Einsatzfahrzeuge auf ihren Gesichtern tanzten. Ein Feuerwehrmann kam auf ihn zu und brüllte etwas, ohne dass Laubach ein Wort davon verstanden hätte. Die Fahrzeuge der Feuerwehr, ihre Sirenen und nicht zuletzt das Tosen des Feuers selbst veranstalteten einen Mordslärm. Laubach blickte in die lodernden Flammen. Gerade im richtigen Moment um zu sehen, wie ein schönes, altes Möbelstück in Flammen aufging und eine kleine Explosion verursachte. Er vermutete, dass ihn der Feuerwehrmann gefragt hatte, was er hier zu suchen habe, darum zeigte er ihm seinen Dienstausweis. Der Feuerwehrmann nickte ihm zu und wandte sich von ihm ab. Im gleichen Moment bemerkte Laubach das leichte Rumoren in seiner Jackentasche.

„Mein Handy", blitze es in seinem Kopf auf und er begann, den kleinen Apparat aus seiner Jackentasche zu wühlen. Sekunden später hielt er ihn in seiner Hand, während das Display beim Aufklappen ärgerlich aufleuchtete, um ihn zu tadeln, weil er vier eingehende Anrufe verpasst hatte.

„Chef?", hörte er Schwarzeneggers Stimme am anderen Ende. „Warum gehen Sie nicht an Ihr Handy?"

„Weil ich es nicht gehört habe, du Idiot", brüllte Laubach zurück. „Ein brennendes Haus und das ganze Drum und Dran machen einen Höllenlärm!"

Zunächst war es still. Dann ertönte ein „Verdammt" aus dem kleinen Apparat und Schwarzeneggers Stimme klang wirklich erschüttert.

„Was ist los, Chef? Sind Sie verletzt? Wo sind Sie überhaupt?" Jetzt sprudelten etliche Fragen gleichzeitig aus seinem Handy.

„Ich bin O.K., Schwarzenegger, aber Frau Böker kann ihren Laden abschreiben." Er blickte über die Straße auf das flammende Inferno.

„Ich fahre sofort los, Chef, dann bin ich gleich bei Ihnen. Halten Sie so lang die Stellung!"

„Als ob ich gerade auf dich warten würde."

„Wenn du nur das brennende Haus sehen könntest", wollte er sagen, doch das Rauschen an seinem Ohr sagte ihm, dass Schwarzenegger schon aufgelegt hatte.

Jemand berührte seinen Arm, und er fuhr herum. Neben ihm stand der Feuerwehrmann von vorhin.

„Kommen Sie bitte mit, Herr Kommissar!“, brummte er besorgt. Sein Gesicht unter der dunklen Kappe wirkte angespannt. Laubach tat einen Schritt zurück, wobei er sich immer wieder in alle Richtungen umsah. Auch ohne ein Brandexperte zu sein, stand für ihn fest: Das Feuer konnte nur vorsätzlich gelegt worden sein.

Die Feuerwehrmänner gaben sich alle Mühe, das Feuer nicht auf das Nachbarhaus überspringen zu lassen, aber genau in diesem Augenblick fiel ein Holzbalken mit einem gewaltigen Donner herab und jagte einen leuchtenden Funkenflug in die Luft. Der plötzliche, helle Feuerschein beleuchtete ein Gesicht, ein Männergesicht mitten in der Menge. Er trug einen dunklen Kapuzenpullover, die Kapuze locker über den Kopf gezogen. Eine Hand steckte lässig in seinem Pulli, die andere hielt eine große Sporttasche.

Laubach sah dass blassblonde Haar und konnte für einen kurzen Moment einen Blick auf das Gesicht des Mannes werfen. Ein nervöses Kribbeln kroch sein Rückgrat hinauf. Etwas stimmte nicht mit dem Kerl. Der Kerl starrte nicht auf das Feuerspektakel, sondern auf ihn. Für den Bruchteil einer Sekunde sah Laubach den nackten Triumph in dessen Gesicht.

„Die große Sporttasche!“ Mit einem Mal wusste er Bescheid. Das war der Verrückte, nachdem er so krampfhaft suchte.

Er wollte reagieren, etwas rufen, als er sah, wie ein blauer Wagen auf die Zufahrtsstraße rollte und anhielt, weil ein uniformierter Beamter die Hand hob. Als dann ein vertrautes Gesicht im offenen Seitenfenster erschien, trat der Beamte beiseite und winkte den Wagen durch.

Rainer Siggismund zog in einer Schleife an ihm vorbei, um in sicherer Entfernung zu parken. Mit Erleichterung beobachtete Laubach die Ankunft seines Kollegen und gab ihm ein Zeichen.

Als Siggismund Sekunden später bei ihm stand, hielt er sofort Ausschau nach dem Mistkerl, der ihm das Leben zur Hölle machte, doch der Mann war verschwunden.

„Das gibt es doch gar nicht! Gerade eben war er noch da!"

„Sie meinen, Chef?"

„Ach nichts, Schwarzenegger. Ich spreche nur zu mir selbst."

„Habe ich mich getäuscht oder das Ganze etwa nur geträumt? Quatsch, natürlich war er das. Er wollte sich an seinem Werk ergötzen und mir seine Schadenfreude demonstrieren, aber danach hat er sich sofort aus dem Staub gemacht. Ich hab's vermasselt, verdammt nochmal!"

Siggismund sah ihn an. Sein Blick war eine Mischung aus Verwunderung und Überraschung.

„Ist mit Ihnen alles in Ordnung, Chef?"

„Nein! Ich bin so ein verdammter Vollidiot!"

Hastig griff er in eine Jackentasche und holte einen kleinen Notizblock hervor. Davon riss er eine Seite ab, schrieb etwas darauf und drückte sie seinem Kollegen in die Hand. Dann lief er los und begann, Befehle auszuteilen.

Schwarzenegger verstand die Welt nicht mehr. Ratlos blickte er auf den Zettel in seiner Hand. Er konnte kaum glauben, was da stand:

ICH HABE IHN GESEHEN!

39. KAPITEL

Remscheid – Küppelstein
Dienstag, 21. Mai 2013
12:15 Uhr

Felix starrte entgeistert auf die alte Standuhr. Er war sich sicher, dass er die Uhrzeit vorhin richtig eingestellt hatte.

„Warum steht jetzt dieses blöde Ding wieder auf 19:30 Uhr? Und das Radio? Woher kommt diese Musik: All by myself?"

Verwirrt ging er in die Küche und stellte das Radio aus. Er wusste nichts mit sich anzufangen. Wo nur Sophie und die Maklerin blieben?

„Frische Luft! Am besten, ich gehe wieder nach draußen." Der Regen hatte aufgehört. Ziellos schritt er über den Rasen, ging auf die Stelle zu, wo er Sophies Handy gefunden hatte. Dabei wäre er fast über einen Spaten gestolpert, der in der Erde steckte.

„Was zum Teufel soll der Spaten hier?"

Er setzte sich auf den nassen Rasen und überlegte. Der Wind raschelte durch das nahe Gebüsch. Erschrocken blickte Felix in die entsprechende Richtung. Irgendetwas steckte in den Ästen fest.

„Komisch, vorhin ist dort nichts gewesen. Bestimmt nicht. Ich bin mir ganz sicher."

Langsam stand er auf, wischte sich über die feuchte Hose und ging auf jene Stelle zu, wo er etwas zu sehen glaubte. Als er unmittelbar vor dem grünen Gebüsch stand, erkannte er, was es war.

Eine Puppe.

Vorsichtig befreite er sie von den Zweigen.

„Was ist nur hier los? Die sieht ja genauso aus wie eine von Sophies Puppen oben in ihrem Zimmer. Das muss ich unbedingt überprüfen!"

Er war kaum zurück, da plärrte ihm bereits eine wohlbekannte Melodie entgegen. All by myself ... *„Verdammt, ich werde wirklich wahnsinnig!"*

Wütend rannte er in die Küche. Diesmal ging er auf Nummer sicher, indem er den Stecker des Radios aus der Steckdose riss. Er war gerade an der Treppe, als es erst so richtig losging: Schritte, Poltern, ein lautes Klopfen. Erschrocken wich Felix zurück, hielt sich die Ohren zu und rannte zurück in die Küche. Schweißperlen bildeten sich auf seiner Stirn. Hastig wischte er sie mit dem Handrücken ab. Auf die Angst folgte der Trotz. Entschlossen griff er nach einem der langen Küchenmesser, dann ging er wieder los.

„Jetzt werde ich dieser verdammten Scheiße auf den Grund gehen", versuchte er sich zu beruhigen, während er die Treppenstufen hinauf kletterte.

In Sophies Zimmer war alles ruhig. In dem Regal standen die Puppen an ihrem Platz. Bis auf eine. Felix schüttelte nur den Kopf, als er die freie Stelle bemerkte. Vorsichtig stellte er jene Puppe, die er in den Sträuchern gefunden hatte, dazu.

Jetzt fiel ihm auf, dass die Geräusche verschwunden waren und auf einmal hatte er eine Idee.

„Wo ist diese verdammte versteckte Kamera? Da will mir jemand einen ganz gehörigen Streich spielen."

„Sophie, du kannst raus kommen, ich habe dein Spiel durchschaut!"

Keine Antwort, kein Geräusch, nichts.

Eigentlich gab es nur einen Raum, wo er noch nicht richtig nachgesehen hatte.

Die Bibliothek.

Er ging zurück auf den Flur, bis zur Treppe und dann hinüber auf die andere Seite. Zielstrebig drückte er den Türgriff nach unten.

Die Tür war verschlossen.

Er versuchte es noch einmal. Nichts. Dafür vernahm er jetzt ein leises Klopfen. Es kam eindeutig aus der Bibliothek.

„Hallo, ist da jemand?"

Keine Antwort.

„Der Schlüssel! Ich muss den verdammten Schlüssel finden!"

Schnell hechtete er zur Treppe, nahm gleich zwei Stufen auf einmal … und sah den Schatten. Dazu dröhnte ihm überlaut das Schlagen der Standuhr entgegen. Ihm fröstelte. Starr vor Angst drückte er sich gegen die Wand.

„Herr Wagner, sind Sie da? Ich bin's, Roger. Ist Sophie bei Ihnen?"

„Herr Peters, Gott sei Dank, dass Sie da sind. Ich glaube, hier im Haus spukt es. Irgendjemand treibt hier ein böses Spiel mit mir. Andauernd geht das Radio an, aber es spielt dann immer nur ein einziges Lied."

„Ach was, Sie sehen Gespenster, Herr Wagner. Hier ist niemand. Das ganze geschieht in Ihrem Unterbewusstsein. Sie laufen einem Phantom hinterher und wenn Sie so weiter machen, wird es Sie umhauen. Nehmen Sie immer noch diese Tabletten?"

„Ja, das tue ich. Sie helfen mir, aber es ist das zweite Mal, dass ich den Song gehört habe und gerade eben war da ein Schatten. Hier, vor dem Eingang zur Küche."

Roger schaute sich um. Sein Blick fiel auf die Papierschnipsel, die auf dem Küchentisch lagen.

„Hier ist niemand, aber was ist das?"

„Die Schnipsel waren in meiner Jackentasche und ich habe sie auf dem Tisch zusammengelegt. Wahrscheinlich ist es ein Brief oder so etwas. Ich werde nicht richtig schlau daraus."

Hastig sammelte er die Schnipsel ein und steckte sie in die Schublade unter dem Küchentisch.

„Ich mache mir wirklich ernsthaft Sorgen um Sophie. Waren Sie mit ihr zusammen? Wissen Sie, wo sie ist?"

„Was sagen Sie?"

„Ich habe nach Sophie gefragt. Wo ist sie?"

„Ich weiß es nicht."

„Wie, Sie wissen es nicht?"

„Ich weiß wirklich nicht, wo Sophie steckt. Warum ist das so wichtig für Sie?"

„Nun weil … ach nichts. Es ist nichts. Am besten, wir gehen von hier fort. Das Haus tut Ihnen nicht gut. Ich möchte, dass es Ihnen wieder besser geht und dann sprechen wir uns aus."

„Und warum tun wir das nicht jetzt?"

„In Ihrem Zustand? Sehen Sie sich doch mal an."

„Sie hat es mir gesagt! Schon als wir beim letzten Mal zusammen aus waren."

„Was hat sie Ihnen gesagt? Geht es ihr gut? Wo ist sie?"

„Ich weiß es nicht, hauen Sie ab!"

„Ja, ich glaube, das ist besser. Sie sind ja völlig verrückt geworden."

„Nein, ich bin nicht verrückt!"

„Nicht? Also, wenn Sie das nächste Mal jemanden sehen, dann zählen Sie einfach bis zehn. 1..2..3..4..5..6..7..8..9..10.

Auf Wiedersehen."

40. KAPITEL

Daun
Dienstag, 21. Mai 2013
15:45 Uhr

Kommissar Laubach saß in seinem Büro und tat das, was er am wenigsten mochte: Berichte schreiben. Zum Glück hatten seine Leute fleißig gearbeitet und gleich an mehreren Stellen Spuren eines Brandbeschleunigers gefunden. Somit konnte das Feuer eindeutig als Brandstiftung eingestuft werden. Er fügte die eine oder andere Beobachtung hinzu, die er eigenhändig getätigt hatte, hielt aber die Information über den blonden Kerl in dem dunklen Kapuzenpulli bewusst zurück. Er wollte keine schlafenden Hunde wecken. Danach sah er sich noch einmal das Video der Schaulustigen am Tatort an und sah zu, wie die Linse der Kamera durch die Menge wanderte. Ganz langsam von links nach rechts und wieder zurück. Nur der Typ mit dem Kapuzenpulli war nirgendwo zu sehen.

Zunächst war er unendlich enttäuscht, zwang sich aber dazu, weiter hinzusehen, denn seine Leute hatten vorsichtshalber die Menschenmenge mehrmals abgelichtet. Bild für Bild sah er sich an und schließlich erfasste die Kamera einen Teil des Typen, auch wenn der gerade sein Gesicht abgewandt hatte. Laubach sah die hochgeschlagene Kapuze, darunter eine blonde Strähne und vielleicht einen kurzen Ausschnitt seines Kinns. Größtenteils war er hinter einem Mann mit einem grellgelben Hemd verborgen, weshalb es auch nichts brachte, den Ausschnitt zu vergrößern.

Er ging der Reihe nach seine Erinnerungen durch und rief sich dabei den Augenblick ins Gedächtnis, in dem er erkannt hatte, dass er den Ritualmörder vor sich hatte. Der Mann mit dem gelben Hemd hatte tatsächlich neben ihm gestanden. Die Aufnahmen mussten kurz danach entstanden sein, weil der Mistkerl sein Gesicht abgewandt hatte, ganz so, als ob er sich eilig davon machen wollte.

„Vielleicht ist dem Mann im gelben Hemd ja etwas aufgefallen?“ Endlich gab es einen Anhaltspunkt.

„Schwarzenegger, ich hab einen Job für dich! Bitte versuche, alle Schaulustigen zu erfassen, die auf dem Film sind. Ich werde in der Zwischenzeit das Bild vergrößern, kopieren lassen und sofort an alle Kollegen weiterleiten. Irgendwer muss ihn kennen!“

Danach wurde es zäh, bis das Telefon klingelte. Laubach trank eben seine dritte Tasse Kaffee und versuchte noch immer einen klaren Kopf zu bekommen, als Förster anrief.

„Ja“, meldete sich Laubach knapp.

Sein Techniker war ebenso direkt. „Wir haben die Untersuchungen an dem Toten vom Naturschutzgebiet Hohe Acht abgeschlossen. Er liegt noch bei uns auf dem Tisch. Möchtest du ihn dir noch einmal ansehen, Kurt?“

„Nee, lass mal.“

„Ich könnte dir aber noch die letzten Einzelheiten direkt am Objekt erklären.“

„Objekt?“

„Nun ja, Kurt, das sagen wir halt so.“

„Also gut, ich komme rüber.“

„Scheiße, das wird schon wieder ein langer Tag.“

Er gab Schwarzenegger ein Zeichen und verließ missmutig sein Büro. Minuten später stellte er seinen Wagen neben Försters Kombi auf dem Parkplatz der Gerichtsmedizin ab. Jene eher unerfreuliche Institution lag in einer ruhigen Einbahnstraße. Umgeben von Lagerhäusern und Altmetallhalden befand sich die Anlage keine zehn Minuten vom Polizeipräsidium entfernt.

Förster hatte ihm bereits mit nur wenigen Worten die grausigen Einzelheiten beschrieben, doch Laubach hatte sich nicht von dessen scheinbar gefühllosen Tonfall täuschen lassen. Er wusste, was ihn erwartete.

Im Foyer des Gebäudes hielten sich mehrere Polizeibeamte auf. Sie diskutierten über die neue Auslegung ihrer Dienstpläne.

Laubach zeigte einem der Polizisten seine Dienstmarke und wurde von ihm zu dem Zimmer geführt, in dem man die verstümmelte Leiche aufgebahrt hatte. Sie lag auf einem kalten Aluminiumtisch. Als er die tote Fleischmasse vor sich liegen sah, stockte ihm der Atem. Er musste kurz innehalten und sich wieder sammeln. Dann entdeckte er Förster, der rechts vom Tisch stand und stumm zusah, wie der Pathologe den Kopf auf den Rumpf des Toten setzte.

Förster hob den Kopf und blickte seinem Vorgesetzten in die Augen. Laubach grüße mit einer flüchtigen Geste zurück und ging auf ihn zu.

„Wie fühlst du dich?", fragte er, als Laubach neben ihm stand.

„Echt beschissen ist noch vornehm ausgedrückt."

„Kann ich mir gut vorstellen."

Laubach nickte und sah einen Moment lang weg. Schließlich sagte er leise: „Der Gebissabdruck, Gerd, nicht wahr? Dadurch habt ihr ihn identifizieren können."

„Volltreffer, Kurt. Du hättest Pathologe werden sollen."

„Ich könnte mir gar nichts Besseres vorstellen."

Danach standen sie schweigend zusammen, während Laubach seinen Blick durch den kalten Raum schweifen ließ. Zwei Flaschen Eifel-Pils standen neben dem Seziertisch. Eine leer, die andere angefangen. Verschiedene Sezierinstrumente lagen kreuz und quer auf kleinen, rollenden Containern. Auf den Regalen standen gläserne Behälter, die wie Einmachgläser aussahen und mit seltsamen Gebilden gefüllt waren. Beim näheren Hinsehen bemerkte er, dass es sich um Teile menschlicher Organe handeln musste.

Ihm wurde fast schlecht und er fühlte den gewohnten, bitteren Geschmack in sich aufsteigen, der ihn immer dann befiel, wenn er einen Toten begutachten musste.

„Bitte erkläre es mir und dann lass uns machen, dass wir von hier fortkommen", sagte er zu Förster und drehte sein blasses Gesicht in eine andere Richtung.

41. Kapitel

Eifel – Hinterweiler
Dienstag, 21. Mai 2013
17:45 Uhr

Roger war auf dem Weg zurück in die Eifel. Unterwegs dachte er über Wagners seltsames Benehmen nach. Viel schlimmer war jedoch die Tatsache, dass Sophie spurlos vom Erdboden verschwunden war. Vor der Ampelanlage in Kirchweiler musste er anhalten und warten, bis der Gegenverkehr vorbei gefahren war. Hinter ihm standen drei weitere Fahrzeuge. Er entschied sich für die Abkürzung, fuhr links auf den Parkplatz einer Tankstelle, kurvte durch den Tankbereich und kehrte auf die Straße zurück, die er vorher verlassen hatte. Allerdings bog er jetzt in die Hauptstraße ein. Dabei blickte er automatisch in den Rückspiegel, aber da war niemand. Wenn ihm jemand gefolgt wäre, so hätte er dasselbe tun müssen. Erleichtert fuhr er nach Hinterweiler.

Sowie der MG die Einfahrt hinauf gekrochen war, überkam ihn eine tiefe Müdigkeit. Die Zeiger der Uhr am Armaturenbrett standen auf 17:55 Uhr. Heute würde er sich einen ruhigen Abend machen und morgen sah die Welt vielleicht schon wieder ganz anders aus. Sophie konnte jeden Augenblick auftauchen. Er öffnete die Eingangstür, ging ins Haus ... und stutzte.

Im Flur herrschte ein ungewohntes Durcheinander. Der Staubsauger stand einsam und verlassen vor der Treppe, eine Jacke war vom Kleiderständer gefallen, lag auf dem Fußboden und in der Küche sah es aus wie nach einem Erdbeben.

„Sophie", rief er laut durch den Raum, doch es blieb still. Auch Arthur schien draußen zu sein, sonst hätte er schon längst sein Begrüßungsgebell gehört.

Er betrat den kleinen Flur, der zum Garten führte und blieb abrupt stehen.

„Was ist denn das für eine Schweinerei", fragte er sich, weil er zuerst gar nicht erkannte, was es war. Dann roch er das Blut. Es war überall: Auf der Tür, an den Wänden, auf dem Fußboden und sogar die antiken Möbel waren damit bespritzt.

„Großer Gott, woher kommt das viele Blut?"

Voller Entsetzen ließ er den Blick durch das Zimmer gleiten, um irgendeinen Hinweis zu finden, doch es war nichts zu sehen, bis auf das Blut und dann … wurde ihm schlecht. Was war geschehen? Er raffte sich wieder auf und durchquerte mit zwei großen Schritten den Raum. Seine Schuhe gaben schmatzende Geräusche von sich. Als er die Hintertür aufstieß, sah er, was geschehen war.

Der Labrador lag auf dem Rücken, mitten auf der kleinen, gepflasterten Terrasse. Er hatte alle Viere von sich gestreckt und in seinem Leib steckte ein seltsames Messer. Es war jenes Messer, das bereits andere Gewalttaten begangen hatte und vor vielen hundert Jahren extra für diesen Zweck von einer untergegangenen Kultur im weit entfernten Peru hergestellt worden war. Roger kniete sich neben dem Tierkadaver nieder und starrte entsetzt auf die vielen Stich- und Schnittwunden.

„Armer Arthur", sagte er und ließ gleichzeitig eine ganze Litanei von Flüchen über seine Lippen gleiten. Dann ging er zum Gartentor, blickte sich um, als würde er befürchten, der Verrückte könne noch irgendwo in der Nähe sein, doch er sah nichts und niemanden.

Wo zum Teufel war Sophie?

Er überlegte, was er zuerst tun sollte: Kloppe Laubach anrufen, oder den toten Hund begraben? Er entschloss sich für die erste Möglichkeit. Der Hund war tot. Ihm konnte niemand mehr helfen. Innerlich kochte er vor Wut, als er zurück ins Haus ging. Dabei stellte er sich vor, was er mit dem Mistkerl anstellen würde, falls man ihn wirklich jemals finden sollte.

Keine halbe Stunde später klopfte es an der Haustür. Laubach drückte sie auf, ohne auf ein Herein zu warten. „Hallo Roger, was gibt's?"

„Mensch Kloppe, gut, dass du so schnell kommen konntest. Sieh dir nur diese Sauerei an. Ich habe extra alles so gelassen, wie ich es vorgefunden habe."

Laubach sah sich die Bescherung an. „Schon wieder ein Kadaver", sagte er sichtlich irritiert. „Ich komme gerade aus der Pathologie. Da liegt ein weiteres Opfer von diesem Mistkerl!"

„Heiner Bertram?"

Laubach nickte stumm, griff nach seiner Digitalkamera und fotografierte, was das Zeug hielt. Das blutüberströmte Opfermesser steckte er vorsichtig in einen durchsichtigen Plastikbeutel, den er mitgebracht hatte.

„Damit hat er es getan, Roger."

„Du meinst, das ist die Tatwaffe, mit der er auch die anderen Opfer …?"

„Sieht mir ganz danach aus. Lass uns das Tier begraben, mir reicht es wirklich für heute."

Roger ging in den Schuppen, holte Schaufel und Spaten und begann damit, die Umrisse eines kleinen Rechtecks in den Boden zu stechen, unweit der größten Buche, die er auf Sophies Grundstück hatte finden können. Danach fingen sie gemeinsam an zu graben. Zu ihrem Glück war der Boden locker an dieser Stelle und das Ausheben des Grabes nahm nicht viel Zeit in Anspruch. Laubach wickelte den Hund in eine Decke und legte das Bündel behutsam in die Grube. Dann schaufelte er das Loch zu und klopfte die Erde mit dem Blatt der Schaufel fest. Anschließend gingen die beiden Männer zurück ins Haus. Dort herrschte noch immer eine schreckliche Schweinerei. Roger schlitterte über den Flur und versuchte die Pfützen zu umgehen, um weitere Blutspritzer zu vermeiden. Danach holte er Whiskey und Gläser und ging in die Bibliothek. Laubach folgte ihm und trank das Glas, welches Roger bereits gefüllt hatte, im Stehen aus. Dabei fiel sein Blick auf einen Karton, der mit Fotos gefüllt war.

„Darf ich mal sehen?", fragte er.

„Nur zu. Frauen machen sich viel mehr aus Fotos als wir Männer, nicht wahr?"

In dem Karton waren Fotos von Sophie mit ihrem Vater. Ein paar stammten von den vielen Reisen, die sie zusammen unternommen hatten. Dann kamen weitere Familienfotos an die Reihe. Wieder Sophie mit ihrem Vater, Sophie mit Freunden und Bekannten, Sophie bei unzähligen Ausstellungen und Familienfeiern.

Nach einer Weile hatte Laubach mehrere Stapel durchgesehen, beugte sich aber plötzlich über ein Foto und hielt es mal nah, mal etwas entfernter vor sein Gesicht.

Roger merke, wie sein Freund anfing zu zittern. Plötzlich blickte er zu ihm auf und ließ einen Schrei über seine Lippen gleiten.

„Das ist er, Roger! Das ist das Schwein! Ich kenne ihn! Hier, schau her!", sagte er heiser und hielt ihm eine Fotografie hin, auf der gleich mehrere Personen zu sehen waren. Roger starrte entgeistert auf das Foto. So eine Reaktion hatte er bei dem trockenen Laubach noch niemals erlebt. Die Aufnahme war im Garten der Villa von Sophies Vater entstanden und vielleicht ein Jahr alt. Man sah, wie die Haushälterin Marlies gerade etwas auf einem Tablett servierte und einen blonden Mann mittleren Alters mit einem Lächeln begrüßte.

„Das ist der Scheißkerl, der sich unter die Schaulustigen gemischt hat."

Er bemerkte den verwirrten Blick seines Freundes.

„Ach, davon weißt du ja noch gar nichts. Schenkst du uns noch einen Whiskey ein?"

Roger tat, wie ihm geheißen und Laubach erzählte ihm, was sich zugetragen hatte.

Roger war zunächst völlig perplex.

„Was sagst du da? In Sophies Geschäft hat es gebrannt und du warst zufällig vor Ort?"

„Das war vielleicht sowas von Zufall, Roger. Ich bin hinaus nach Bad Münstereifel gefahren und wollte mir das Gemälde holen, von dem die ganze Welt redet. Nun, vielleicht nicht die ganze Welt, aber zumindest doch dieser Franky Schmitz aus Köln. Wie dem auch sei, als ich in Bad Münstereifel ankam, stand Sophies Laden in Flammen. Und dieser Scheißkerl mit dem blassblonden Haar hier hat in der Menge der Schaulustigen gestanden und sich das Spektakel angesehen."

Roger nahm ihm das Foto aus der Hand und begutachtete das Gesicht des Mannes, den Laubach erkannt haben wollte. Und irgendwie kam ihm das Gesicht auch seltsam bekannt vor. *„Habe ich den nicht schon einmal in einer Uniform gesehen? Verdammt, der Postbote"*, fiel es ihm ein. *„Na klar. Die gelb-blaue Uniform."*

„Mensch, Kloppe, das ist der Postbote, der mir den Umschlag mit dem Brief und der Uhr ausgehändigt hat." In diesem Moment fiel ihm auf, wie still es im Haus geworden war. Er vermisste das leise Summen des Warmwasserboilers oder das Brummen des Kühlschranks.

Sofort überprüfte er den Lichtschalter.

Nichts.

Anscheinend hatte jemand den Strom abgestellt. Das war ihnen gar nicht aufgefallen, weil es im Arbeitszimmer genug Fenster gab, die reichlich Licht hereinließen und außerdem waren sie in die Fotos vertieft gewesen. Roger führte einen Finger an seine Lippen. „Psst ... er könnte noch hier im Haus sein. Ich sehe oben nach."

Gleichzeitig blickte er sich nach etwas um, was er im Notfall als Waffe benutzen konnte, bevor er sich aus der Bibliothek schlich.

Auch Laubach war aufgestanden und hatte nach Roger die Bibliothek verlassen. Vor der Treppe blieb er für ein paar Sekunden lauschend stehen, aber das ganze Haus war grabesstill. Draußen fuhr ein Auto vorbei. Er hörte die Reifen quietschen. Es war ein tröstlich gewohntes Geräusch, aber das Fahrzeug war eben einfach nur vorbeigefahren.

Er wagte sich einen weiteren Schritt nach vorn und konnte halb in das hintere Zimmer blicken und etwas weiter die Tür zum Salon erkennen. Da war niemand.

Noch ein Schritt weiter. Etwas silbrig Leuchtendes auf dem Fußboden zog seinen Blick auf sich. Das silbrige Ding bewegte sich nicht. Es lag nur einfach da, aber es hatte noch nicht dagelegen, als er vorhin mit Roger die Zimmer durchsucht hatte. Trotzdem kam es ihm bekannt vor. Er hatte es schon einmal gesehen. Und zwar, wie es im Körper des armen Hundes steckte.

„Das Opfermesser!" Und jetzt lag es hier auf dem Fußboden. Mit einem Mal wusste Laubach, dass der Kerl tatsächlich noch hier war, in diesem Haus. Seine Hand zitterte, als sie nach seiner Waffe tastete. *„Wo steckt dieser verdammte Mistkerl?"*

Ein Schatten trat aus dem Salon. In den bemerkenswert ruhigen Händen hielt er eine Harpune. Ihr Pfeil zielte genau auf Laubachs Hals. Die Szene war grotesk. Der Kerl trug einen seltsamen Federschmuck auf dem Kopf und Schuhe mit weichen Sohlen.

„Wo ist sie?", fragte er mit funkelnden Augen.

„Wo ist wer?"

„Sophie Böker!"

„Sie ist nicht hier im Haus."

Über das Gesicht des Kerls zuckte ein verächtliches Lächeln. „Alles Lügen. Ich werde sie finden. Sie wird ihrer gerechten Strafe nicht entkommen."

Laubach zuckte mit den Achseln. Er versuchte sich seine Nervosität nicht anmerken zu lassen.

„Ich weiß nicht, wo sie steckt. Ihr Geschäft haben Sie ja bereits abgefackelt."

„Sie hat es doch gar nicht anders verdient. Genauso wie ihr Vater und all die anderen, die sich jahrelang an den Schätzen meines Volkes bereichert haben."

„Von welchem Volk sprechen Sie überhaupt?"

„Ich spreche von dem Erbe meiner Urahnen, nach dem ihr alle frevelt. Ich will, dass sie am eigenen Leibe spüren, wie das ist, wenn einem alles genommen wird. Wenn man seine Kultur und die eigene Identität verliert."

„Auweia. Das klingt für mich eher so, als wollten Sie sich selbst von Ihrem eigenen Elend erlösen."

„Schluss jetzt!" Der Mann trat an den Rand der Treppe. Seine beiden Hände waren so ruhig wie am Anfang. Er stand jetzt ganz dicht bei Kommissar Laubach, hielt die Waffe fest im Anschlag und richtete die Pfeilspitze gegen ihn. Das scharfkantige Metall ritzte Laubachs Hals. Sofort wich er erschrocken zurück.

„Sie haben doch keine Ahnung, worum es hier geht. Ich habe eine Aufgabe zu erfüllen und die werde ich jetzt zu

Ende bringen, koste es, was es wolle. Bereits ein Dutzend Mal bin ich schon hier im Haus gewesen. Immer dann, wenn Sophie nicht da war oder geschlafen hat. Ich hätte sie ganz einfach töten können, aber ich will sie leiden sehen."

42. Kapitel

Eifel – Hinterweiler
Dienstag, 21. Mai 2013
18:55 Uhr

„Wo bleibt Kloppe Laubach?"

Im unteren Stockwerk stimmte etwas nicht. Er hatte Stimmen gehört. Roger brauchte nicht lange zu überlegen, wie er aus dem Fenster klettern würde. Sein Körper wusste irgendwie von selbst, was er zu tun hatte. Er streckte die Füße über den Sims, hielt sich gleichzeitig am Fensterrahmen fest und drehte sich dann mit dem Gesicht zur Wand. So konnte er sich mit den Füßen an der Außenmauer abstützen. Mit einem Laken, das er vorher zu einem Knoten zusammengebunden hatte, begann er sich Zentimeter für Zentimeter abzuseilen, während er mit den Füßen über die Wand schlitterte, bis Laken und Wand auf einmal zu Ende waren. Dann fehlte ihm noch ein knapper Meter bis zum Boden. Er streckte beide Arme durch und ließ los. Er landete mit angewinkelten Knien auf dem Rasen und rollte sich ab. Sofort war er wieder auf den Knien und starrte auf das Spektakel, das sich vor ihm, im Inneren des Hauses, abspielte. Auf allen Vieren krabbelte er über den Rasen auf die Hauswand zu, hielt kurz inne, atmete tief durch und schlich auf Zehenspitzen durch die Hintertür.

„Sie haben sie doch bereits", hörte er Laubach sagen, doch kaum hatte der jenen Satz ausgesprochen, trat Roger hinter ihm in Erscheinung. Seinen Unterleib abdeckend, hob er die Schaufel, mit der er vorhin das Grab für den Hund ausgehoben hatte und schlug sie mit voller Kraft gegen die Hand des Unbekannten. Ein Schrei ertönte und der Kerl wirbelte herum.

Bisher war er noch nie auf bedenkliche Gegenwehr gestoßen. Noch im Umdrehen zog er den Harpunenabzug durch. Der Pfeil rammte in den Türpfosten, Holz splitterte. Im gleichen Augenblick donnerte das Blatt der Schaufel auf seinen Kopf nieder. „Das ist für dich, du Drecksau", rief Roger ihm mit wutverzerrtem Gesicht zu.

Laubachs Herz setzte mehrere grauenhafte Sekunden lang aus. Er konnte sich nicht erinnern, dass er sich bewegt hatte, war aber plötzlich über den Kerl hinweg gesprungen, während der wimmernd am Boden lag. Noch lang würde er sich daran erinnern, wie der Typ ihn angesehen hatte, als ihn der Schlag traf, das Blut aus seinem Mund lief und er sich wie in Zeitlupe nach hinten bog. Noch einmal versuchte er, sich aufzurichten, aber dann kippte er endgültig zur Seite weg. Roger schämte sich nicht einmal für das, was er daraufhin tat. Er ging auf den Bastard zu und trat ihm voll in die Seite …

Remscheid – Küppelstein
19:00 Uhr

Felix war wütend auf sich selbst. *„Warum habe ich diesem Roger Peters nicht einfach eins mit dem Spaten über gezogen?*

Wie kommt der überhaupt dazu, mich für verrückt zu erklären? Das würde ihm wohl so passen. Er glaubt wohl, dass er dann Sophie ganz für sich alleine hätte. Als ob ich nicht bemerkt hätte, dass da etwas zwischen ihm und Sophie läuft! Ich muss noch eine Tablette nehmen, damit ich ruhiger werde."

Er schnappte sich den Spaten und ging zurück in die Villa. Drinnen war es ungewohnt still. Zu still! Felix ging ins Bad und warf sich zwei Tabletten ein. Dabei begutachtete er den Fleck auf seiner Schulter. Der war jetzt bereits doppelt so groß. Er spürte Panik in sich aufsteigen, rannte mit dem Spaten nach oben und schlug wie wild gegen die Tür der Bibliothek. Er brauchte ein Ventil, musste seine Angst irgendwo raus lassen. *„Verdammt, warum lässt sich die Tür nicht öffnen?"*

Er versuchte es noch einmal. Mit voller Wucht ließ er den Spaten gegen das Türschloss donnern. Nichts. Die Tür blieb verschlossen. Erschöpft ließ er den Spaten fallen, setzte sich auf den Fußboden und schloss die Augen. Als er sie wieder öffnete, drehte sich alles um ihn herum. Ihm wurde schwindelig und er fiel um. Eine Weile blieb er regungslos liegen. Etwas rollte auf ihn zu. Der Ball! *„Wo kommt der jetzt her?"*

Felix rappelte sich wieder auf. Im gleichen Augenblick dröhnte ein bekanntes Lied durch das Haus.

„All by myself ..."

Felix hielt sich die Ohren zu. *„Ich halte das nicht mehr aus!"*

Es nützte nichts. Die Musik schien sogar noch lauter zu werden. Plötzlich Schritte, ein Schrei. Sie vermischten sich mit der Musik zu einem einzigen, qualvollen Laut. Felix schrie, sprang auf ... und kippte gegen die Tür der Bibliothek. Einen kurzen Moment schnaufte er durch. Dann sah er den Schatten. Er kam langsam die Treppe hinauf. Langsam … ganz langsam. Dazu die Musik. Felix zitterte am ganzen Leib.

„Schluss damit, aufhören!"

Langsam bewegte sich der Schatten auf ihn zu. Verängstigt starrte Felix in seine Richtung … und erinnerte sich an Rogers Worte. *„Augen zu und bis zehn zählen!"*

Und genau das tat er jetzt: *„1..2..3..4..5..6..7..8..9..10."*

Nochmal atmete er tief durch, öffnete die Augen. Der Schatten war verschwunden.

„Puh … Gott sei Dank!"

Erleichtert ging er zur Treppe und stieg die Stufen hinab. *„Ich muss schleunigst von hier verschwinden! Da … der Schatten! Oh nein!"*

Reflexartig duckte sich Felix unter die Treppe. Der Schatten schlich an ihm vorbei. Er trug einen Rolli und hielt einen Spaten in seiner Hand. Felix starrte ihn an, erhaschte für einen kurzen Moment einen Blick auf das Gesicht des Unbekannten und erschrak. Es war sein eigenes Gesicht, in das er blickte und es waren seine eigenen, kalten Augen, die ihn ansahen. Felix schrie und rannte los. Auf den Flur, am Salon vorbei, bis zur Haustür. Sie war verschlossen. Das Deckenlicht fing an zu flattern. Er lief zurück und rannte ins Bad. Dort griff er nach den Tabletten, wollte gleich fünf Stück auf einmal aus der Verpackung drücken … und hielt inne. Der Fleck!

Er riss sich das Hemd auf, betrachtete seinen Rücken im Spiegel. Mit Schrecken sah er, dass sich der Fleck auf seiner gesamten Schulter ausgebreitet hatte.

„Nichts wie weg hier!"

Völlig aufgelöst rannte er ins Wohnzimmer, wo er die Pillen mit Whiskey herunterspülen wollte. Auf dem Sofa lag etwas. Langsam bewegte er sich darauf zu.

Ein Rolli.

Sein Rolli.

„Wie kommt der her? Die Tabletten, der Whiskey!"

Wie von Sinnen rannte er zur Hausbar und öffnete das Barfach. Auf der gläsernen Ablage stand Sophies Foto. Sie lächelte ihn an. Felix starrte zurück. Entgeistert, aufgelöst. Dann schien er sich zu fassen, nahm das Foto an sich, setzte sich aufs Sofa und betrachtete die Aufnahme. Sophie lächelte und blickte ihn direkt an. Wie hypnotisiert starrte er auf das Foto, glaubte zu sehen, wie sie ihren Mund bewegte: *„Geh nicht fort …"*

Sie wiederholte die Worte mehrfach. Sie drangen in ihn ein, setzten sich in seinem Kopf fest. Der Raum fing an, sich zu drehen.

„Die Zeit: Wo bin ich? Was für ein Tag ist heute? Wie viel Uhr?"

Alles um ihn herum drehte sich. Schnell … immer schneller.

Felix rutschte in die Polster. Die Musik, das Ticken der Uhr, der polternde Ball, die Geräusche über ihm – alles war wieder da und begann sich miteinander zu vermischen. Er war gefangen in einem endlosen Sog, in einer nimmer enden wollenden Spirale. Dann der Knall, die Explosion in seinem Kopf, sein Schrei …

Dem folgte Stille. Nichts als Stille.

Nur mühsam rappelte sich Felix auf. Er wusste nicht, wie lange er auf dem Sofa gelegen hatte. Draußen war es dunkel. Wie in Trance erhob er sich und schlitterte hinaus auf den Flur. Dort legte er den Plüschsessel auf die Rückseite. Genauso, wie er ihn vorgefunden hatte, als er am frühen Morgen in die Villa gekommen war. Zurück im Bad, zog sich seinen Rolli über. Danach betrat er wieder den Flur.

„Die Standuhr!"

Er stellte die Uhrzeit. 19:18 Uhr.

Schritte im Stockwerk über ihm. Irgendwo knarrte eine Tür. Felix lief in Sophies Zimmer. Die Puppe, die er vorhin ins Regal gestellt hatte, lag jetzt auf dem Boden. Neben ihr befand sich ein beschriebenes DINA4 Blatt.

„Ein Brief! Das sind doch die Papierschnipsel aus meiner Jacke!"

Er ließ sich auf den Fußboden fallen und las:

Lieber Felix: Ich weiß nicht so recht, wie ich es anfangen soll, aber ich muss reinen Tisch machen. Zwischen uns ist es schon lange nicht mehr, wie es einmal war. Ich weiß von deinen Spielschulden, weiß, dass du meine Lieferungen benutzt, um Drogen zu schmuggeln. Ich habe mir nie etwas anmerken lassen, habe auf eine Erklärung von dir gewartet und gehofft, dass es aufhört. Aber es hörte nicht auf. Ganz im Gegenteil. Die letzte Sendung für dich war in dem Rahmen des Gemäldes versteckt. Ich wollte, dass du dich mir anvertraust. Nichts! Dann ist Roger in mein Leben getreten und ich habe mich in ihn verliebt. Ich werde jetzt meinem Herzen folgen und dich frei geben. Leb wohl, Felix.

Sophie.

Felix rieb sich die Augen, las den Brief ein zweites Mal, dann ein drittes Mal. Das Ticken der Standuhr klang ungewöhnlich laut zu ihm hinauf. Und plötzlich war auch die Musik wieder da: All by myself.

Ein Schatten stand oben am Treppengeländer, mit Sophies Abschiedsbrief in der Hand. Felix rieb sich die

Augen, konnte kaum glauben, was er da vor sich sah. Der Schatten war er selbst.

Sophie kommt auf ihn zu, greift nach seiner Hand.

„Bitte, Felix, lass es mich dir doch wenigstens erklären."

Wütend schlägt er ihre Hand weg und zerreißt den Brief. „Alles Quatsch!"

Er steckt die Papierschnipsel in seine Jackentasche.

„Bitte, Felix, geh nicht fort. Lass es dir erklären "

Felix drückt sie von sich. Der Ball! Sophie stolpert, fliegt die Treppe hinunter. Der Ball poltert hinter ihr her. Er gerät in Panik und läuft nach unten. Seine Schritte hallen durch den Flur – Blut. Sophie lebt noch. Vorsichtig bewegt sie ihren Kopf. Ein leises Stöhnen entfährt ihrem Mund. Felix sucht das Telefon. Auf dem Beistelltischchen!

Er läuft darauf zu, wirft in der hastigen Bewegung den Plüschsessel um, greift zum Telefon. Nichts. Kein Signal. Panik steigt in ihm hoch. Kopflos läuft er durch das Haus. Dann wieder zu Sophie. Ihr Atem kommt nur noch ganz schwach.

„Sophie! Wach auf, komm zurück!"

Dann der Exitus. Sophie atmet nicht mehr.

Felix ist völlig verzweifelt. Tränen rinnen ihm in die Augen. Die Standuhr hört auf zu schlagen. Der Zeiger steht auf 19:30 Uhr, dem Zeitpunkt von Sophies Tod.

Vorsichtig fasst er sie am Hinterkopf. Überall ist Blut, auch an seinen Händen. Gedankenversunken fasst er sich an seine Schulter. Den Fleck, den er dort hinterlässt, bemerkt er nicht. Auch nicht, als er ein wenig später ins Bad geht und sich die Hände wäscht. Danach zieht er sich den Rolli über und trägt Sophie hinaus in den Garten. Er holt einen Spaten aus dem Geräteschuppen und gräbt in der Nähe der Sträucher ein Grab. Sophies Grab. Als er damit fertig ist, begräbt er sie, steckt den

Spaten in den Boden und fährt ihren Mini Cooper in eine abgelegene Scheune.

„Bilde ich mir das alles nur ein? Spielt mein Unterbewusstsein verrückt? Sind die Tabletten daran schuld?"

Felix rannte in den Garten zu der Stelle, an dem ihr Handy gelegen hatte. Dicht bei den Sträuchern. Mit den bloßen Händen wühlte er in der feuchten, dreckigen Erde herum. Auf einmal fühlte er ihre Haut. Kalt, blass. Tot.

Da lag sie!

Apathisch ging er zurück in die Villa. Das Licht war an, der Plüschsessel stand vor dem Beistelltischchen, Die alte Standuhr im Flur schlug normal und zeigte die richtige Uhrzeit an. Langsam ging er nach oben. Keine Geräusche. Der Ball lag neben der Treppe, die Puppe stand ordnungsgemäß im Regal. Alles war völlig normal. Sein Unterbewusstsein hatte sich beruhigt. Nur Sophie lebte nicht mehr …

Epilog

Ende Juni 2013

An diesem Tag fuhr er absichtlich Umwege, während ihm ein Zivilfahrzeug der Polizei folgte. Dieser Begleitschutz war das wenigste, was ihm Kommissar Laubach hatte anbieten können, bevor er nach Bad Münstereifel aufgebrochen war.

Noch einmal würde Roger, wenn auch indirekt, die gewohnte Strecke von Sophies Landhaus in Hinterweiler bis in den Ort fahren, wo sie all die Jahre gearbeitet hatte. Danach würde es nie wieder so sein wie vorher. Ganz langsam fing er an zu begreifen, und Wehmut machte sich in ihm breit.

Das Amt für Kultur und Denkmalpflege hatte zu Sophies Ehren eine Ausstellung organisiert. Dabei wurden alle heil geblieben Stücke sowie Teile der Sammlung ihres Vaters, die sich in ihrem Landhaus befanden, zur Schau gestellt. Roger gelang es, seine Nervosität zu verbergen, während er sich den Weg durch die staunende Menge vor den Glasvitrinen bahnte. Er war beinahe so aufgeregt, als hätte er die Ausstellung selbst zusammengestellt.

„Die Sammlung ist großartig, ganz großartig", sagte eine Stimme.

„Vielen Dank, meine Damen und Herren", antwortete ein elegant gekleideter Mann an einem Rednerpult. „Ich kann selbst noch nicht glauben, dass uns diese Ausstellung gelungen ist, aber ich denke einfach, dass wir es Sophie schuldig sind."

Kommissar Laubach begegnete Rogers Blick und tippte auf seine Armbanduhr. Roger zuckte hilflos mit den Schultern, verdrehte die Augen, schlängelte sich an ihm vorbei und wandte sich an Kommissar Mäurer, der extra aus dem Bergischen angereist war.

„Gefällt Ihnen die Ausstellung, Herr Mäurer?"

„Doch, schon. Und das, obwohl ich von diesen alten Sachen nicht viel verstehe. Tut mir wirklich leid um Sophie, ich glaube, Sie haben sie wirklich gemocht."

„Das ist richtig. Doch leider wird einem so etwas erst dann bewusst, wenn …"

„Ich kann Sie gut verstehen, Herr Peters. War ja auch eine schreckliche Geschichte. Dass das Ganze solch ein tragisches Ende nehmen musste. Wenn ich mir diese alten Grabbeilagen hier ansehe, kommt mir der Gedanke, es läge ein Fluch auf der Familie Böker, und dass man sich besser nicht allzu sehr mit diesem Zeug abgibt."

„Ach was! Es gibt keine Flüche."

„Sind Sie sich da so sicher?"

Roger zuckte mit seinen Schultern.

„Was geschieht eigentlich mit Sophies Freund? Hat er gestanden?"

„Herr Wagner beteuert, dass es ein Unfall war. Er sitzt noch immer in Untersuchungshaft. Wir können ihm nichts Gegenteiliges nachweisen. Die Zeit wartet auf niemanden und wenn man dran ist, dann ist man dran."

„Soll das jetzt ein Trost sein?"

„Wenn Sie so wollen, Herr Peters."

„Danke."

„Na ja, wenigstens haben Sie die Bestie geschnappt. Ich habe mich lange mit dem Kollegen Laubach darüber unterhalten."

Heiner Bertram war tot. Franky Schmitz und Heinz Gromberg saßen hinter schwedischen Gardinen. Die Herren Laubach und Mäurer konnten sich beglückwünschen. Roger ließ die beiden Kommissare stehen und ging zur Garderobe, um seine Jacke zu holen. Plötzlich war Laubach bei ihm.

„Willst du etwa schon gehen, Roger?", fragte er erstaunt.

„Ach, Kloppe, mir ist einfach nicht nach so vielen Menschen zumute. Es ist doch viel zu voll hier drinnen."

„Bei einer Ausstellung kann es doch gar nicht voll genug sein, oder?" Laubachs Augen funkelten.

„Na ja, aber doch nicht so wie hier. Ich glaube, die ganze Eifel hat sich hier in den Saal gequetscht."

Laubachs Sprachlosigkeit verfolgte ihn bis hinaus auf die Straße, wo er die frische Luft nach dem Gedränge in der Galerie als äußerst angenehm empfand. Er reckte seinen Kopf in den Abendhimmel, ging auf seinen kleinen, grünen Sportwagen zu, schloss die Fahrertür auf, warf einen letzten Blick zurück auf die feiernde Gesellschaft, schlüpfte auf den Ledersitz und atmete tief durch.

Es war vorbei.

Er sinnierte über sein Schicksal, während er den Wagen durch die verlassenen Straßen steuerte und in Richtung Vulkaneifel fuhr. Dabei fiel es ihm schwer, unterwegs nicht an die vergangenen Ereignisse zu denken.

In Gerolstein hielt er vor einem Supermarkt, bemerkte aber nicht, wie in sicherer Entfernung jemand in einem dunkelgrauen Mitsubishi Geländewagen das Abblendlicht löschte und ihn im Spiegel beobachtete. Hätte er sich umgedreht und in die andere Richtung geschaut, so wäre ihm eine wirklich seltsame Gestalt aufgefallen.

Auf dem Fahrersitz saß eine großgewachsene, schlanke Dame von etwa Ende Dreißig mit einem Gebilde aus bunten Federn auf dem Kopf, Ihre Hände umklammerten einen glitzernden Metallgegenstand. Im Licht der Straßenlaterne spiegelte sich für einen kurzen Augenblick ein verwirrtes Lächeln auf ihrem Gesicht wieder.

Marlies wartete …

Der Autor

Peter Splitt wurde 1961 in Remscheid geboren und verbrachte seine Kindheit im Bergischen Land. Nach einer technischen sowie kaufmännischen Berufsausbildung wechselte er in die alte Bundeshauptstadt Bonn und erlangte dort Sprachdiplome in Englisch, Spanisch und Portugiesisch. Neben Musik, Literatur und Antiquitäten wurden Reisen in ferne Länder zu seiner großen Leidenschaft. Besonders Lateinamerika mit seinen Menschen und Gebräuchen sowie den Jahrtausende alten Hochkulturen finden immer wieder seine Begeisterung. Seit mehr als zehn Jahren lebt er teilweise in Lateinamerika und in seiner Wahlheimat am Rhein. Unter dem Motto „Vom Rheinland und der Eifel in die weite Welt" schreibt er Abenteuergeschichten, Thriller und spannende Krimis aus der Region.

Weitere Titel im acabus Verlag

Peter Splitt

Eifel-Pakt

ISBN: 978-3-86282-328-4
BuchVP: 12,90 EUR
284 Seiten, Paperback

Eifel-Pakt: Die Antiquitätenhändlerin Daniela Neumann ist als Spezialistin für ethnische Kunst weit über die Eifel hinaus bekannt, doch wenn sie allein ist, fühlt sie sich verfolgt und hat den Eindruck, ständig auf der Hut sein zu müssen. Als in ihrem unmittelbaren Umfeld mysteriöse Morde geschehen, ist sie davon überzeugt, dass es jemand in erster Linie auf sie abgesehen hat. In ihrer Verzweiflung sucht sie Zuflucht bei dem Reisejournalisten Roger Peters, ohne zu ahnen, dass der Mörder in Wahrheit wesentlich näher bei ihr ist, als sie es sich vorstellen kann.

Doch eindeutige Spuren fehlen. Der etwas knochig wirkende Kommissar Laubach aus Daun versucht in seiner eigentümlichen Art und Weise herauszufinden, wer hinter den Verbrechen steht und schlägt prompt den falschen Weg ein.

Michael E. Vieten

Christine Bernard
Der unsichtbare Feind

ISBN: 978-3-86282-453-3
BuchVP: 13,00 EUR
300 Seiten, Paperback

Sind es Terroristen, die das Leben der jungen Trierer Kommissarin mit hinterhältigen Cyberattacken bedrohen? Oder steckt ein Geheimdienst dahinter? Christine Bernard erhält Personenschutz. Plötzlich zieht das Landeskriminalamt die Ermittlungen an sich und sperrt ihre Ermittlungsakten. Computerspezialisten werden abgezogen. Beweismittel verschwinden. Wem kann Christine noch vertrauen? Wer ist dieser scheinbar übermächtige Gegner, und wo befindet er sich?

Ein Cyberkrimi über einen Kampf mit ungleichen Waffen im Zeitalter der Digitalisierung. Aktuell, verstörend, hochspannend.